KB219996

프리·랜서

유선동 지음

프리·랜서

ⓒ2023 유선동

초판 인쇄 : 2023년 7월 5일
초판 발행 : 2023년 7월 15일

지 은 이 : 유선동
편   집 : 천강원, 김도운, 임지나, 김동주, 윤혜인
디 자 인 : 이종건, 신다님, 최은정

펴 낸 이 : 황남용
펴 낸 곳 : ㈜재담미디어
출판등록 : 제2014-000179호
주   소 : 04035 서울특별시 마포구 월드컵로 8길, 48
전자우편 : books@jaedam.com
홈 페 이 지 : www.jaedam.com

인쇄·제본 : ㈜코리아피앤피
유통·마케팅 : ㈜런닝북
전   화 : 031-943-1655~6 (구매 문의)
팩   스 : 031-943-1674 (구매 문의)

ISBN : 979-11-275-4919-0 03810

일러두기
- 인명, 지명 등 외국어의 우리말 표기는 국립국어원 외래어 표기법을 따르되, 통용되는 일부 표기나 대화체 말맛을 위한 표기는 허용했다.
- 노래는 '', TV 프로그램과 영화는 〈 〉, 도서는 『』기호로 묶어 표기했다.

차례

7 · 가끔씩이 아니라 빈번하게

15 · 의외의 전화

24 · 그저 그런 뻔한 수컷 새끼

47 · 평범한 가족의 식사

57 · 결국은 시각적인 쾌감

67 · 각자의 자리로 돌아갈 시간

75 · 클라이언트127로부터의 전화

79 · 꿈결 같은 잠

82 · 안타깝게도 그 시기가 조금 빨랐을 뿐

89 · 명령, 협박, 부탁

94 · 오늘 고기가 좀 질기더라

105 · 침잠

113 · 겨울잠

114 · 시체는 전화하지 않는 법이야

121 · 기분 좋은 꿈, 조금 슬픈 꿈,
    좀 지나면 그냥 잊어도 되는 그런 꿈

131 · 조용히 사는 대가

137 · 붙어야 돼, 붙어야 살길이 생겨

146 · 지금은 그냥 프리랜서

152 · 베팅은 가슴으로

- - - ⬛━

161 · 대담할까 말까 망설이는 순간,
        그땐 이미 늦었다는 뜻이야
167 · 더 크게 웃고 더 크게 소리 지르고
173 · 고독한 DJ의 초반 레코드
194 · 갬성, 낭만, 그런 게 있는 새끼
198 · 기분 좋아지라고 복수를 시작한 것이 아니듯,
        기분이 나쁘다고 중간에 포기할 생각은 없다
201 · 밥이 됐으면 한술 떠서 맛은 봐야죠
209 · 개츠비처럼, 정확히 말하면 디카프리오처럼
213 · 우연의 일치
220 · 집으로 가는 길이 길고 고단하다
226 · 마지막 통화
230 · 아가리
252 · 지상 최고의 경기
264 · 천국으로 가는 계단
269 · 선홍빛 핏물을 뿜어내는 스프링클러
281 · 루프탑
283 · 완벽한 펀치
288 · 어차피 죽을 놈은 죽고 살 놈은 산다
299 · 악인 몇 명 죽는다고 세상이 달라지진 않는다
302 · 리뉴얼
307 · 어느 화창한 휴일에도 프리랜서는 불안하다
314 · 작가의 말

프리랜서 FREELANCER

1. 어떤 집단이나 회사에 소속되지 않은 채 자유
계약으로 일하는 사람.
2. 중세 시대, 유럽에서 어떤 집단에 소속되지
않은 채 고용주와 1:1로 계약을 맺고 자유롭게
(Free) 전쟁터에 나가는 창기병(Lancer, 槍騎兵)

가끔씩이 아니라 빈번하게

　어둠이 드리워지자 욕망은 기지개를 켰다.

　남자가 실눈을 뜬다. 기내의 주광이 꺼지자 그는 시트를 젖힌 채 한동안 눈을 감고 있었다. 하지만 잠을 청하려던 의도는 아니었다. 퍼스트 클래스의 승객들 모두가 잠들기를, 그래서 바늘 하나 떨어지는 소리까지도 도드라질 정도의 고요가 찾아오기를 기다리고 있었다. 완벽한 정적. 남자는 왜인지 그러한 정적에 놓여 있을 때면 묘한 쾌감을 느꼈다. 그리고 그는 지금 그 이상의 쾌감을 원하고 있다.

　남자는 주변 좌석의 승객들이 완전히 곯아떨어졌는지 확인했다. 좌석 간 칸막이 너머로 옆 자리 남자의 코 고는 소리가 나직하게 들렸다. 괜히 '1등급'이 아니다. 이 비행기는 다른 비행기와는 달리 좌석 간의 거리가 특히 여유로웠고, 칸막이까지 높았기에 프라이버시가 충분히 유지되는 구조였다. 남자는 오히려 이 부분이 못마땅했다. '완벽한 정적'과 달리 '완벽한 프라이버시'는 그의 쾌감을 깎아 먹는 요소였다. 보일 듯 말 듯 아슬아슬하게 오픈된 상황이 딱 원하던 것이었는데……. 뒤늦게 이런 불만을 가져 본들 무슨 의미가 있겠는

가. 남자는 빠르게 불만을 털고 다음 단계로 진입하기 위해 시선을 옮겼다.

어둠 속에서도 그의 오염된 눈빛이 선명하게 반짝였다. 스튜어디스가 통로를 가로지르며 승객들을 살피고 있었다. 테이블에 놓인 빈 물컵을 수거했고, 바닥에 흘러내린 담요를 자고 있는 승객의 턱 밑까지 끌어올린 후 조심히 내려놓았다. 남자는 그러한 스튜어디스의 자상한 행위를 물끄러미 지켜봤다. 그리고 생각했다. 그녀가 자신에게도 그러한 자상함을 베풀어 주기를. 타이트한 제복을 통해 드러난 그녀의 몸매는 감사하게도 정확히 그가 원하던, 바로 그 선(線)이기도 했다.

남자가 손을 들었다. 이를 확인한 승무원은 가볍게 목례했다. 그녀가 남자의 좌석 쪽으로 다가왔다. 상체를 숙이며 남자에게 작은 목소리로 물었다.

"필요한 게 있으신가요?"

필요한 게 있어요. 당신의 자상함. 당신의 부드러운 손길. 그리고…….

남자는 빠르게 손을 뻗어 그녀의 입을 틀어막았다. 그러고는 자신의 좌석 위에 그녀를 눕힌 후 그 위로 올라탔다. 워낙 순식간에 벌어진 일이라 주변 누구도 이 상황을 목격하지 못했다. 남자는 한 손으로 그녀의 입을 틀어막고, 다른 한 손으로 그녀의 블라우스를 난폭하게 잡아당겼다. 그러자 블라우스 단추 서너 개가 후드득 아래로 떨어졌다. 여자가 저항하자 남자는 블라우스를 뜯게던 손의 집게손가락을 자신의 입으로 가져가 쉬잇, 조용히 하라는 제스처를 취했다. 여자는 겁에 질린 눈빛으로 저항을 멈췄다. 남자는 만족스러운 듯 입가에 미소를 지었다. 남자가 손을 여자의 스커트 속으로 집어넣었다. 투둑, 소리와 함께 레이스 팬티가 찢어졌다. 남자는 찢어진 팬티의 향을 맡은 뒤 바지 주머니 속에 집어넣었다. 마치 전리품을 수집하는 동작처럼 보였다. 남자가 엉덩이를 들어 올린 엉거주춤한 자세로 바지 벨트를 풀기 시작했다. 흥분한 남자의 호흡이 가빠지고 동작도 다급해졌다. 벨트가 빨리 풀리지 않자 짜증이 확 올라오던 참이었는데,

"저기요, 잠깐만요."

밑에 깔려 있던 스튜어디스가 정색한 얼굴로 말했다. 정확히 말하면 '스튜어디스 역할'을 하고 있던 제나가 말했다.

"뭐야…?"

남자가 되물었다. 달아올랐던 분위기가 일순간 깨지면서 김이 팍 샌 얼굴이었다.

"저거, 뭐예요?"

제나가 손가락으로 어딘가를 가리키며 말했다. 남자가 손가락 방향을 따라 고개를 돌리자 칸막이 너머로 스마트폰 렌

가끔씩이 아니라 빈번하게

즈가 빠르게 사라진다.

"아씨, 다 봤는데 뭘 숨어!"

제나가 버럭 화를 냈다.

"아저씨는 좀 나와봐요. 무거워 죽겠네."

"야! 아무리 그래도 중간에 이렇게 파투를 내는 게 어딨어!"

남자가 열 뻗친 얼굴로 말했다.

"먼저 파투 낸 게 누군데!"

제나가 지지 않고 소리쳤다.

"나오라니까, 쫌!"

남자의 눈이 갑자기 희번덕댔다. 여자가 '진짜' 저항을 하자, 남자 역시 '진짜' 흥분하기 시작하며 우악스럽게 다시 제나의 입을 틀어막았다. 이번엔 '진짜' 틀어막은 것이다.

"야, 찍어! 빨리!"

남자가 소리치면서 바지를 다급하게 벗어 던졌다. 스마트폰이 칸막이 위로 다시 쏙 모습을 드러냈다. 이제 몰래 찍을 이유도 없었다. 남자의 지인은 아예 칸막이 위로 상체를 전부 드러낸 채 촬영하기 시작했다. 제나는 힘겹게 바둥대면서 집게손가락에 낀 반지에 음각으로 부착된 마이크로 버튼을 엄지손톱으로 꾹, 꾹 눌렀다. 남자가 삽입을 시도하려고 하자 제나는 무르팍으로 사정없이 급소를 으깼다. 극렬한 고통을 느낀 남자가 비명을 지르는 틈을 타 제나는 몸을 일으켜

달아나려고 했지만, 제나의 머리칼이 남자의 손아귀에 잡히고 말았다.

"이 쌍년이."

남자가 제나를 좌석 위로 패대기쳤다. 그때였다. 기체 옆면의 출입구가 덜컹! 열리면서 혁아가 기내로 들어섰다.

잠깐. 출입구가 열린 상황이라고 해서 마치 박진감 넘치는 영화처럼 기체가 막 흔들리고 거센 바람이 몰아치며 사람들이 블랙홀에 빨려 들어가듯 기체 밖으로 날아가는 장면을 떠올리면 곤란하다. 이 비행기 기내는 전직 영화 미술감독이 지은 세트이다. 따라서 열린 출입구 밖으로 보이는 풍경은 석양, 밤하늘 따위가 아니라 시꺼먼 세트장 철판 외벽뿐이었다. 다시 본론으로 돌아간다.

검은 양복 차림의 혁아가 사달이 난 퍼스트 클래스 쪽으로 성큼성큼 걸어왔다.

"너 이 새끼, 누가 여기 막 들어오래?"

남자가 말했지만, 혁아는 대답 대신 번개같이 가랑이 정 가운데에 프런트 킥을 꽂아 넣었다. 혁아의 발등에 고환 두 개가 제대로 걸렸다. 아마도 그 순간만큼은 두 개가 한 개로 줄었을 수도 있다. 남자는 그대로 무릎을 꿇으며 픽 쓰러졌다. 숨이 콱 막히면서 호흡이 곤란한 지경이라 비명조차 지를 수 없었다.

"4조 1항을 위반하셨습니다. 고로 서비스를 종료하겠습니다."

혁아가 쓰러져 있는 남자를 향해 말했다.

"회장님!"

"괜찮으십니까?"

퍼스트 클래스 칸 뒤쪽에서 자는 역할을 맡은 엑스트라 둘이 황급히 뛰어와 하의는 탈의한 채 중요 부위를 부여잡고 쓰러져 있던 회장의 상태를 체크했다.

"씨팔놈들아…… 괜찮겠냐?"

남자가 고통스럽게 일그러진 얼굴로 말했다.

"야, 저 새끼 잡아 봐. 나도 저 새끼 불알에다 호날두 무회전 킥 좀 날리게. 죽었어…… 개새끼."

명령받은 엑스트라 둘이 혁아를 향해 다가갔다. 혁아는 먼저 제나를 자신의 등 뒤로 세우며 보호했다. 엑스트라 둘의 큰 신장과 다부진 몸집을 보아하니 회장의 보디가드로 보였다. 지인 세 명을 주변 엑스트라로 배치하겠다는 클라이언트의 요구사항을 들어준 것이 결국 화근이 됐다. 루틴을 벗어나면 리스크는 커지는 법. 석연치 않은 요구를 수락한 본인의 잘못도 있다는 생각에 혁아는 담담한 표정으로 넥타이를 당겨 느슨하게 풀었다.

몇 초 후, 기내 세트 벽 한 면이 '우지끈'하는 소리를 동반하며 무너져 내렸다. 그와 함께 엑스트라1이 나동그라졌고 몇 초 후에는 엑스트라2까지 기체 밖으로 던져졌다. 부서진 세트의 분진이 가라앉으며 혁아가 모습을 드러냈다. 호흡 하나 거칠어지지 않은 채 흐트러짐 없는 자세였다. 감정이라고는 조금도 느껴지지 않는, 완전하게 무감한 얼굴에서 한기가 뿜어져 나왔다. 혁아는 낙하산도 없이 비행기 밖으로 튕겨 나간 엑스트라들을 내려다봤다. 둘 다 거의 의식을 잃을 정도로 녹다운이 되었는데, 실제로 운항 중인 비행기에서 밖으로 던져지지 않은 것이 그나마 위안으로 삼을 만해 보였다.

혁아가 몸을 돌려 하나 남은 엑스트라를 바라봤다. 칸막이 너머에서 스마트폰 촬영을 하던 남자. 스마트폰 남자는 꾸벅, 구십 도로 허리를 접어 제나와 혁아에게 공손히 사과하고는 스마트폰을 두 손으로 혁아에게 건넸다.

"죄송합니다. 저는 싫다고 했는데 저 친구가 제발 한 번만 찍어 달라고 해서……."

혁아는 스마트폰을 받아 자신의 재킷 주머니에 밀어 넣었다. 회장놈은 여전히 얼얼한 자신의 중요 부위를 감싸쥔 채 자빠져 있었다. 호날두 무회전킥을 운운하던 살벌한 눈빛은 진작에 사라진 채, 꼬랑지 내린 강아지 눈깔을 하고 있었다. 제나는 회장놈의 옆구리를 사정없이 걷어찼다. 퍽!

"오빠, 난 왜 이렇게 진상들이 걸리지?"

서울로 돌아가는 차 안에서 제나가 혁아에게 물었다. 혁아는 별다른 대꾸 없이 운전했다. 제나도 혁아로부터 어떠한 대답을 기대하고 물어본 건 아니었다.

"지긋지긋하다. 오빠, 언제까지 이렇게 살아야 하는 건데?"

혁아는 이번에도 그저 묵묵히 듣기만 했지만 제나의 말이 혁아의 가슴에 깊숙이 생채기를 냈다.

언제까지 이렇게 살아야 하는 걸까? 도대체 언제까지 이렇게 구역질 나는 인간들의 밑바닥 시중을 들면서 살아야 하는 걸까?

혁아도 가끔 스스로 되뇌는 질문이었다.

정확히 말하면 가끔이 아니라 빈번하게.

아주 빈번하게.

제1조: 갑, 을, 병, 정 모두 본 계약 내용에 합의함에 따라 병과 정, 두 사람은 20XX년 12월 10일 오후 9시경에 섹스한다.

.

.

.

제4조 1항: 병과 정의 섹스에 대한 사진 촬영, 동영상 촬영, 녹음 등의 기록행위를 일절 하지 않는다.

.

.

.

제4조 4항: 병과 정은 본인의 신체가 아닌 이물질을 상대방의 신체 내부에 삽입할 수 없다. 병과 정은 사전에 동의되지 않은 가학적 행위를 행하거나 요구하여서는 아니 된다.

.

.

.

제5조 1항: 갑, 을, 병, 정 모두 섹스 이후 벌어진 일에 대해

그 어떠한 이유에서도 상대방에게 소송을 제기하지 않는다.

·

·

·

제5조 3항: 갑, 을, 병, 정 모두 본 계약 내용 일체와 계약을 통해 이뤄진 모든 행위를 비밀로 유지해야 하며, 혹여 본 계약과 무관한 제3자가 이를 알게 되었을 시에는 갑, 을, 병, 정 모두 계약 내용 일체를 전면 부인하여야 한다.

·

·

·

'갑'은 코끝에 걸려 있던 고동색 뿔테 안경을 중지로 밀어 올렸다. 두꺼운 안경알은 그가 극심한 노안에 시달리고 있음을 말해 주고 있었다. '갑'은 양미간에 주름을 진 채 계약서를 훑어 내려갔다. 뿔테 안경은 제자리에 머무르는 것이 지겨웠는지 이내 다시 코끝으로 주르륵 흘러내렸다. 잠시 후 '갑'이 두꺼운 안경알 너머로 눈을 올려 뜨며 앞에 앉아 있던 '을'에게 말했다.

"생각보다 복잡하군."

"조금 번거롭지만 이렇게 하시는 게 선생님께서도 맘 편하실 겁니다."

"하긴 그렇지, 요즘 분위기가."

'갑'은 혼잣말처럼 중얼거리며 만년필을 들어 능숙하게 사인했다. 사인 옆에는 '(갑) 홍석창'이라고 적혀 있었다. 간인과 계인을 포함해 계약서 날인을 마치는 데까지 그리 오랜 시간이 걸리진 않았다. 시간을 단축하기 위해 '을'은 '병'과 '정'의 사인을 '갑'과 만나기 전에 미리 받아 두었다. 참고로 '을'은 사인 대신 회사 직인으로 대신했다. 직인이 찍힌 자리 왼쪽엔 '(을) 앱솔루트'라고 프린트되어 있었다. '앱솔루트'의 대리인인 혁아가 서류 봉투에 계약서를 한 부 넣어 석창에게 건넸다.

"감사합니다."

혁아가 소파에서 일어나며 말했다. 평상시엔 '감사합니다.' 다음에 '좋은 시간 보내시길 바랍니다.'까지 읊는 것이 익숙하나 지금 상황엔 어울리지 않는 관계로 생략했다. 혁아는 깍듯하게 석창에게 목례했다. 스위트룸을 나서려고 할 즈음 물끄러미 호텔 창밖을 바라보던 그가 입을 열었다.

"자네 눈엔 내가 이상하게 보일 테지? 늙은 변태처럼 보이려나……."

그는 여전히 창밖 야경 어딘가에 시선을 고정한 채 씁쓸한 미소를 지었다. 서울의 야경은 마치 반딧불이들처럼 힘겹게

빛을 뿜어내고 있었다. 혁아는 무슨 대답을 해야 하나 고민했다. 사실 고객으로 오는 사람들치고 변태 같지 않은 정상적인 사람이 오히려 전무했다. 하지만 고객에게 굳이 그렇게 말해 줄 필요는 없을 터.

"좋은 시간 보내시길 바랍니다."

혁아는 다른 표현을 찾지 않았다. 한 번 더 목례한 뒤 스위트룸을 나갔다. 석창은 차가운 휠체어 위에서 멍하니 창밖만 바라보았다.

혁아는 엘리베이터에서 내려 라운지 바로 향했다. 지하 일층의 바 입구 쪽 카운터에 서 있던 지배인은 친절한 미소로 혁아에게 목례했고 혁아 역시 가벼운 목례로 답했다. 지배인은 이곳을 종종 찾는 혁아를 분명 알아보는 눈치였으나 단한 번도 사적인 대화를 걸거나 하지는 않았다. 혁아가 비즈니스 장소로 이곳을 선호하는 이유 중 하나였다. 오성급 호텔의 바답게 시원하고 모던한 인테리어와 고급스러운 가구들이 공간을 채우고 있었다. 그리고 대화에 방해되지 않으면서도 한쪽 테이블의 대화가 다른 테이블로 옮겨지지는 않게끔 소리를 적당히 희석해 주는 사인조 재즈 밴드의 라이브 음악 또한 이곳의 큰 장점이었다. 두리번거리던 혁아가 홀 한가운데에 있는 테이블을 보고 양미간을 구겼다. 선글라스를 착용한 정태가 방금 연주를 마친 밴드에게 허공에 양팔을 들어올린 과한 동작으로 손뼉을 쳐 대고 있었다. 테이블 위에는 조니워커 블루 한 병이 놓여 있었다.

정태가 샷을 들이켜려고 하는데, 누가 옆에서 손을 뻗어 선글라스를 확 벗겼다. 순간 '어떤 새끼야…!'라는 표정으로 희번덕이는 눈을 한 정태가 옆을 돌아봤다가 상대방을 확인하더니 금세 히죽거렸다.

"형, 왔어요?"

혁아가 선글라스를 정태에게 던지며 자리에 앉았다.

"튀는 행동하지 말라고 했지."

"기다리면서 딱 한 잔 했어요. 진짜 딱 한 잔."

정태가 이실직고하듯 말했다. 혁아가 비즈니스 시작 전에 술 냄새 풍기는 것을 극도로 싫어한다는 걸 정태는 잘 알고 있었다. 혁아는 술을 마시더라도 클라이언트와 함께 마셔야 하며 취한 상태로 클라이언트와 만나는 것은 싸구려 접대부들이나 하는 짓이라고 생각했고 정태는 속으로 그런 혁아를 재미없는 놈이라고 여겼다.

"스마트폰."

혁아의 말이 끝나자마자 정태가 재킷 안주머니에서 스마트폰을 꺼냈다. 그리고 혁아 쪽으로 스마트폰을 밀었다. 스마트폰을 챙긴 혁아는 호텔 카드키를 정태 쪽으로 보냈다.

의외의 전화

"올라가."

"옛썰."

정태는 잔에 남아 있던 조니워커 블루를 재빠르게 입안에
다 털어 넣고는 자리에서 일어났다. 혁아는 못마땅한 눈으로
멀어지는 정태의 뒷모습을 좇았다. 사실 혁아는 정태의 모
든 게 못마땅했다. 자신의 일당보다도 비싼 술을 처먹고 앉
아 있는 꼬라지부터 홀 중앙에서 요란스럽게 박수 치며 사람
들 시선을 받고 있었던 것, 삼십 대임에도 아이돌 같은 헤어
와 패션, 심지어는 옅은 화장까지 하고 다니는 것 등등 일거
수일투족이 다 맘에 안 들었다. 그중에서도 가장 견딜 수 없
었던 것은 정태를 볼 때마다 평생 이 일에서 절대 벗어날 수
없을 것만 같은 한심한 인생이라는 생각이 자꾸 든다는 것과
그런 그의 모습에서 그와 다를 바 없는 혁아 본인의 반영(反
映)이 엿보인다는 것이었다.

이제 와서 후회한들 다른 방법이 없었다. 오늘 저녁에 스케
줄 되는 놈이 정태 이놈밖에 없었기 때문이었다. 하필.

혁아는 밴드 쪽으로 시선을 옮겼다. 밴드의 다음 레퍼토리
는 'My Funny Valentine'이었다. 혁아는 어디선가 들어 본
이 음악이 듣기엔 좋으나 왠지 기분을 센티멘털하게 만든다
고 생각했다. 시계를 확인했다. 정태가 다시 이곳으로 내려
올 때까지는 대략 두 시간 정도 소요될 것이다. 그 시간 동안

조니워커 블루를 먹으며 기다릴까 하는 충동을 잠시 느꼈으나 이내 머리를 절레절레 흔들었다. 혁아는 웨이터를 불러 논알코올 칵테일 하나를 추천받았고 그것을 주문했다.

정태는 1703호 문 앞에 서서 카드키를 댔다. 비프음과 함께 문이 열렸다. 객실 안으로 들어서자 여자가 그곳에 있었다. 그녀는 긴장한 얼굴로 정태를 바라봤다. 정태는 위아래로 여자를 훑었다. 정태가 주로 만나는 여성들과 다르게 이지적인 미인이었다. 얼굴은 중년으로 보였으나 잘 관리된 탄력 있는 몸매가 꽤나 맘에 들었다. 문득 도대체 왜 이런 근사한 여자가 돈을 주고 남자를 취하는 건지 궁금해졌다. 돈도 벌면서 이런 여자와 하룻밤을 보낼 수 있다니. 오늘 일진이 아주 좋은 모양이라고 정태는 속으로 쾌재를 불렀다. 그리고는 한동안 참아 왔던 나쁜 버릇 하나가 오랜만에 튀어나오려고 했다. 벌써부터 아랫도리가 묵직해지며 달뜨는 그였다.

'병'과 '정'의 정사는 계약서에 명시된 두 시간을 다 채우기 전에 마무리되었다.

창밖에 내리는 눈을 보느라 석창은 덜 지루했다. 석창은 정사를 벌이고 나온 여자와 함께 귀가했다. 여자는 여느 때처럼 석창의 휠체어를 밀었다.

혁아는 라운지 바로 돌아온 정태에게 스마트폰과 함께 잔금 봉투를 던져 주고는 곧바로 자리를 떴다. 그리고 앞으로 그 어떤 일이 있어도 다시는 저 자식을 부르지 않겠다고 다짐했다.

정태는 남은 조니워커 블루를 마시며 따져 봤다. 이 술의 가치가 자신이 좀 전에 행했던 용역으로서의 섹스로 환산했을 경우 어느 정도나 되는지를. 원, 달러와 같은 화폐 단위로서 sex를 써서 섹스 한 번의 용역 비용을 1sex라 칭할 경우, 이 술은 2sex, 3sex 정도 되려나. 얄팍한 얼굴만큼이나 얄팍한 뇌를 가진 정태인지라 계산이 쉽게 되지 않았다. 술잔을 입안에 털어 넣은 뒤 주머니에서 스마트폰을 꺼냈다. 테이블 위에 놓인 두 개의 스마트폰을 보며 헤벌쭉 웃었다.

다시 전화가 온 것은 샤워를 마치고 나와 젖은 머리를 털고 있을 때였다. 스마트폰은 '클라이언트127'이라고 발신자를 밝히고 있었다. 혁아는 전화를 받을지 말지 잠시 고민했다. 클라이언트가 비즈니스 이후에 이렇게 바로 전화하는 경우는 드물다. 경험상 통화 내용이 유쾌하지 않을 확률이 높다. 대개는 서비스에 대한 불만을 토로하는 내용이다. 간혹 가다 환불을 요구하는 사람도 있었다.

"아내가 잠들었네."

클라이언트127의 첫마디였다.

"얼굴이 편해 보여. 그런 얼굴은 오랜만에 보는군. 기분이 좋았던 모양이야. 내가 처음 앱솔루트 얘길 꺼냈을 땐 와이프가 날 정신 나간 놈처럼 봤거든. 하긴 정신 나간 놈이 맞지. 자기 와이프를 남한테 맡기다니. 잘했단 생각이 들어. 와이프의 오늘 이 얼굴을 보니까 말이야. 자넨 절대 모를 거야. 사랑하는 사람에게 남자로서의 만족감을 줄 수 없다는 게 얼마나 괴로운 일인지. 때로는 죽고 싶을 정도라니까……."

혁아는 말없이 그의 말을 듣기만 했다. 클라이언트127은 전화를 끊기 전에 이렇게 말했다.

"이 말을 하고 싶었네…. 고맙네, 고마워…. 정말로……."

혁아는 전화가 끊긴 뒤에도 한동안 묘한 감흥에 사로잡힌 채 창가에 그대로 서 있었다. 여전히 진눈깨비가 흩날리고 있었고 거리는 온통 새하얗게 변해 있었다.

별일이군. 이런 전화를 받는 날이 다 있다니.

고맙다…라니…….

그저 그런 뻔한 수컷 새끼

규종이 혁아의 주상복합형 오피스텔에 들렀을 때, 혁아는 거실 한가운데 매달린 샌드백을 스트레이트와 훅으로 연신 두들기고 있었다. 혁아가 주먹을 뻗을 때마다 그의 근육들이 불끈거리면서 땀을 털어 냈다. 젖은 머리칼 사이로 보이는 혁아의 눈빛만큼은 격한 움직임이 뿜어내는 뜨거운 열기와는 정반대로 차갑고 건조했다. 규종은 소파에 푹 잠긴 자세로 앉아 지루한 듯 연신 손목 위 롤렉스를 힐끗힐끗 보면서 혁아의 오전 일과인 운동이 끝나길 기다렸다.

"서희랑 연락되지?"

규종은 혁아의 운동이 끝나기가 무섭게 일 얘기를 꺼냈다. 앱솔루트 비즈니스는 가급적 전화 통화 대신 '페이스 투 페이스(face to face)'로 진행하는 편이라 늘 이렇게 혁아의 집을 찾아온다. 혁아는 별 대꾸 없이 1.5리터 생수통을 들어 꿀꺽꿀꺽 마셔 댔다. 꽤 마시고 나서야 생수통을 입에서 떼고는 손등으로 쓱 입가의 물기를 훔쳤다.

"서희, 일 그만뒀잖아."

"그만두긴. 우리가 언제 퇴직금 준 적 있냐?"

"연락 안 한 지 몇 년 됐는데."

"프리랜서 아냐, 프리랜서. 일이 있으면 연락하는. 페이 따블이라고 얘기해. 그래도 주저하면 따따블이라고 하고. 시간은 모레 저녁."

규종은 버릇처럼 하던 말을 덧붙였다.

"잘 보여야 하는 분이야. 진짜 대단하신 분이라고. 그분이 원하시는 걸 들어 보니까 딱 서희가 생각나더라고."

혁아는 늘 그렇듯 그 대단한 분이 누군지 묻지 않았다. 다만 대단하신 분들일수록 왜 그리 성욕들이 넘쳐서 주체를 못 하는지가 항상 궁금할 따름이었다.

볼일을 마친 규종이 소파에서 몸을 일으켜 오피스텔을 나서려는데, 혁아가 백화점 봉투를 내밀었다.

"뭐냐?"

"닌텐도."

"게임기?"

"내일 창민이 생일이야. 창민이 좀 잘 챙겨. 동생 때문에 스트레스 받는 거 같던데."

규종이 미소를 지으며 혁아의 어깨를 툭 쳤다.

"새끼…. 맨날 땐땐하다가 이렇게 한 번씩 사정없이 녹여 준다니까. 고맙다. 애비도 기억 못 하는 생일을 다 챙겨 주고.

잘 전달할게. 혁아 삼촌이 주는 거라고."

혁아와 규종은 다정한 시선을 교환했다.

혁아가 규종을 만난 건 십이 년 전이었다. 칠 년 가까이 매진하던 권투를 하루아침에 포기하고 무의미한 나날을 살아가던 자신에게 손을 내밀었던 사람. 자신을 앱솔루트로 이끌었던 사람. 이제는 비즈니스 관계를 떠나 혁아에게 가족 같은 유일한 사람. 샐러리맨 월급으로 이십 년을 모아도 사기 힘든, 이런 번듯한 삼십 평대 주상 복합 오피스텔에 살 수 있게 된 것도 다 규종 덕이고 포주나 다름없는 이 '일 같지 않은 일'을 하게 된 것도 다 규종 때문이다. 여러모로 규종은 혁아에게 특별한 존재였다.

혁아는 TV와 샌드백만 덩그러니 놓인 황량한 거실 소파에 앉아 서희와의 마지막 만남을 되새겼다. 그녀에게 연락하는 게 내키지 않았지만 규종의 말을 어길 수는 없었다. 두 사람은 친한 형 동생이기 이전에 엄연한 상하 관계이기 때문이다.

서희를 기다리면서 혁아는 운전석에서 담배를 피웠다. 서희와 만나기로 한 아파트 단지 근처 차도 변에 차를 세웠다. 퇴근 시간이 지난 무렵이었지만 아파트 단지로 들어가는 차는 적지 않았다. 나름대로 광고 때문에 익숙한 브랜드의 아파트였지만 연식은 대략 이십 년 정도 되어 보였다.

'괜찮은 데 사네. 착실히 돈 잘 모았나 보지? 그럼 그냥 살던 대로 살지 왜 또 일은 하겠다는 거야…….'

잡생각이 혁아의 머릿속을 흘러가고 있을 때 익숙한 목소리가 들렸다.

"오랜만."

담배 연기가 빠져나가던 조수석 차창 너머로 서희의 얼굴이 보였다. 미소가 밝았다. 연락이 단절되었던 육 년간의 공백을 한순간에 허물어뜨리는 미소였다.

혁아의 차는 워커힐 호텔 옆을 지나치며 강변북로를 달렸다. 클라이언트와의 접선 장소는 남양주시에 자리한 개인 별장이었다. 서희의 용역이 끝날 때까지 기다렸다가 그녀를 집에 데려다주는 것까지가 오늘 혁아가 할일이다.

"여전하네. 말 없는 건."

차 안 정적을 깨며 서희가 말했다.

"잘 지냈어?"

"빨리도 물어본다. 잘 못 지냈다. 그러니까 이렇게 또 보는 거 아니겠어?"

서희는 농담인 듯 진담인 듯 말했다.

그저 그런 뻔한 수컷 새끼

"오빠도 예전 그대로인 거지?"

'음… 뭐… 그런 셈이지….'

혁아는 대답 대신 희미한 미소를 지었다. 그 희미한 미소도 오래 머물진 않았다.

"것도 괜찮지 뭐."

서희가 말했다.

"난 어렸을 땐 인생이 뭐 되게 새롭고… 날마다 나아져야 한다, 뭐 그런 생각을 많이 했었거든. 근데 지나고 보니까 딱히 특별할 게 없는 삶, 그러니까… 어제와 같은 오늘을 사는 것도 썩 나쁘지 않더라고. 그 얘긴 적어도 오늘이 어제보다 후지진 않다는 뜻이니까."

말을 끝낸 서희는 시선을 창밖 너머로 옮기며 흘러가는 풍경 어딘가에 두었다. 혁아는 핸들을 잡은 채 전방만 바라볼 뿐이었다. 그래서 지금이 좋다는 것인지 별로라는 것인지, 혁아는 서희의 말이 알쏭달쏭했다.

도로 위 차선이 저 먼 소실점까지 별 변화 없이 지루하게 이어지고 있었다.

남양주시의 국도로 접어든 차는 내비게이션이 안내하는 대로 몇 번의 좌회전과 우회전을 반복했다. 인가가 없는 숲길을 따라 한참을 달렸고 서희는 "이러다 북한 나오는 거 아니지?"라며 실없는 농담을 던졌다. 그러고 나서도 불빛 하나 없는 암흑의 2차선 도로를 한동안 달리고 나서야 목적지인 별장이 나타났다.

앱솔루트의 비즈니스는 호텔뿐만 아니라 이처럼 개인 별장에서도 자주 이뤄진다. 기내 퍼스트 클래스처럼 제작한 세트에서 행해질 때도 있으나 그건 아주 드문 일이다. 클라이언트들이 원하는 장소는 그야말로 천차만별이다. 계곡이나 바다 같은 '자연' 속에서 이뤄질 때도 있고 미술관이나 영화관 같은 공개적인 곳에서 이뤄지기도 한다. 왜 굳이 그런 장소에서, 라고 생각하는 분이 계실 수도 있겠으나 공중화장실이나 시체 안치소 등을 원했던 사례에 비하면 전자의 장소들은 상당히 점잖았다고 할 수 있겠다.

별장은 마치 여기는 사유 건물이니 용무 없이는 가까이 오지 말라는 듯 높은 벽돌담으로 둘러싸여 있었다. 혁아와 서희가 탄 차가 외부 철문 가까이 다가가자 철문 위 사선에 위치한 CCTV 카메라가 보였다. 철문에 초인종 같은 건 없었다. 혁아는 운전석 창문을 열고는 얼굴을 CCTV 카메라 렌즈 쪽으로 치켜올렸다. 몇 초 후 덜컹거리며 철문이 자동으로 벌어졌다. 혁아의 차가 통과하자 철문이 다시 자동으로 닫혔다.

별장 안 거실은 호텔 로비라는 착각이 들 정도로 호화로웠다. 서희가 감탄하며 내부를 둘러보는데, 검은 정장의 남자가 서희와 혁아에게 말을 건넸다.

"기다려요. 곧 있으면 오시니까."

서희와 혁아는 고갯짓으로 대답을 대신하곤 고급 가죽 소파에 앉아서 오늘의 클라이언트가 오기를 기다렸다. 검은 정장의 남자는 반대편 소파에 앉아 서희와 혁아에게 눈을 고정하고 있었다. 검은 정장의 남자는 어깨가 떡 벌어지고 근육 때문에 겨드랑이가 몸통에 붙지 않는, 유도나 레슬링을 전공했을 법한 전형적인 체대 출신처럼 보였다. 혁아의 눈과 그의 눈이 거실 중간에서 마주쳤다. 혁아는 그가 맘에 들지 않았다. 당연했던 게 정장 놈의 눈빛은 마치 너네가 여기 왜 왔는지 다 안다는 듯 비릿했고 미니스커트 차림의 서희를 대놓고 위아래로 훑기까지 했다. 서희는 익숙한 듯 오히려 미소로 그 메스꺼운 눈빛에 응대하며 클러치 백에서 담배를 꺼냈다.

"어이."

정장 놈이 입을 열었다. 집게손가락을 들어 좌우로 살짝 흔들었다.

"설마, 금연?"

서희는 담배 한 개비를 입에 물며 말했다. 정장 놈은 대답 대신 고개를 끄덕였다. 서희는 빙그레 웃으며 입에 문 담배에 불을 붙였다. 그러자 정장 놈이 험악한 인상을 지으며 서희를 향해 성큼성큼 걸어왔다. 그러고는 서희의 담배를 향해 손을 확 뻗는데 탁! 날렵하게 혁아가 그의 손목을 잡으며 일어났다. 그러곤 정장 놈에게 말했다.

"담배 꺼, 주, 세, 요. 초면이면 예의를 지켜야지. 정중하게."

정장 놈이 혁아를 보며 눈을 부라렸다. 혁아는 그 눈빛을 담담하게 받았다. 혁아가 잡은 정장 놈의 손이 공중에서 부들부들 떨었다. 마치 팔씨름하듯 두 수컷의 힘겨루기가 펼쳐지고 있었다. 서희는 재미난 구경거리를 만난 듯 맛나게 담배한 모금을 들이켜며 눈앞의 상황을 즐겼다.

"이거 안 놓냐?"

정장 놈의 얼굴이 순식간에 시뻘게졌다.

"이, 거, 놔, 주, 세, 요."

아이에게 타이르듯 말하는 혁아의 눈빛은 변함없이 담담했다.

"이 새끼가 뒤질라고!"

와장창! 서희의 눈이 일순 커졌다. 그리고 그녀의 벌어진 입에서 담배 연기가 새어 나왔다. 눈 깜짝할 사이에 정장 놈이 소파 옆에 진열되어 있던 장식용 도자기 위로 날아가 나자빠진 것이다. 정장 놈은 산산조각이 난 도자기 조각들 위에 널브러진 채 신음하며 꿈틀거렸다. '눈 깜짝할 사이'에 벌어진 일은 이러했다. 정장 놈이 잡히지 않은 나머지 손으로 혁아의 멱살을 잡은 뒤 업어 치려 했으나, 혁아가 그보다 더 빠르게 주먹으로 정장 놈의 명치 깊은 곳에 원, 숙인 턱에 투, 왼쪽 뺨에 쓰리, 연속 삼 연타를 한 치의 빗나감 없이 작렬시켰고 그 스피드가 워낙에 빨라 동작이 제대로 보이지 않을 정도였다. 정말이지 주먹 세 개가 허공을 갈랐던 그 일 초도 안되는 사이에 눈을 깜박였다면 멀쩡히 서 있던 덩치가 왜 갑자기 바닥에서 골골대고 있는지 몹시 당황스러울, 그런 상황이었다.

그때 로비와 연결된 복도 쪽에서 급히 들어오는 발걸음 소리와 함께 남자의 목소리가 들려왔다.

"기다리게 해서 미안합…."

호리호리한 체구의 사십 대 남자인 구한이 본인의 오른팔 익호와 같이 거실로 들어서다가 인사말과 걸음이 동시에 멈췄다. 구한은 널브러져 있던 정장 놈을 보고는 어안이 벙벙해졌고, 익호는 정장 놈 앞에 서 있던 혁아에게 시선이 꽂혔다. 분명 설명이 필요한 상황이었다.

"아… 제가 담배를 피우려고 하니까 저분이 못 피우게 하더라고요. 그러면서 저분이 저한테 손을 확 뻗으니까 여기 이

분이, 저희 실장님이신데 정중하게 피우지 마십쇼, 해야지 왜 초면에 예의 없게 그러냐고 하면서 팔을 잡고… 뭐 그러다가……."

서희는 나름 상황을 친절하게 설명하려 했는데, 말하다 보니 횡설수설로 흘러가는 느낌이었다.

"담배?"

구한은 대충 상황 파악이 되었는지,

"한 사장, 인마! 넌 손님 대접을 어떻게 하는 거야. 기다리다가 적적하면 담배도 피우시고 그런 거지. 내가 이래서 너한테 손님 대접을 못 맡긴다니까, 쯧."

하고 혀를 차며 한 사장을 타박했다. 쓰러져 있던 한 사장은 그제야 '끄응' 하는 신음을 내며 몸을 일으켰다. 익호가 한심하다는 듯 한 사장을 봤고 한 사장은 쪽팔렸는지 고개를 떨궜다.

"죄송합니다. 도자기는 변상하도록 하겠습니다."

혁아가 말했다.

"괜찮아요. 삼천만 원밖에 안 해."

구한이 말했다. 그리고 서희를 향해 웃었다.

"자~ 들어가서 나랑 같이 피웁시다, 담배. 안에 좋은 시가도 있고."

구한이 서희의 손을 잡아당겨 일으켜 세우는데 혁아가 말

그저 그런 뻔한 수컷 새끼

했다.

"계약서를 먼저 작성하셔야 됩니다. 양식은 미리 전달드린 걸로 알고 있습니다."

구한의 웃고 있던 입꼬리가 아래로 처졌다.

"계약서…? 꼭… 써야 하나. 남녀상열지사 가지고 말이야. 너무 정 없잖아. 그리고 계약서 대충 훑어봤는데 이걸 또 회사 법무팀에 검토시키기도 좀 그렇다고. 알잖아, 내용 민망한 거. 괜찮아. 아무 일 없어. 내가 책임질게. 계약서는 무슨. 지금까지 내 이름 석 자에 신뢰 쌓고 살아온 사람입니다. 저 아시잖아요? 저. 이, 구, 한."

"죄송합니다. 계약서 작성을 거부하시면 돌아가겠습니다."

정중하게 대답한 혁아는 곧바로 서희에게 말했다.

"가자."

구한의 얼굴이 싸늘하게 굳었다. 서희는 소파에서 일어나더니 필터까지 다 타들어 간 담배꽁초를 한 사장에게 건네고는 작별 인사처럼 윙크를 건넸다. 혁아와 서희가 거실을 나가려고 발을 떼는데, 익호가 그 앞을 가로막았다.

"어딜 가? 어르신 말씀 안 끝났는데."

익호가 혁아의 얼굴 가까이 얼굴을 들이밀었다. 혁아와 익호는 마치 링 위에서 공이 울리기 전에 눈싸움을 하는 것처럼 서로를 살벌하게 노려보았다. 누구 하나 허튼 움직임이라도 있으면 폭풍이 몰아칠 것만 같은 분위기였다.

"알았어요, 알았어. 쓸게. 쓰면 되는 거 아냐. 가져와, 계약서."

구한이 다시 웃는 얼굴로 말하자 그 순간 고조됐던 긴장이 누그러졌다. 익호는 혁아를 보며 씩 웃었고 혁아는 원래 표정 그대로 익호를 바라봤다. 구한은 소파에 앉아 계약서에 날인했고 계약에 따라 앱솔루트 서비스가 시작되었다.

별장 밖 정원에서 혁아가 담배를 피우고 있었다.

"나도 하나만 줘봐."

익호가 혁아 곁으로 걸어오며 말했다. 혁아가 익호에게 담배 한 개비를 내밀었다.

"불도."

혁아는 자연스럽게 익호가 물고 있는 담배에 불을 붙였다. 한 모금 빨아들인 익호가 말했다.

"오, 혁, 아. 성은 오. 이름은 혁아. 맞지?"

혁아는 반응하지 않았다.

"사람들이 혁아, 혁아 하길래 난 이름이 외자 줄 알았거든. 오혁. 근데 알고 보니까 '아'까지가 이름이었던 거지. 10년도 더 됐지? 하도 오랜만이라서 긴가민가했다."

"김익호."

"그래. 잊을 수가 없지, 우리 사이를."

익호가 웃음을 터트렸고, 혁아는 덤덤한 표정으로 익호를 보았다. 익호는 점점 크게 웃다가 어느 순간 번개 같은 속도로 어퍼컷을 뻗었다. 익호의 주먹이 혁아의 턱 바로 아래에서 멈출 때까지 혁아는 미동 없이 덤덤하게 담배 연기를 내뿜었다.

"자기 어퍼컷이 끝내줬는데. 응? 그날 이후로 권투 때려치웠단 얘긴 건너 건너 들었는데 여기서 이렇게 만나네. 인생 참 모르는 거야."

익호가 주먹을 거두며 말했다.

"이 일은 언제부터 시작했어? 뭐라고 해야 하나, 이걸? 포주라고 하기는 좀 그렇고. 건당 얼마 떨어지는 거야? 한 십 퍼센트? 벌이가 나보다 나을 거 같은데."

"여전하네. 말 많은 건."

"그럼. 사람 안 바뀌지."

익호가 말했다.

"계약서는 있지만, 잡음 안 나게 조심해라. 찌라시 같은 거. 우리 회장님은 앞으로가 더 창창하신 분이니까."

"까먹었나 보네."

혁아가 말했다.

"뭘?"

이번엔 혁아의 주먹이 전광석화처럼 공기를 횡으로 가로지르며 익호의 왼쪽 뺨에 거의 닿을 듯이 근접하여 멈췄다! 순간 익호가 움찔했다.

"훅이야. 어퍼컷이 아니라."

혁아는 담배꽁초를 튕기고는 익호에게서 멀어졌다. 익호는 기분 나쁜 시선으로 혁아를 바라봤다.

계약서 2조에 명시된 용역 내용은 매우 간단했다. 서희는 구한 앞에서 마스터베이션을 한다. 구한은 그 모습을 보며 역시 마스터베이션을 한다. 그게 다였다. 구한은 서희의 털 끝 하나 건드리지 않았다. 계약 이행을 마치는 데는 한 시간이 채 걸리지 않았다.

서희가 등 뒤로 손을 뻗은 힘겨운 자세로 드레스 지퍼를 올리려 하자 침대에 누워 서희가 옷 입는 과정을 물끄러미 지켜보던 구한이 일어나서 서희를 도왔다.

"고마워요."

서희가 말했다.

"어떻게 돼, 연락처가?"

"하셨던 대로 연락하시면 돼요."

서희가 화장대 거울 앞에서 빗질하며 말했다.

"그냥 연락처 주면 되잖아. 번거로울 거 없이."

그저 그런 뻔한 수컷 새끼

"죄송해요. 원칙이라서."

구한이 서희 뒤에 서서 그녀의 어깨 위에 손을 얹었다. 거울에 비친 그녀를 지긋이 바라보며 어깨 위에 놓인 손에 무게를 지그시 실었다.

"원칙은 개뿔. 원하는 게 있으면 수단 방법 가리지 말고 얻어 내야지. 남들 하는 대로 살면 그냥 남들 사는 대로 사는 거야. 돈은 원하는 대로 줄게. 어때?"

구한의 목소리는 나직하면서도 묵직했다. 서희의 눈빛엔 주저와 공포가 섞여 있었다.

새벽 세 시 무렵, 혁아의 차가 여섯 시간 전 서희를 태웠던 그 장소로 다시 돌아왔다. 남양주에서 서울로 돌아오는 길에도 두 사람은 별다른 대화를 나누진 않았지만, 정적을 불편해하지 않았다.

"수고했어."

혁아가 말했다.

"실장님도."

서희가 차에서 내리며 말했다. 서희가 멀어지는 모습을 혁아는 지켜봤다. 고단한 뒷모습. 유난히 불편해 보이는 하이힐. 서희가 뒤돌더니 다시 차 쪽으로 종종대며 다가 왔다.

"근데 좀 출출하지 않아?"

"……."

서희의 갑작스러운 질문에 혁아는 눈만 끔벅댔다.

"아, 미안. 오빠는 공과 사가 정확한 사람인데. 깜박했어. 갈게."

서희가 괜찮다는 듯 미소를 지어 보이고는 도로 제 갈 길을 갔다. 그리고 혁아는 다시 멀어지는 서희의 뒷모습을 물끄러미 지켜봤다. 짧은 순간이었지만 혁아는 고민했다. 서희 말대로 혁아는 공과 사가 정확했다. 칠 년 전, 딱 한 번의 예외를 제외하고는 같이 일하는 여성과 함께 식사는커녕 차 한 잔 따로 한 적이 없다. 그 한 번, 예외를 만들어 준 여성이 바로 지금 힘겹게 멀어지고 있는 저 여자, 서희였다.

빠앙! 경적 소리가 어둠을 깨웠다. 지친 얼굴로 걸어가던 서희는 그 소리를 듣고는 곧바로 표정이 밝아졌다. 하지만 고개를 돌려 혁아를 다시 봤을 땐 그 밝음을 애써 감췄다.

"왜?!"

거리가 떨어져 있었기에 큰 소리로 물었다.

"뭐 먹고 싶은데?!"

혁아 역시 큰 소리로 되물었다.

서희는 배가 고팠던 것이 아니라 술이 고팠던 모양이다. 쌀국수를 안주 삼아 쭉쭉 들이켜는데 한 시간 만에 소주 두 병과 맥주 한 병을 비웠다. 혁아가 술을 안 먹었기에 세 병 모두 서희 혼자서 비웠다. 서희는 금주 중인 혁아에게 대단하다고 만 했을 뿐 그에게 술을 권하지는 않았다. 서희는 술에 취하 더니 최근에 들은 웃긴 이야기들을 혁아에게 늘어놓기 시작 했다. 철 지난 아재 개그('반성문을 영어로 하면? 답은 글로 벌.' 따위 등), 최근에 '유퀴즈'를 보면서 빵 터졌다던 합천 우 체국의 '오세용' 집배원 이야기* 등을 하며 그렇게 혼자 자지 러졌다. 손님 하나 없는 24시간 쌀국숫집에 서희의 웃음소리 만 민망할 정도로 울려 퍼졌다.

웃던 서희가 정색하고 혁아에게 말했다.

"왜 안 웃어? 이게 안 웃겨?"

"그닥."

"어이 상실이네. 이게 안 웃긴다고? 말이 돼? 어떻게 사람 이 그렇게 무덤덤해?"

"자기가 못 웃겨 놓구선 왜 나한테……."

"사람이 감정에 솔직해야지 안에 쌓이는 게 없는 거야. 기 분 좋으면 웃고 기분 나쁘면 화내고. 그래야 스트레스 안 받 고 오래오래 산다고."

---

*'오세용' 집배원 이야기 : "택배가 1시-3시 도착 예정입니다. 합천우체국 오 세용" 이런 식의 안내 문자를 오세용 씨가 보내면 실제로 시민들이 우체국을 방 문하거나 왜 방문해야 되냐고 항의를 하곤 했다는 일화.

"이렇게 태어난 걸 어떡하겠어."

"그렇게 태어나는 사람이 어딨어? 왜? 어렸을 때 사랑 못 받았어?"

혁아는 잠시 생각하더니 천천히 고개를 끄덕였다.

"뭘 또 농담을 팩트로 받아쳐? 대략난감하게."

'얘는 참 나이에 비해 철 지난 유행어를 많이 쓰네.'라고 혁아는 생각했다.

"그래도 그래. 한 번 사는 인생 언제까지 그렇게 팍팍하게 살 거냐고. 그리고 오빠 인생만 그런 거 아냐. 나도 내 인생 얘기하면 진짜 미니시리즈, 아니 오십 부작 대하드라마 찍는다. 사연 없는 사람 없다는 말 못 들었어? 근데도 다 안 그런 척, 아무렇지 않은 척, 그러고 사는 거야. 알겠어? 그래야 덜 아프고, 덜 힘드니까."

서희의 눈이 살짝 젖어 들었다.

"이모, 여기 소주 한 병만 더 주세요."

"그만하지. 좀 취한 거 같은데."

"안 취했는데."

"많이 먹었어."

"부탁 하나만 들어주면 그만 머어어억지."

서희가 약 올리듯 말꼬리를 길게 뺐다.

"뭔데?"

"웃어봐. 한 번만."

"……."

"빨리. 안 웃으면 나 집에 안 간다."

"하아……."

혁아는 난감한 한숨이 나왔고, 서희는 붉어진 얼굴로 혁아를 바라봤다. 어쩔 수 없다는 듯 혁아가 입꼬리를 들어 올렸는데, 마치 그 입꼬리의 무게가 백 킬로그램이라도 되는지 일 밀리미터 정도 올라가다가 힘에 부쳐 부르르 떨어 댔다.

"좀더! 좀더! 그렇지!"

서희는 역도 선수 코치라도 되는 양 혁아를 독려했다. 그러자 혁아의 입꼬리가 부들부들하며 대략 일 밀리미터 정도 더 올라가다가, 더는 못 버티겠는지 원래 높이보다도 더 아래로 처졌다.

"됐지?"

되묻는 혁아의 표정은 그 어느 때보다도 상기되어 있었다. 서희는 까르르, 웃음보가 터졌다. 그런 서희를 보며 혁아도 '찐웃음'이 터져 나왔다. 혁아의 얼굴이 밝았다. 이렇게 크게 웃어 본 게 얼마 만인가 싶기도 했다. 냉장고 옆에 서 있던 쌀국숫집 이모님만이 피곤한 표정으로 그 두 사람을 바라봤다. 소주 한 병을 더 가져다줘야 하나 말아야 하나 고민하면서.

이미 취기가 오른 서희는 쌀국숫집에서 일어날 때 비틀거렸고, 혁아가 그녀를 부축하며 집까지 바래다줬다. 아파트 현관문이 열리는 순간 서희는 혁아의 얼굴을 자신의 두 손으로 감싸며 입술을 혁아의 것 위로 가져갔다. 혁아는 마치 오래된 연인처럼 자연스레 입술을 열었다.

　두 사람 모두 예상했을 것이다. 웃고 떠드는 시간의 어느 즈음에 문득 칠 년 전 그때를 기시감처럼 떠올리며 어쩌면 오늘 그날 밤이 반복될지도 모른다는 것을. 그리고 그 예상은 조금도 틀리지 않았다. 조금 달라진 것이라면 칠 년 전 그때는 마냥 거칠고, 격정적이고, 환희에 젖었다면 칠 년이 지난 지금은 거칠면서도 때론 부드러웠고, 격정적이되 냉정했으며, 환희에 찬 듯 싶다가도 왠지 모를 애처로움이 뒤섞여 있었다. 지금이 죽기 전 마지막 섹스라도 되는 듯 간절하고 절박하게 두 사람은 서로를 부둥켜안았다.

　관계가 끝나고 두 사람은 말없이 한동안 누워 있었다. 서희가 먼저 화장실로 향하며 정적을 깼다. 서희는 세면대를 짚고 서서 거울에 비친 자신의 얼굴을 보면서 읊조렸다.

　"미친년."

　침대 위 홀로 남은 혁아 역시 멍하니 천장을 보며 말했다.

　"미친 새끼."

칠 년 전 두 사람의 섹스가 끝난 후의 풍경도 지금과 크게 다르지 않았다. 좀 전의 열정이 무색하게 언제 그랬냐는 듯 일상의 건조한 옷을 다시 주섬주섬 주워 입었다.

창을 통해 들어오는 어슴푸레한 빛을 통해 방안의 정경이 혁아의 눈에 들어왔다. 욕망에 가득찼을 때는 보이지 않던 서희의 삶이 그제야 보인 것이었다. 서희는 급하게 나갈 채비를 했는지, 어디에 쓰는지 모르겠을 다양한 화장 용품들이 화장대 위에 어지러이 놓여 있었다. 그중에 혁아의 시선을 강하게 뺏는 것이 있었다. 사진 액자였다. 혁아가 액자를 들었다. 서희, 그리고 유치원복을 입은 여자아이가 함께 웃고 있었다. 사진 속 인물들 표정과는 다르게 혁아의 얼굴이 굳어졌다.

"열음이야. 정열음."

목욕 타월을 가슴부터 감싼 채 서희가 욕실에서 나왔다.

"네 애야?"

"응. 예쁘지?"

서희가 겸연쩍은 듯 웃으며 말했다.

"오늘만 맡겼어. 주경 언니 알지? 그 언니도 딸이 있는데 둘이 친해서 자주 왔다갔다 하면서 재우거든."

고주경. 혁아도 그녀를 안다. 그녀도 앱솔루트 일을 했었고 결혼과 동시에 '은퇴'를 했다. 혁아는 결혼식에 가지 않았

44 · 45

지만 축의금은 두둑이 보냈었다. 하지만 혁아가 궁금한 것은 주경의 근황이 아니었다.

"몇 살이야?"

"일곱 살."

혁아의 양미간이 꿈틀했다. 머릿속이 셈으로 복잡해진다.

일곱 살. 칠 년 전 그녀와의 섹스.

혁아는 다시 액자 속 아이, 열음이를 보았다. 눈매 같은 게 왠지 자신을 닮은 것처럼도 보였다. 그저 느낌인 걸까.

"걱정 마. 오빠 애 아니니까."

혁아의 마음을 읽기라도 한 듯 서희가 말했다. 하지만 혁아는 서희를 뚫어지게 볼 뿐이다.

"그렇게 보지 마. 진짜 아니라니까."

"왜 연락 안 했어?"

"상관도 없는 사람한테 왜 연락을 해?"

두 사람 사이에 긴 정적이 흘렀다. 정적을 깬 것은 혁아였다.

"쉬어. 갈게."

혁아가 재킷을 집어 들고 방을 나가려는데 서희가 말했다.

"연락했으면 뭘 어쨌을 건데?"

혁아가 멈춰 서서 서희를 돌아봤다.

"그날 이후로 연락 끊은 건 오빠잖아. 그날도 지금처럼 이렇게 그냥 나갔잖아."

혁아는 숨이 턱 막히며 얼굴에 열이 오르는 것을 느꼈다. 수치심 때문에 더는 그 자리에 있을 수가 없었다.

서희 말이 옳았다. 칠 년 전에도 서희와의 섹스가 끝난 뒤 허겁지겁 옷을 걸치고 이슬 젖은 아스팔트를 걸으며 차가운 새벽 공기 속에서 지금과 같은 헛헛함을 느꼈다.

혁아는 자책했다. 왜 철칙을 깨고 일로 만나는 여자와 이런 상황을 만들었는지를. 그것도 똑같은 실수를 똑같은 사람과 또다시. 멍청한 놈.

혁아는 곰곰이 생각했다. 서희가 본인에게 특별한 존재였던 것인지를. 개뿔. 특별하기는. 서희는 그저 얼굴 반반하고 몸매 근사한 그런 여자였을 뿐이다. 그리고 본인은 한 번씩 걷잡을 수 없게 치밀어 오르는 본능을 주체하지 못하는, 별장에서 만난 클라이언트와 다를 바 없는 그저 그런 뻔한 수컷 새끼였을 뿐이다. 특별한 존재고 나발이고 그런 거 없어. 그런 건 닳고 닳은 TV 드라마 같은 데서나 보는 거지. 혁아는 히터가 아직 올라오지 않은 차 안에서 허연 입김을 내뿜으며 연신 짜증 섞인 혼잣말을 내뱉었지만, 그런다고 액자 속 열음이의 눈빛이 혁아의 망막 속에서 지워지지는 않았다.

"창식아! 여기 봐야지! 웃어야지! 우르르르 까꿍! 우르르르 까꿍!"

이미 뷔페 음식을 세 차례나 떠다 먹은 혁아는 디저트를 가지러 한 번 더 갈까 말까 고민하면서 돌 사진 찍는 풍경을 바라보았다. 포토그래퍼는 온갖 요란을 떨었지만 오늘로 돌을 맞이한 그들의 둘째 아들 창식은 규종과 그의 처 사이에서 들어 올려진 채 멀뚱멀뚱 아무런 표정 변화가 없었다. 촬영을 돕고자 양가의 친인척 어르신들이 카메라 옆에 우르르 서서 다 같이 까꿍을 외쳐 댔지만, 정작 웃어야 할 창식 대신 지켜보는 하객들만이 폭소를 터트렸다. 규종 역시 뚱한 표정의 창식을 보며 자지러지게 웃었고, 그런 아빠의 웃음을 보고서야 창식은 수줍게 웃음을 터트렸다. 이 틈을 놓치지 않은 카메라맨이 파바바박— 분주하게 플래시를 터트리며 간신히 몇 컷을 건졌다.

사회자가 다음 순서인 경품 추첨을 진행했다. 음식을 먹던 사람들도, 음식을 뜨던 사람들도, 다 먹고 담소를 나누던 사람들도, 화장실을 갔다 오던 사람들도 모두 하나같이 하던 행동을 멈추고 위아래 왼쪽 오른쪽 주머니를 뒤지며 추첨 번호가 적힌 종이 쪼가리를 꺼내 들었다.

혁아 옆에서 내내 닌텐도 스위치만 하고 있던 창민은 열한 살 차이 나는 늦둥이 창식의 존재가 썩 달갑지 않은 모양이었다. 누가 봐도 티가 날 정도로 퉁명한 얼굴의 창민이었다. 창민은 댓 발 나온 입술을 한 채 닌텐도 스위치에만 눈을 고정했다.

"삼촌이랑 약속했지."

혁아가 말했다.

"요 판만 깨고요."

혁아는 게임에 열중하고 있는 창민을 말없이 지켜보았다. 그러자 잠시 후 내키지 않는 표정으로 창민은 게임기 전원을 껐다. 혁아가 창민의 머리를 쓰다듬으며 말했다.

"기쁜 날인데 게임만 하고 있으면 어떡해."

"자기들끼리만 기쁜 날이에요. 엄마, 아빠는 창식이밖에 모른다니까요. 제가 학원 갔다 집에 안 들어와도 모를걸요?"

창민이 투덜댔다.

"무슨 소리. 갓난아기니까 손이 많이 가서 그런 거지. 시간 지나면 알게 될 거야. 동생 있는 게 얼마나 좋은 건지. 외롭지 않다는 건 정말 좋은 거야."

"그럼 삼촌은 왜 안 하는데요."

"뭘?"

"결혼이요."

혁아는 말문이 턱 막혔다.

"외롭기 싫으면 결혼하면 되잖아요. 아내도 생기고 아기도 생기고."

반박할 수 없는 혁아였다.

"어렵죠? 말이랑 행동이랑 똑같이 하는 게."

하물며 열두 살짜리에게.

그때 사회자가 외쳤다.

"칠십오 번! 칠십오 번 안 계십니까?"

"어? 삼촌! 삼촌 아까 칠십오 번이라고 하지 않았어요?"

뒤통수를 얻어맞은 양 멍하니 앉아 있던 혁아를 흔드는 창민이었다. 혁아가 주섬주섬 번호표를 꺼내 보니 칠십오 번이 맞았다. 창민은 마치 자신이 당첨이라도 된 것처럼 호들갑을 떨며 사회자를 향해 손을 흔들었고, 혁아는 쭈뼛대며 단상 쪽으로 걸어 나갔다. 규종은 아기를 안고서 흐뭇하게 혁아를 바라봤다.

"이번 상품이 어마어마합니다. 바로 모든 여성이 소망한다는, 없어서 못 산다는 바로 그 신상 중에 신상! 최신형 다이슨 헤어드라이어!"

사회자가 홈쇼핑 호스트와 같은 격양된 억양과 제스처로

말했다. 하객들은 환호성을 질렀다.

"혹시 결혼은 하셨나요?"

"아니요."

혁아가 대답했다. 오늘따라 결혼 얘기가 왜 이렇게 자주 나오나 싶더니 사회자의 질문이 이어졌다.

"그럼 여자 친구는 있으시죠? 아주 미남이신데."

"아니요."

혁아가 쑥스럽게 대답했고, 하객들의 집단적인 탄식이 터져 나왔다.

"혹시 몸에 문제 있으신 거 아니죠?"

사회자는 분위기를 띄우기 위해 농담을 이어갔고 하객들은 역시나 미리 녹음된 방청객 웃음소리처럼 바로바로 와자지껄하게 반응했다. 규종 역시 혁아를 바라보며 박장대소했다. 규종의 품속에서 자고 있던 창식은 아빠 웃음소리에 놀라 잠깐 미간을 찌푸렸다가 다시 곤히 잠들었다.

서희의 아파트 주차장에 차를 댄 지가 한 시간이 넘었다. 혁아는 자신이 작은 바람에도 이리저리 휘청거리는 갈대보다 심지 약한 인간임을 그제야 알았다. 돌잔치가 끝난 뒤 다이슨인지 타이슨인지 하는 헤어드라이어를 차에 싣고는 마치 당연하다는 듯 서희의 집으로 향했다. 그러다 문득 '내가 지

50 · 51

금 뭐 하는 거지…' 하며 운전대를 홱 틀었다가 이내 곧 '아냐, 물건의 임자는 다 따로 있는 법.'이라고 스스로를 설득하고 운전대를 다시 원래 방향으로 고쳐 잡았다. 그렇게 아파트 주차장에 도착해서까지도 헤어드라이어를 주느냐 마느냐로 한 시간 넘게 고민했다.

마침내 혁아는 물건을 들고 차에서 내렸다. 누군가 지나가기를 기다렸다가 동 현관문을 통과했고 엘리베이터를 탄 뒤 서희가 사는 층에 다다랐다. 호수가 헷갈리긴 했지만 어렵지 않게 서희의 집을 찾을 수 있었다. 현관문 눈높이 정도에 양각으로 십자가 문양이 부착되어 있었던 것이 어렴풋하게 기억났기 때문이다. 혁아는 초인종을 누르기 전에 심호흡했다. 마치 택배가 온 것처럼 벨을 누른 뒤 문 앞에 물건을 내려놓고 가는 것이 고민 끝에 내린 혁아의 플랜이다. 물건은 임자를 찾아가고 서희와의 어색한 만남은 생략하는. 고가의 제품이라 툭 던져 놓고 가는 것이 좀 불안했으나 문 앞 택배 배달이 일상화된 요즘이라 큰 문제는 없다고 생각했다.

딩동.

벨을 누른 혁아는 문이 열릴까 싶어 황급히 엘리베이터 쪽으로 이동했다. 휴우우. 갑자기 가슴은 왜 이리 두근대는 것인지. 혁아는 가쁜 숨을 쓸어내렸다. 엘리베이터 문이 열리기까지가 또 그렇게 길게만 느껴지는데,

"뭐 하는 거야, 여기서?"

엘리베이터 문이 열리자 서희가 있었다. 서희는 황당한 표정으로 혁아를 봤고 혁아는 당황한 표정으로 서희를 봤다. 서희는 오른손으로 딸 열음의 손을 잡고 있었다. 노란색 유치원 원복 차림의 열음은 말똥말똥한 눈으로 혁아를 뚫어지게 봤고 혁아의 손에서는 식은땀이 배어 나왔다.

"내가 돌잔치를 갔다가… 경품으로 저걸 받았거든… 근데 내가 잘 안 쓸 거 같아서…."

혁아는 문 앞에 놓인 다이슨인지 타이슨인지를 가리키며 계속 더듬거렸다.

"모든 여성이 소망하는 건데… 없어서 못 산다는 신상 중에 신상인데… 모르나…."

서희는 신상 쪽으로 시선을 한번 주고는 혁아를 빤히 쳐다 봤다.

"서희, 너 쓰라고. 그럼 갈게."

혁아는 황급히 엘리베이터 버튼을 눌렀으나 누가 먼저 눌렀는지 모녀가 내린 빈 엘리베이터가 아래로 출발해 버렸다. 젠장. 혁아는 자신에게 꽂히는 서희와 열음 두 모녀의 시선이 참으로 어색하고 불편하기 그지없는데,

"지금 바빠?"

서희가 말했다.

"어…? 아니….”

“차나 한잔 마시고 가.”

서희는 혁아의 대답은 듣지도 않은 채 열음과 함께 걸음을 뗐다.

“갖고 싶던 건데, 잘됐네.”

서희는 다이슨 박스를 집어 들고는 안으로 들어갔다. 홀로 남은 혁아는 난감함에 어쩔 줄 모르고 괜히 머리만 벅벅 긁는데 열음이 현관문 밖으로 고개를 빼꼼 내밀었다.

“가는 거예요?”

“아, 아냐. 들어갈 거야.”

쭈뼛대는 혁아를 먼저 들여보내고 나서야 열음이 현관문을 닫았다.

혁아 앞으로 티백 녹차 한 잔이 놓였다. 꿔다 놓은 보릿자루처럼 앉아 있는 혁아는 찻잔 위 모락모락 피어오르는 허연 김 사이로 보이는 열음의 말똥말똥한 눈빛이 몹시도 불편했다. 서희는 고기 굽는 불판을 가스레인지 위에 올렸다. 냉장고에서 비닐로 패킹된 삼겹살 덩어리를 꺼내며 서희가 말했다.

“열음이가 제일 좋아하는 게 삼겹살이야. 쬐끄만 게 혼자 삼 인분은 먹는다니까.”

가스레인지가 불을 밝히며 불판을 달구기 시작했다.

"아저씨, 우리 엄마 좋아해요?"

열음이 깜박이도 안 켜고 훅 들어왔다. 혁아는 하마터면 머금었던 녹차를 뿜을 뻔했다. 혁아가 우물쭈물하자 두 번째 질문이 이어졌다.

"그게 아니면 여기 왜 왔어요? 그 선물은 또 뭐고."

열음은 너 정도 머릿속은 다 꿰뚫어 본다는 듯 양미간에 깊은 주름을 만들며 혁아를 보았다.

"정열음."

서희가 열음을 나무라듯 쳐다봤다.

"알았어요."

열음이 대답했지만 양미간의 주름이 펴지진 않았다. 혁아는 더 견딜 수 없었는지,

"내가 뭐 좀 도울까?"

일어나며 서희 옆으로 가서 섰다. 하지만 열음의 시선 때문인지 뒤통수가 따가웠다.

"시간 괜찮은 거야? 그럼 고기나 구우시든가."

뭐가 됐든 열음이 앞에 앉아 있는 것보단 나을 것이라고 혁아는 생각했다. 그때 열음이 다시 훅 들어왔다.

"고기 잘 구워요?"

"정열음. 손님한테 그러면 못써."

서희가 다시 열음을 쏘아봤다. 하지만 그 쏘아보는 시선에도 열음에 대한 애정은 담뿍 담겨 있었다.

"못 구운 고기는 싫은데."

열음은 들으라는 듯 혼잣말을 했다.

"최선을 다해 볼게, 아저씨가."

혁아가 말했다.

아마도 혁아에겐 일생일대 가장 초긴장 상태로 고기를 굽는 경험이었을 것이다. 육즙이 살아 있는 쫄깃한 식감, 노릇노릇한 색감, 그리고 열음의 오밀조밀한 입 크기에 적당한 사이즈로 균등한 커팅까지 혁아가 신경쓸 것이 많았다.

열음은 〈고독한 미식가〉를 능가하는 진지한 표정으로 다 구워진 고기 한 점을 입안에 넣었다. 혁아는 침을 꿀꺽 삼켰다. 긴장된 표정으로 열음에게 집중했다.

"음……. 일단 일차 합격."

아씨! 혁아는 자기도 모르게 주먹을 불끈 쥐었다. 그리고 나선 곧바로 의아해했다.

'일차…?'

열음은 오밀조밀한 입으로 만족스럽게 오물조물 삼겹살을 먹어 댔고, 혁아는 헤어드라이어 배달로부터 시작하여 삼겹살 셰프가 되어 버린 자신의 오늘 신세에 대해 여전히 적응이 안 되는 얼굴이었다. 서희는 그런 열음과 혁아를 번갈아 보며 말없이 빙글 웃었다.

 간만에 느껴 보는 '평범한 가족의 식사'였다.
 세 사람 모두, 너무나 오래간만에 느껴 보는.
 평범해서, 그래서 너무나 소중한.

결국은 시각적인 쾌감

구한은 여느 때와 마찬가지로 하루의 마무리를 위해 청담의 단골 멤버십 룸살롱으로 향했다. 청담 명품 거리에서 안쪽으로 골목 하나만 들어가면 있는, 모 유명 연예인이 소유주라는 설도 있는 오 층짜리 건물이다. 외관만 보면 평범한 회사처럼 보이지만 특이한 점이 하나 있다면 그건 바로 건물에 단 하나의 간판도 존재하지 않는다는 것이다. 알음알음으로 철저히 멤버십으로만 운영되는 룸살롱이다. 고객은 주로 재벌 이, 삼세와 자수성가한 벤처 일세대 대표들, 아니면 한류 스타급 연예인들이었다.

구한에게는 이십 대 시절 아버지로부터 당신 기업에 대한 경영 수업을 시작함과 동시에 익숙해져야 했던 공간이 바로 룸살롱이었다. 아버지를 따라다니며 사람들을 소개받았고, 접대라는 것을 배웠으며 한국에선 그걸 통해 불가능한 일이 없다는 것을 여실히 깨달았다. 법적으로 절대 불가능하게 보였던 사업도 '이곳'만 통하면 막혔던 혈이 뚫리듯 시원하게 풀렸다. 이곳을 왔다 간 사람들을 통해 법이 바뀌는 것을 여러 번 보았고, 법이 바뀌지 않을 땐 접대받는 사람이 바뀌곤

했다. 그리고 사람이 바뀌면 자연스레 법도 바뀌고 제도도 바뀌고 모든 것이 원하는 대로 바뀌었다.

다행히 '접대 비즈니스'가 구한의 체질엔 잘 맞았다. 주변의 친분 있는 다른 재벌 이삼 세들을 보면 귀하게 자란 탓인지 '싸바싸바', '딸랑딸랑' 이런 게 잘 안 되는 이들이 많았다. '접대'의 핵심이 그것인데 말이다. 그런 면에서 구한은 확실히 난놈이었다. 평생을 남들이 떠받들어 주는 삶을 살았음에도 본인이 납작 엎드려야만 하는 결정적인 순간에는 주저 없이 몸을 낮춰 상대방이 황송해할 정도로 그들을 떠받들 줄 알았다. 스스로 그 쾌감을 너무나 잘 알기에 상대방에게도 그것을 제대로 느끼게 하는 재주가 정말 탁월했다. 피접대자가 어떤 분위기의 술집을 좋아하는지, 어떤 양주를 좋아하는지, 어떤 스타일의 여자를 좋아하는지, 어떤 유형의 섹스를 좋아하는지를 빠르게 파악하여 맞춤형 접대를 제공했고 그 결과는 틀린 적이 없었다. 그의 회사, 'LAS 그룹'이 아버지 대보다 계열사가 더 늘어나면서 확장된 데에는 분명 구한의 공이 컸다.

단점이 없었던 것은 아니다. 일단 첫 번째로 알코올중독이 되어 하루도 술을 먹지 않고는 잠드는 날이 없었다. 오늘처럼 접대가 없는 날에도 접대하는 공간에 와서 일과처럼 술을 먹었다.

두 번째 단점이 더 심각했다. 바로 역치의 비정상성. '룸'이라는 막힌 공간에서는 이성을 해제하는 자장이라도 흐르는 걸까. 방 밖에선 그토록 고결하고 보수적으로 행동하던 인간들이 희한하게 방안으로만 들어오면 무절제하고 비이성적으로들 변했다. 인간이 할 수 있는 모든 변태적 행위를 넘어서 상상조차 하기 힘든 행위들까지 방에서 이뤄지곤 했다. (이를테면 투자 계약 조건을 조율하는 대화를 하면서 테이블 아래에선 각자의 파트너로부터 오럴 섹스를 받는다거나. 이 정도 수위가 그나마 여기에 밝힐 수 있는 약한 수준의 것이다.) 이와 같은 생활을 이십 년 넘게 해 온 구한에겐 이제 웬만한 자극은 자극도 아닌 것이 되었다. 그리고 온갖 다양한 자극을 다 경험해 본바, 이제는 직접 행동하는 것보다는 보는 것에— 그러니까 '시각적'인 것에 더 쾌감을 느끼게 되었고, 그 쾌감을 통해 스스로 위안하는 것(自慰)에 점점 만족하게 되었다. 이런 취향의 구한에게 '앱솔루트'는 매우 유용한 서비스였다.

'룸'이 본인 집 안방보다도 훨씬 편하게 느껴졌으며 아들이나 와이프와 있는 편보다 오른팔인 김익호 상무, 왼팔인 한이상 대표와 함께 '룸'에 있는 편이 심신 안정에 더 많은 도움이 되었다.

그렇다고 해서 구한과 김익호, 그리고 구한과 한이상 사이에 어떤 인간적인 감정 따위가 들어갈 여지는 없다. 단순하다. 혼자 있기에는 그냥 왠지 허전하고, 같이 있자니 비위 맞출 필요 없이 제멋대로 해도 되는, 말 그대로 편한 상하 관계이기 때문이다. 더불어 오랜 시간 산전수전 겪으면서 볼 거 못 볼 거 다 공유한 관계, 그래서 구한이 취향이나 기분, 컨디션 등을 따로 말하지 않아도 되는 효율적 관계라고나 할까. 하나 더. 구한은 넥타이 차고서 엘리트처럼 구는 먹물 놈들보다 이놈들이 같이 술 먹고 놀기에 훨씬 좋았다. 몸 쓰는 놈들이 지닌 특유의 무식하고 순수한 매력 때문이었다.

구한과 그를 그림자처럼 보필하는 김익호가 룸으로 들어오자 기다리고 있던 한이상이 반사적으로 일어나 머리를 조아렸다. 그러고는 아이패드를 꺼내 들고 일종의 주간 업무 보고를 구한에게 올렸다.

한이상은 구한의 계열사 중 하나인 LAS 유통의 대표를 맡고 있다. 사실 LAS 유통의 실질적인 경영 사장은 따로 있으며 한이상이 실제로 하는 일은 '기업 깡패일'이다. LAS 유통엔 한이상이 데려온 조폭 출신의 직원들이 다수 취업해 있다. 과거 모 대통령 시절에 대기업 비서실을 폐쇄하게 되면서 LAS 유통이라는 이름으로 간판을 바꿔 달게 되었다. 법의 테두리 밖에서 원활한 비즈니스를 위해 배후에서 은밀하게 움직이는, 일종의 불법 용역 개념으로 보면 된다. 재개발구역의 철거민들을 이주시키는 기본적인 일부터 강성 노조원들을 협박하는 일까지 의외로 할 일이 많았다.

한이상의 주된 보고 내용은 석 달 후로 다가온 LAS 타워 개관 행사에 관련된 것들이었다. 내년 3월 1일에 맞춰 개관하기 위해 인테리어 시공 일정을 말도 안 되게 앞당겨야만 했고, 이에 따라 작업자들의 불평불만이 속출했다. 결국 잡음을 잠재우기 위해 한이상과 LAS 유통이 타워 신축 현장에 모습을 드러냈고, 작업자들에게 당근과 채찍을 적절히 섞어 작업한 끝에 잡음을 잠재울 수 있었다. LAS 타워는 구한이 그룹의 시그니처라고 생각하며 심혈을 기울인 사업이다. 호텔과 쇼핑, 극장을 비롯한 온갖 엔터테인먼트와 최고급 주거 시설까지 LAS 기업이 반세기 넘게 발전시켜 온 비즈니스의 역사가 LAS 타워 안에 다 담겨 있었다.

"그러니까 예정대로 진행되는 데 문제없다는 거지?"

구한이 길게 듣기 귀찮다는 듯 물었다.

"네. 회장님."

한이상이 대답했다.

구한은 글라스에 위스키를 콸콸 따른 뒤 목을 꺾으며 들이부었다. 마셨다는 표현보다 들이부었다는 표현이 정확할 것이다. 마른안주를 질겅거리는 구한을 가운데 두고 김익호와 한이상이 마주 보고 앉아 있었다. 김익호가 말했다.

"한 대표. 지난번에도 문제없다더니 청와대랑 시청으로 민원 들어간 적 있습니다. 기억하시죠?"

넌 또 왜 쓸데없는 소릴 하고 자빠졌냐, 하는 눈빛으로 한이상이 김익호를 쏘아봤다. 김익호는 아랑곳하지 않고 말을 이었다.

"아시겠지만 회장님께서는 타워 개관에 앞서 구설수에 오르는 것을 매우 경계하고 계십니다. 각별히 신경써 주시기를 바랍니다."

"우리 김 상무는 말이야, 누구나 다 아는 얘기를 새로운 얘기처럼 하는 놀라운 재주가 있어."

한이상이 웃는 얼굴로 빈정거렸다.

구한은 글라스 한 잔을 더 들이켜며 김익호와 한이상 둘을 번갈아 봤다. 그러곤 씨익 웃었다. 재밌었다. 두 놈 다 주먹 잘 쓴다는 이유로 회사로 들인 건데 어느 순간 둘 다 회사 간부가 다 된 것처럼 갑론을박하고 앉아 있는 모습이 뭔가 부조리한 코미디처럼 느껴졌다. 하지만 이것도 다 구한의 의도였다. 한 놈은 '상무' 타이틀을 준 뒤 심복처럼 자신의 옆에 두었고, 또 한 놈은 '대표' 타이틀을 준 뒤 밖에서 활동하게 했다. 그러자 대표 놈은 구한 옆에 착 달라붙어 있는 상무 놈을 질투했고, 상무 놈은 대표 명함 들고 밖에서 대접받는 놈을 부러워했다. 두 놈 모두 분명히 알고 있었다. 언젠간 본인 아니면 저놈, 둘 중 오직 하나만이 구한의 선택을 받게 될 것임을. 구한은 회사 경영도, 인간관계도 늘 이런 식이다. 상대방을 견제하게 만들면서 그 사이에서 본인은 혜택을 얻는, 손 안 대고 코 푸는 것처럼. 바로 지금처럼 본인은 술이나 먹고 앉아 있으면 알아서들 치열하게 치고받으면서 정상 궤도를 찾아가는 것이다.

"일 얘긴 그만하고 술이나 먹지."

구한이 김익호와 한이상의 잔에 벌컥벌컥 위스키를 부었다. 구한이 잔을 들어올리자 상무와 대표 두 사람 모두 두 손으로 받들듯이 잔을 들어올렸다. 세 명은 디귿 자 모양으로 앉았고 테이블이 큰 관계로 거리가 멀었기에 잔을 부딪치지는 않았다. 김익호와 한이상은 고개를 돌려서 술을 마셨고, 누가 빨리 마시나 내기라도 하듯이 단숨에들 잔을 비웠다. 그 직후 한이상이 테이블 아래에서 목제 상자를 들어 올리더니 구한 앞으로 쓱 밀었다. 큰 태블릿 하나가 들어갈 법한 크기였다.

"뭐야, 이게?"

"열어 보시지요."

구한이 상자를 열자 총신이 긴 권총 하나가 매뉴얼과 청소 도구 등과 함께 포장되어 있었다.

"지난번에 말씀하지 않으셨습니까? 총 하나 갖고 싶으시다고요. 제가 러시아 쪽 애들 통해서 어렵게 구했습니다. 한번 잡아 보시죠. 그립감이 예술입니다."

한이상이 미소를 머금고 말했다. 구한이 총을 집어 들었다. 묵직했다. 영화 같은 데서 탄창 쪽으로 후려치면 기절하는 장면들이 괜한 게 아니었구나 싶었다.

"스미스앤웨슨 M29. 더티 해리가 썼던 총입니다. 총신 길이도 〈더티 해리〉 버전하고 똑같고요."

한이상이 말했다.

"〈더티 해리〉? 클린트 이스트우드?"

"네, 맞습니다."

"좀 올드한 거 아닌가. 요즘은 〈존 윅〉에 나온 글록 시리즈가 인기 있다고 하던데."

지켜보고 있던 김익호가 중간에 끼어들며 초를 쳤다.

"아! 〈존 윅〉 재밌지. 다 봤어, 그 시리즈."

구한이 말했다. 한이상이 김익호에게 눈을 한번 부라린 뒤 구한에게 말했다.

"글록 그거는 애들이나 좋아하는 총입니다. 회장님에게 어울리는 총은 바로 요 카리스마 넘치는 스미스앤웨슨이죠."

김익호가 그 말을 받았다.

"애들은 무슨 애들이야. 〈아저씨〉에서 원빈이 썼던 총이 글록인데. 애들이 아니라 아저씨."

"김 상무. 갑자기 웬 글록 타령인데. 거기 홍보 대사야 뭐야?"

참다못한 한이상의 목소리가 높아졌다.

"조용."

구한이 M29를 한이상에게 겨누며 말했다. 그러자 한이상이 곰 같은 체구를 테이블 아래로 바짝 숙였다.

"회장님. 장전이 돼 있지 말입니다."

"그래?"

구한이 총구를 김익호에게로 옮겼다. 그 강직해 보이던 김익호 역시 움찔하며 슬금슬금 총구에서 벗어나려 했다. 구한이 킥킥대며 웃었다. 남들을 꼼짝 못 하게 하는 무기 하나쯤 손에 있는 느낌이 썩 괜찮았다.

"야. 김 상무. 너도 나한테 선물 하나 해라."

"말씀만 하십시오."

김익호가 대답했다. 자신도 구한의 눈에 들고 싶은 마음이 굴뚝같았다.

"저번에 별장에서 만났던 여자애 있잖아. 앱솔루튼지 뭔지. 걔가 내 전화를 안 받네. 걔 좀 내 앞에 데려와 봐. 걔가 뭐 되게 보고 싶고 그런 게 아니라 그냥 전화를 몇 번 했는데 안 받더라고. 그게 좀 기분이 좆같더라고. 그년 얼굴을 직접 보고 물어봐야겠어. 도대체 내 전화를 왜 씹었는지를.”

구한이 스미스앤웨슨의 자태를 감상하며 말했다.

각자의 자리로 돌아갈 시간

　서희는 유치원을 향해 허겁지겁 뛰었다. 시계를 봤을 때 학예회 시작 시간에서 정확히 칠 분이나 지난 상황이었다.

　학예회에 늦지 않기 위해 요가 클래스를 평소보다 오 분 일찍 끝냈다. 바삐 옷을 갈아입고 나가려는데 요가 학원 원장이 서희를 기다리고 있었다. 잠시 할 얘기가 있다며 사무실로 들어가자고 하더니 정직원 선생님으로 채용하고 싶다는 얘기를 꺼낸 것이었다. 서희는 삼 년째 파트타임 인스트럭터로 일하던 중이었다. 다른 때 같았으면 환호성이 나왔을 일이겠지만 하필이면 열음의 학예회 공연을 촉박하게 앞두고 있던지라 맘껏 기뻐할 수 없는 노릇이었다. 감사합니다, 열심히 하겠습니다, 서희는 연신 머리를 조아리면서도 마음은 벌써 유치원으로 향해 있는데 원장의 말은 끝날 듯 끝나지 않았다. 정직원으로서 받는 혜택부터 요가 인스트럭터가 갖추어야 할 덕목을 나열하는 등 투 머치 토커의 습성이 튀어나오려고 하자, 서희는 어쩔 수 없이 원장의 말을 끊은 뒤 사정을 밝히고는 자리에서 일어났다. 그런데 하필이면 학원 건물 주차장에 세워 둔 서희의 차가 이중 주차로 막혀 있어서 차주에게 전화를 건 뒤 발을 동동 굴러야만 했고 급한 마음에 서둘러 운전하다가 내비게이션이 안내하는 우회전 신호를 놓치는 바람에 칠 분 넘게 지각해 버렸다.

공연을 방해할 정도로 요란스럽게 응원하는 부모와 가족들 틈에서 자신을 보러 온 사람이 한 명도 없다는 사실을 알았을 때 열음의 마음은 어떨까. 부모 동반 행사 때마다 늘 자신 혼자서만 참석하는 것도 아이한테 미안했는데 거기다 지각까지. 부디 행사 지연으로 시작이 늦어졌기만을 바라며 서희는 유치원 내 복도를 가로질러 지하 소강당으로 뛰어 들어갔다.

문을 열었을 땐 아뿔싸, 이미 열음은 친구들과 함께 올인원 형태의 동물 복장을 한 채 무대 위에서 '강남 스타일'에 맞춰 춤을 추고 있었다. 죄책감과 낭패감을 느낀 것도 아주 잠시, 서희는 곧바로 알아볼 수 있었다. 열음이 아주 밝은 표정으로 춤을 추고 있다는 것을. 웃을 수 있는 가장 큰 함박웃음을 띤 채로 말이다. 열음은 오직 한 곳만을 바라보며 춤을 추고 웃었다. 무대 단상 바로 아래 중앙에서 혁아가 스마트폰으로 열음을 찍고 있었다. 촬영하려고 모여든 부모들 틈에서 혁아는 단연 돋보였다. 필요 이상으로 엉덩이를 뒤로 뺀 어정쩡한 촬영 자세부터 "열음아! 여기 봐! 열음아, 화이팅! 열음아! 최고다!" 쉬지 않고 무언가를 외쳐 대기까지, 보고 있는 사람이 다 민망해질 지경이었지만 자기도 모르게 웃음이 풋— 터져 나오는 서희였다. 유치원 학예회에 참석해 본 사람은 알 것이다. 혁아가 자리 잡은 저 자리, 즉 촬영하기 위한 최상석(最上席)은 최소 한 시간 이상 일찍 오지 않으면 확보할 수가 없는 자리라는 것을.

열음은 잠시 후 객석 뒤편에 서 있는 서희를 발견하고는 해맑게 웃으며 손을 크게 흔들었다. 혁아도 뒤돌아보고는 서희와 눈이 마주치자 쑥스러운 미소를 지었다. 열음과 혁아를 번갈아 바라보던 서희는 가슴속에서 왜인지 뭉클해지는 것을 느꼈다. 그리고 궁금했다. 혁아가 도대체 어떻게 알고 여기에 올 수 있었는지가.

"내가 전화했어. 아저씨도 시간 되면 오라고."

공연이 끝난 후 열음이 상기된 얼굴로 말했다. 스마트폰 번호는 지난번 집에 왔을 때 '땄다'고 했다.

"아저씨가 별일 없다고 했어. 그렇지, 아저씨?"

무조건 오라고 할 땐 언제고…. 혁아는 천연덕스러운 표정의 열음을 보며 할말을 잃었다. 다행히 앱솔루트 일이 주로 밤과 새벽에 이뤄지는지라 열음과의 약속을 지킬 수 있었다. 다만 밤을 새우고 오느라 정신이 좀 몽롱했다. 새벽에 귀가한 뒤 혹시나 알람에도 못 일어날까 봐 잠을 청하지 않고 뜬 눈으로 아침을 맞이했기 때문이다.

"잘 찍었지? 처음부터 안 놓치고."

서희가 혁아에게 물었다.

"어…? 나름… 최선을 다했지."

"고마워. 와 줘서."

혁아는 어깨를 으쓱해 보였다.

"이차 합격."

열음이가 서희와 혁아 사이에 끼어들며 말했다.

"무슨 테스트를 하는 건데?"

서희가 열음에게 물었다.

"있어, 그런 게."

"몇 차까지 있는 건데?"

혁아가 물었다.

"그건 비밀."

열음이 대답했다.

"자, 가요. 다음 장소."

"다음 장소?"

서희가 눈을 동그랗게 뜨며 물었다.

"엄마 오기 전에 아저씨랑 다 얘기해 놨어."

열음이 먼저 발걸음을 떼며 말했다. 서희는 혁아를 쳐다봤
다. 혁아도 당황하여 눈이 동그래진 상태였다. 열음이 저 녀

석, 자기한테는 엄마랑 다 얘기된 거라고 하더니 또 당한 건가 싶어 실없는 웃음이 나오는 혁아였다.

세 사람은 혁아의 차를 타고 놀이동산으로 이동했다. 놀이동산 근처 식당에서 간단하게 자장면으로 요기를 한 뒤, 자유이용권을 끊어 각종 놀이기구를 섭렵하기 시작했다.

함께 탈 수 있는 놀이기구들을 한 번씩 다 탄 후 이제 집에 가나 싶었는데 열음은 삼십 분여 남은 폐장 시간 전까지 바이킹을 몇 번 더 타겠다고 했다. 서희와 혁아가 기겁하며 속이 메슥거려서 더는 못 타겠다고 손사래를 치자 열음은 자기 혼자 하겠다며 쪼르르 달려갔다.

"엄마! 아저씨!"

바이킹 끝자리에 탄 열음이 서희와 혁아에게 소리쳤다. 한껏 재미난 표정을 한 채 한 손은 안전 바를 잡고 다른 한 손으론 둘을 향해 연신 손을 흔들었다.

"두 손 다 꽉 잡아야지!"

서희가 열음을 향해 소리쳤으나 그 소리가 열음에게 전달되진 않았다.

"힘들지?"

서희가 혁아에게 물었다. 둘은 바이킹을 탄 열음이 잘 보이는 벤치에 앉았다.

각자의 자리로 돌아갈 시간

"와. 조그만 게 체력이 장난 아니네."

"애 키우는 게 얼마나 힘든 건지 알겠지?"

바이킹이 파도에 출렁거리듯 솟구쳤고, 열음은 환호했다. 저 메슥거리는 것이 저리도 좋을까. 전생에 무슨 해적이라도 됐었던 걸까.

"근데 왜 이렇게 잘해 주는 거야?"

서희가 눈은 열음에게 고정한 채로 물었다.

함께 삼겹살을 구워 먹은 이후 이들은 자연스레 몇 번 더 만났다. 함께 극장에 가서 열음이가 좋아하는 〈명탐정 코난〉 극장판도 봤고 레스토랑에서 밥도 같이 먹었다.

"나를 좋아하는 거야? 아니면 그냥 몇 번 더 자고 싶어서 이러는 거야? 그것도 아니면 설마 열음이가 진짜 오빠 딸이라도 된다고 생각해서 이러는 거야?"

서희가 물었고, 혁아는 말문이 턱 막혔다. 사실 스스로에게 이미 던졌던 질문이다. 헤어드라이어를 가지고 서희의 집으로 향했던 그날부터 유치원 학예회로 향했던 오늘까지도 몇 번씩이나. 하지만 혁아 역시 그 까닭을 정확히 알 수 없어 답답할 따름이었다.

"뭐가 됐든 상관없어. 나도 열음이도 즐거웠으니까."

서희의 말이 이어졌다.

"근데 오늘까지만 하자. 괜히 더 마음 쏟았다가는 상처받을 거 같아. 나도 열음이도."

바이킹이 다시 뱃머리를 힘차게 들어올렸다. 열음이 손을
흔들었고, 서희도 손을 흔들며 화답했다. 혁아만이 혼란스러
운 표정이었다.

그때였다. 혁아의 스마트폰이 울렸다. 발신자는 '앱솔루
트'. 비즈니스를 전달하는 규종의 업무용 전화였다. 용건은
이러했다. '클라이언트128이 서비스를 다시 한번 이용하고
싶어한다.' 그리고 비고 사항이 있었다. 최대한 빠른 시간 내
에 스케줄을 잡을 것. 그리고 반드시 지난번에 만났던 그 여
자여야만 한다는 것.

혁아는 전화를 끊었다. 서희는 어떤 전화인지 눈치채곤 아
무 말도 하지 않았다. 둘 사이에 정적이 흐르다가 혁아가 입
을 열었다.

"내일⋯ 가능해?"

서희는 클라이언트128로부터 직접 걸려 왔던 여러 번의 전
화를 모두 받지 않았다. 그랬더니 결국 앱솔루트를 통해 연
락을 취해 왔다. 왠지 모르게 소름 끼치던 그 클라이언트를
다시 만나고 싶지 않았다. 하지만 그를 본다면 요가 강사로
서 벌 수 있는 연봉보다도 더 많은 돈을 한 번에 벌 수 있다.

"가능해."

서희가 대답했다.

까르르 웃는 옅음의 목소리가 아득하게 들려왔다. 둘은 깨
달았다. 마냥 즐거웠던 이곳의 폐장 시간이 닥쳐왔고, 이제
각자의 자리로 돌아갈 시간이 되었다는 사실을.

오랜만이군. 자넨 내가 며칠 연락을 안 해서 좋았을라나. 크
크큭. 자네도 이제 잘 알잖아. 내가 자네 기분 따위 고려하는
사람이 아니라는 걸. 근데 말이야, 오늘만큼은 자네가 내 기
분을 좀 고려해 줬으면 해. 위로를 좀 해 달라는 얘기야. 그
러니까 무슨 위로냐 하면… 자네가 우리 와이프를 본 적 있
던가. 그래, 봤다. 한 번. 계약서 날인할 때 말이야. 자네도 속
으로 생각했겠지. 나 같은 놈한테 과분한 여자라고 말이야.
맞아. 나도 알아. 이미 내 뒤에서 수많은 놈들이 그렇게 쑥덕
거렸으니까. 근데 말이야, 그 말 듣는 게 기분 나쁘지 않았
어. 맞는 말이니까. 난 늘 궁금했어. 우리 와이프가 왜 나 같
은 놈이랑 결혼했을까. 그래서 언젠가 한번 물어봤어. 결혼
한 지 삼십 주년이 되는 날이었을 거야. 와이프가 날 측은
하게 보면서 말하더군. 여보, 당신은 생각보다 괜찮은 사람
이에요. '생각보다'라고 했어. 크크큭. 우리 와이프가 보기엔
안 그럴 거 같은데 꽤나 유머러스하다니까. 그리고 뭐랬더
라? 아! 소심하고 수줍은 게 매력이었다나. 그녀를 처음 만났
던 게 내 동기 놈 결혼식 피로연이었어. 그녀가 젊었을 땐 말

이야, 그녀 주변이 환했어. 정말이야. 몸 안에 무슨 조명기라
도 들어 있는 것처럼 말이야. 그러니까 사람들이 안 쳐다보
고 배겨. 그날 결혼식에 왔던 싱글남들이 다 그녀 주변으로
모여들더군. 환한 전구 주변에 나방들이 모여들듯이 말이야.
아니지. 나방보다는 반반하고 말끔한 나비 같은 놈들이었다
고나 할까. 굳이 말하면 그 자리에서 내가 가장 나방 같은 놈
이었지. 나 정도 외모와 키로는 명함도 못 내밀겠더라고. 내
가 유재석이처럼 말을 재밌게 잘하는 놈도 아니었고 말이야.
그래서 그냥 멀찍이서 바라만 봤지. 그러다 그녀와 눈이 한
두 번 마주친 거야. 바보같이 눈으로 호감의 사인을 보내기
는커녕 죄지은 놈처럼 내가 먼저 그녀의 눈을 피했다니까!
아, 근데 말이야. 정말 내가 그날, 아니 내 인생에서 제일 잘
한 게 있다면 그건 바로 내가 와인 테이블 근처에 서 있었다
는 거야. 와인을 다 마신 그녀가 잔을 더 채우기 위해 내 쪽으
로 오더라고. 정확히 말하면 와인 테이블 쪽으로 말이지. 그
러더니 갑자기 나한테 말을 거는 거야. "무라카미 하루키를
좋아하세요?" 난 깜짝 놀랐지. 대뜸 소설가를 물어보니까 말
이야. 난 더듬대면서 말했어. 정말 좋아한다고. 최근엔 대학
생 때 읽었던 『빵가게 습격』을 다시 읽었다고 했어. 그러자
그녀는 자기도 최근에 『빵가게 재습격』을 다시 읽었다고 방
긋 웃으며 말하는 거야. 난 재습격이 있었는지도 몰랐어. 하

지만 마치 잘 아는 것처럼 고개를 끄덕거렸지. 그녀는 그 자리에서 빈 와인 잔을 몇 번이고 채우면서 하루키 얘기를 나와 나눴어. 『바람의 노래를 들어라』부터 『국경의 남쪽, 태양의 서쪽』까지 말이야. 『상실의 시대』는 물론이었고. 나중에 그녀가 말하더군. 자신에게 말을 건 남자들이 다 잘생기고 학벌도 좋았는데 놀랍게도 하루키 책을 제대로 읽은 사람이 단 한 명도 없었다고. 심지어는 누군지 모르는 사람도 있었다고. 그러다가 나를 만난 거지. 하루키 선생이 어찌나 고맙던지. 하루키를 읽지 않은 그 말쑥한 놈들이 어찌나 고맙던지! 와이프는 가끔 농담하곤 했어. 하루키 선생 땜에 자기 인생이 요 모양 요 꼴이 되었다고. 크크큭.

그녀를 오늘 떠나보냈어. 관 안에 『빵가게 습격』과 『빵가게 재습격』 두 권을 같이 묻었고. 저승에서까지 그 모양 그 꼴로 살라고 말이야. 크크큭. 그녀가 이승에서 한 마지막 말은 이랬네. 당신 덕분에 무료하지 않게 잘 살다 간다고. 고마웠지. 그렇게 말해 주니. 근데 그렇게 혼자 가면 나는 이제 어떡하라고. 나는 오늘 하루도 무료해서 견딜 수가 없는데. 그러니까 이렇게 자네한테 또 전화한 거야. 이해하게나. 특히 오늘만큼은. 그렇다고 자주 전화하지는 않을게. 앱솔루트 서비스라는 게 결국 쾌락과 휴식, 마음의 안정 같은 걸 주려는 목적 아닌가. 그걸 얻기 위한 방법이 꼭 섹스일 필요는 없는 거지.

클라이언트127로부터의 전화

돈도 똑같이 지불한다니까. 자네 입장에선 더 이득 아닌가. 잠깐 늙은이 푸념이나 좀 들으면 되는 일이니까 시간 대비 노동력으로 봤을 때 말이야. 아닌가? 아니면 말구. 내가 말이 좀 길었나? 왜 대꾸가 없어? 자주 전화 안 한다니까. 어떻게든 버텨 볼 거야. 와이프가 그러라고 했으니까. 근데 『빵가게 습격』이랑 『빵가게 재습격』을 다시 한번 읽고 싶은데 없어서 어떡하지? 괜히 관 속에 넣었나. 인터넷 주문? 젠장, 해 본 적이 있어야지. 이래서 나이 먹은 할아방구는 빨리 없어져 버리는 게 세상에 도움 되는 거라니까. 혹시 시간 나면 자네가 좀 도와줄 수 있겠나? ……무슨 생각을 하는 게야? 책 주문하는 것 좀 도와 달라고. 날 죽여 달라는 게 아니라!

꿈결 같은 잠

　칠 년 만에 재회했던 그 장소에서 혁아와 서희는 다시 만났다. 서희는 차에 오르며 여느 때와 다름없는 미소로 혁아에게 인사를 건넸고, 혁아 역시 늘 그렇듯 담담한 표정으로 화답했다. 평소처럼 차 안엔 별 대화랄 게 없었다. 한동안은.

　서울을 벗어나며 강변북로의 동부 끝단을 달리고 있을 즈음 정적을 깨고 혁아가 서희에게 물었다.

　함께 바다를 보러 가지 않겠느냐고, 바로 지금.

　서희는 조금의 망설임도 없었다. 기쁨의 미소를 지었고, 대답 대신 혁아의 입술에 키스했다. 차가 잠시 위태롭게 휘청거렸지만 금방 제 차선 안으로 들어왔다. 두 사람의 목적지는 남양주 외곽에서 강원도 정동진으로 한순간에 바뀌었다. 내비게이션이 안내하던 루트로부터 그들의 현재 위치를 표시하는 시그널이 일탈하는 순간 두 사람 모두 묘한 쾌감을 느꼈다.

　혁아는 본인이 어떻게 그런 과감한 행동을 할 수 있었는지 스스로도 의아했다. 어젯밤 느닷없이 걸려온 클라이언트127의 전화 때문이었을까. 한 시간 가까이 들었던 그의 사랑 타령 때문이었을까. 만약 그 전화가 없었더라도 혁아는 서희에게 떠나자는 얘기를 던질 수 있었을까. 글쎄. 이런 가정 따위가 무슨 의미가 있겠느냐마는, 분명한 건 그 전화를 받은 이후 혁아는 계속 침대에서 뒤척이다가 새벽 동이 터 올 무렵 본인이 무엇 때문에 잠을 설치는지 깨달았다는 것이다. 사랑? 그런 표현은 어울리지 않는다. 혁아가 사랑이라는 단어의 의미를 잘 모르기 때문에 사용할 수 없는 표현이라는 설명이 더 정확할 것이다. 그는 평생 누군가에게 사랑을 받아본 적도 그 누구에게 사랑을 줘 본 적도 없다. 하지만 분명한것은 서희와 재회하고 나서 지금까지 살아온 것과는 다른 삶을 꿈꾸게 되었다는 것이다. 누군가와 곁에 있다는 사실만으로 안온함을 느끼고 함께하는 그 순간이 영원이 되기를 바라는, 누구나 꿈꾸는 그런 평범한 삶을.

두 사람이 정동진에 도착했을 땐 새벽 세 시 무렵이었고 겨울 바다는 칠흑 같은 어둠 속에서 희미하게 은결이 일었다. 바닷바람이 매서웠기에 혁아와 서희는 서로를 꼭 부둥켜안고서 모래사장을 걸었다. 한참을 걸은 끝에 24시간 카페를 발견했고 그곳에서 몸을 녹이며 커피를 마셨다. 창가에 나란히 앉아 한동안 바다를 바라보다가 푸르스름한 새벽빛이 올라오자 둘은 다시 바닷가로 나갔다. 그러고는 또다시 자석처럼 꽉 부둥켜안고서 태양이 바다를 뚫고 올라오는 광경을 지켜봤다. 서희가 말했다. 태양이 떠오르는 속도가 이렇게 빠른지 몰랐다고. 혁아도 고개를 끄덕였다. 태양의 아래쪽 끄트머리가 바다로부터 분리되는 순간 두 사람은 키스를 나눴다. 허기를 느낀 두 사람은 바다가 보이는 횟집에서 회와 매운탕을 먹고는 가까운 호텔로 향했다. 졸린 관계로 섹스는 자고 일어나서 하기로 했다. 두 사람은 꼬옥 부둥켜안은 채 모든 잡념이 다 사라진 포근한 잠을 잤다. 꿈결 같은 잠이었다.

  그들이 꿈꿨던 일탈이란 것 역시 평범한 연인들의 평범한 데이트와 별반 다르지 않았다. 하지만 일탈의 대가만큼은 결코 평범하지 않았다. 혹여 이를 미리 알았더라면 그들은 그들이 가야만 했던 빨간 루트에서 절대 벗어나려 하지 않았을 것이다.

안타깝게도 그 시기가 조금 빨랐을 뿐

구한은 약속 시간에서 사십 분여가 더 지난 다음에야 화상 회의에 접속했다. 그리고 들어오자마자 자기 할말만 떠들어 댔다.

– 나를 봤으면 죄송하다는 말이 먼저 나와야 하는 거 아닙니까? 내가 그 일정 때문에 해외 출장 일정을 바꾼 사람입니다. 그뿐만이 아니야. 걸프렌드가 먹자는 저녁도 포기했다고. 무엇보다 더 좆같았던 게 뭔지 압니까? 내가 별장에서 깨끗이 목욕재계를 하고 가운만 걸친 채로 밤새 기다렸다는 거야. 연락은 아무도 안 되지, 처음엔 무슨 사고라도 났나 싶었다니까. 궁금해서 못 견디겠더라고. 그래서 심지어는 비서 시켜서 알아보라고 했어. 그날 밤 경찰서에 교통사고 접수된 게 있는지, 근처 종합병원 응급실에 사고 환자가 들어오진 않았는지. 없어. 전혀 없더라니까. 약속 시간 세 시간 지나니까 대충 감이 오더라고. 빠킹 났구나. 이 년놈들이 날 엿 먹이는구나. 기집년 혼자 엿 먹이는 거였으면 그 건방진 포주 새끼한테서라도 연락이 왔어야 하잖아. 그렇게 빡이 돈 상태로

내가 뭘 했을 거 같아요? 딸딸이를 쳤어요. 아시죠? 딸딸이 치고 난 후의 그 허탈한 느낌. 그 좆같은 느낌. 안 그래도 기분이 좆같았는데 씨발, 거기에 더 좆같은 기분이 되었다 이겁니다. 무슨 말인지 아시겠어요?

- 죄송합니다. 노여움 푸실 수 있게 보상해 드리겠습니다.

화상회의의 호스트인 남자가 정중하게 말했다.

- 보상? 크하하하! 무엇으로 보상하게? 돈? 여자? 내가 지금 그런 게 아쉬워서 이러는 거 같아요? 됐고, 이제부터 내가 알아서 할 거야.

구한이 캠 가까이 얼굴을 들이밀며 말했다. 광각 효과로 인해 그의 얼굴이 흉측하게 왜곡됐다.

- 그게 무슨 말씀이신지?

호스트가 되물었다.

- 내 노여움은 내가 알아서 풀겠다고요. 내가 그 말 하려고 들어온 거야. 당신들은 그냥 가만히 있기만 하면 돼. 무슨 일이 벌어지든 간에.

그 말을 끝으로 구한은 화상 공간에서 빠져나갔다. 누가 봐도 알 수 있을 정도로 구한은 약에 취해 있었다. 그렇다고 해서 구한이 맘에 없는 말을 하거나 과장한 것은 아니었다. 오히려 너무나 솔직한 속내를 토해 낸 것이었기에 화상회의를

안타깝게도 그 시기가 조금 빨랐을 뿐

지켜본 앱솔루트의 수뇌부 세 명의 근심은 커질 수밖에 없었다.

구한과 대화를 나눴던 호스트가 노트북을 닫으며 한숨을 쉬었다. 오십 대 정도 되어 보이고 머리가 희끗희끗한 그는 앱솔루트의 CEO(Chief Executive Officer)이다. VVIP들을 위한 프리미엄 섹스 서비스의 창안자이자 투자자. 염색하지 않은 은발 머리가 회색 정장과 기품 있게 어울렸다. 근심에 찬 모습에서도 우아함이 묻어났다.

"그래서…… 어떻게 했으면 좋겠습니까?"

오랜 침묵 끝에 CEO가 물었다. 질문을 받은 최영이가 한동안 침묵했다.

영이는 굳이 말하면 앱솔루트의 CCO(Chief Customer Officer) 지위에 있었다. 이십오 년간의 요정(料亭) 운영을 통해 누적된 그녀의 고위층 고객 리스트가 앱솔루트 창업 시 주요 자산이 되었다. 중년임은 분명하나 도무지 나이가 가늠되지 않는 외모에, 늘 쇼트커트, 검은색 남자 정장을 입고 다니기에 사람들은 그를 미중년 남성으로 착각하곤 했다.

고객 담당인 영이이기에 아무래도 극렬한 컴플레인이 밀어닥친 작금의 상황이 그 누구보다 곤혹스러웠다. 애초에 구한을 회원으로 받은 것부터 잘못이었다. 하지만 구한이 고객이 된 것은 영이의 잘못된 판단이라기보다는 구한 스스로가 결정한 사안이었다. 지인을 통해 앱솔루트의 존재를 알게 된 구한은 수단과 방법을 가리지 않고 멤버십을 누리길 원했고 앱솔루트로서는 이를 거절하기가 어려웠다.

사건 당일 새벽, 구한은 영이에게 총 스물일곱 통의 전화를 걸었다. 영이는 밤엔 전화를 꺼 두기에 구한의 전화를 받지 못했고 날이 밝은 후에야 규종을 통해 그날의 사달에 대해 알게 되었다. 규종은 마치 자기 자식이 사고 친 것처럼 사죄하고 또 사죄했다. 자신이 따끔하게 혼내서 정신 차리게 하겠다고 했다. 그리고 자신이 직접 구한을 찾아뵙고 무릎을 꿇어서라도 용서를 구하겠노라고 했다. 영이는 그럴 필요 없다고 답했다. 구한은 영이를 통해 앱솔루트 총책임자와의 면담을 요청했고 자리가 성사되었다.

"뭘 그렇게 오래 생각하십니까? 회장님께서 기다리고 계시지 않습니까."

앱솔루트 수뇌부의 나머지 사람이 말했다. 그는 앱솔루트의 CFO(Chief Financial Officer) 역할을 맡고 있다. 즉 앱솔루트를 통해 융통되는 모든 자금을 관리하는 사람이다. 앱솔루트 비즈니스의 돈거래는 암호 화폐를 통해 이뤄지는데, 그는 수십 개의 암호 화폐 지갑들과 세금 신고 시 연예 보조 서비스로 분류되는 유령 엔터테인먼트 회사 등을 굴려 가며 돈세

안타깝게도 그 시기가 조금 빨랐을 뿐

탁을 책임지고 있다. 무슨 매춘 사업 따위에 거창하게 CEO, CCO, CFO 같은 것을 갖다 붙이냐고 할지 모르겠으나, 그것은 이 사업의 규모를 모르고 하는 소리이다. 최소 오백 억 이상의 초고자산가들만을 대상으로 하는 앱솔루트는 회원 수가 물경 이천여 명에 다다르며, 이들이 일 년 동안 창조해 내는 경제의 규모로 말할 것 같으면 한국 영화 산업의 일 년 총 매출을 가뿐하게 뛰어넘는다.

"제가 봤을 땐 복잡할 게 없어요."

CFO의 말이 이어졌다.

"일 번. 거의 없었던 일이니 잘만 단속시키면 앞으론 이런 일이 없을 것이다. 이 번. 한번 시작된 균열은 어찌 되었건 계속 커지기 마련이다. 둘 중에 뭐가 답일까요?"

숫자를 다루는 사람이라 그런지 사안을 바라보는 방식도 명쾌했다. 이탈리아 남부 휴양지에서나 어울릴 법한 파스텔 톤 정장 차림의 그는 입가에도 이탈리아 남부 휴양지에서나 지을 법한 미소를 걸고 있었다. 영이는 그가 얄미웠으나 그런 티를 내지는 않았다. CEO가 영이의 리액션을 기다리며 뚫어지게 쳐다보았다.

"제가 책임지고 해결하겠습니다."

영이가 말했다.

영이와 혁아가 함께한 시간은 총 십이 년이다. 그동안 영이와 혁아가 만난 적은 단 한 번도 없다. 비즈니스 지시부터 월급 지급까지 앱솔루트에 관련한 모든 커뮤니케이션은 중간에 있는 규종을 통해서만 이뤄졌다. 하지만 혁아만 영이의 존재를 모를 뿐 영이는 혁아에 대해 많은 것을 알고 있다. 불우한 가정사부터 권투에 미쳐 있던 청소년기, 해병대에서 고참을 패고 영창을 갔던 일, 제대 이후 룸살롱 기도 생활을 하다가 규종을 만나게 되기까지 등 보잘것없는 삶의 모든 것을 말이다. 규종으로부터 일을 깔끔하게 하는 놈이라고 추천받은 뒤에 일을 시키기 전까지 은밀하게 한 달여를 지켜봤다. 그때 영이가 느낀 혁아의 첫인상은 그랬다. 충직해 보이나 저런 얼굴이 한번 꼭지 돌면 제대로 도는 상이지.

'그래… 십이 년이면 조용히 잘 살던 사람도 꼭지가 몇 번 돌고도 남을 시간 아니겠어.'

영이는 냉정한 사람이다. 그래서 이십오 년이 넘는 시간 동안 음지의 일을 하면서도 지금까지 무사히 살아남은 것이다.

영이는 문득 이제는 오래되어 얼굴 생김새도 가물거리는 혁아의 선임자가 떠올랐다. 규종 역시 이번 혁아의 배달 사고를 통해 그 선임자를 떠올렸을 터. 굳이 서로 말하지 않아도 영이는 알았다. 규종이 십이 년 전 그 상황을 반복하기 싫

안타깝게도 그 시기가 조금 빨랐을 뿐

었기에 그토록 대신 머리를 조아리고 또 조아렸다는 것을.

　십이 년 전 선임자는 규종에게 요청했다. 부탁했다. 아니 사
정했다. 앱솔루트 일을 그만두고 싶다고. 은퇴하고 싶다고.
여태까지 이 일을 하면서 알게 된 모든 것들을 비밀로 간직
한 채 무덤까지 가져가겠다고.

　선임자의 요청이 일부 받아들여지긴 했다. 무덤까지 가져
간 것은 맞으니까.
　안타깝게도 그 시기가 조금 **빨랐을** 뿐.

명령, 협박, 부탁

혁아와 서희는 바다에 오래 있을 수 없었다. 주경 언니에게 하루 맡긴 열음이를 데리러 가야 했기 때문이다. 서울로 돌아오는 차 안에서 두 사람은 앞으로 함께하게 될 삶에 관해 얘기했다. 그들의 바람은 소박했다. 일단 혁아가 본인의 오피스텔을 정리하고 서희의 집으로 들어간다. 서희는 요가 선생님으로 일하고 혁아는 너무 조급하지 않게 적당한 직업을 찾기로 했다. 오피스텔을 뺀 자금과 그동안 벌어 놓은 돈도 있기에 급할 건 없었다. 대리 기사라도 하면 되지 않을까 싶었으나 여태까지 주로 밤에 일하는 패턴으로만 살아왔던지라 다르게 살아보고 싶기도 했다.

"다음 직업은 꼭 낮 시간대에 햇빛 맞으면서 일하고 싶어. 가끔 하늘도 올려다보면서. 맨날 밤하늘만 보는 게… 좀 그랬어."

혁아가 말했다. 왜인지 말하면서 조금 쑥스러웠다.

"그럼 노가다 하면 되겠네. 몸도 좋고."

서희가 응수했다.

"여보세요. 지금 노가다 무시하시는 겁니까?"

"무시라뇨. 요즘 노가다가 얼마나 돈 많이 버는지 잘 모르시는군요. 웬만한 요가 선생보다 많이 번다고 보시면 됩니다. 안전 교육 이수는 필수고요."

"아, 그렇다면 재빨리 이수하도록 하겠습니다."

두 사람은 서로를 바라보며 깔깔깔 웃어 댔다. 서희는 운전석 핸들 위 혁아의 손 위에 손을 포갰다. 서희의 체온이 따뜻하게 느껴진 혁아는 어쩌면 이런 게 사랑의 감정일지도 모르겠다고 속으로 생각했다. 하지만 지금 말하기는 너무나 쑥스럽고 또 조심스러웠다. 다음번에 정말 근사하게 고백하겠노라고 다짐했다. 조만간, 빨리. 흐드러진 꽃다발과 함께.

서희를 집에 데려다주고 혁아가 오피스텔에 돌아오기 전부터 규종은 주인 없는 집에 미리 들어와 혁아를 기다리고 있었다. 비밀번호를 아는 규종이 종종 혼자 들어와 있을 때가 있었으나 이날만큼은 뭔가 여느 날과 다른 싸늘한 분위기가 감돌고 있었다. 역광을 받으며 소파에 앉아 있는 규종의 자세부터가 달랐다. 평소라면 양팔을 벌려 소파 등받이에 걸친채, 시트에 푹 잠긴 한량 포즈였다면 지금은 상체를 숙여 양무릎에 팔꿈치를 괸 채 깊은 생각에 잠긴 모습이었다.

"미안해. 형."

혁아는 전날 클라이언트128을 만나러 가던 중에 왜 행로를 틀어 바다를 보러 가게 되었는지 설명했다. 그리고 지금의 일을 그만두고 서희와 함께 평범한 삶을 살고 싶다고 수줍게 밝혔다. 그 말을 끝으로 정적이 길게 이어졌다. 긴 고요 속에서 긴장감이 생성되고 있었다.

"혁아야. 너한테 몇 가지 좀 묻자."

규종이 정적을 깨고 입을 열었다.

"왜… 서희냐?"

규종이 원망스러운 눈으로 혁아를 봤고 혁아는 불편했는지 규종의 시선을 피했다.

"그냥… 그렇게 됐어."

"왜 하필… 서희냐고. 걔가 어떤 앤지 네가 제일 잘 알잖아? 너 이 새끼, 내가 그렇게 괜찮은 여자 좀 소개시켜 준다고 할 땐 다 싫다더니! 이제 와서 왜 서희냐고, 이 새끼야!"

규종의 얼굴이 일그러졌다. 그리고 그 얼굴을 보던 혁아의 얼굴은 굳어졌다. 서희가 어떤 애냐고? 서희는 지난 12년간 일하면서 만날 때마다 늘 기분이 좋아지는 그런 애였어. 그래서 걔가 맘에 들었나 봐. 서희가 몸 굴리는 일을 해서 맘에 안 드는 모양인데 사실 형이 그런 말을 할 처지는 아니잖아. 세상에서 제일 추악한 일을 하면서 산 건 형이랑 나라고. 혁아는 말 대신 절절한 눈빛으로 자신의 진심을 전했다. 이에 규종은 고개를 절레절레 흔들며 이해할 수 없다는 표정을 지었다.

"그럼… 이렇게 하자. 아니, 그냥 내가 하라는 대로 해. 잔말 말고."

규종이 말을 끊고는 크게 한숨을 내쉰 뒤 다시 입을 열었다.

"내가 했던 것처럼 다 해. 결혼식도 올리고 애도 낳고 돌잔치도 하고. 근데 너는 하던 일을 계속해. 일을 그만두는 건 서희만이야. 오케이?"

혁아의 얼굴이 차갑게 식었다.

"명령이야? 명령이 아니면… 협박인가? 누구 생각이야? 형이야? 아님 앱솔루트 윗분이야?"

"부탁이다, 내 부탁! 이 씨팔놈아!"

규종은 간절한 눈빛으로 혁아에게 소리쳤고,

"미안해, 형."

혁아는 나직하지만 단호하게 말했다. 규종은 미동도 없이 한동안 앉아 있다가 소파에서 일어났다. 느릿느릿 일어나는 모습이 몹시 지쳐 보였다. 그러고는 마치 작별 인사처럼 덥석 혁아를 끌어안았다.

"나도 미안하다."

혁아는 등 쪽에서 뭔가 따끔한 느낌이 들었다. 규종의 손바닥이 닿는 부분에서였다. 혁아는 황급히 포옹을 풀며 규종에게서 떨어졌으나 그땐 이미 늦은 시점이었다.

"형… 형이… 왜….."

말이 다 끝나기도 전에 혁아는 의식을 잃었다. 그렇게 무너져 내리는 혁아를 규종이 잽싸게 다가가 부축했다. 규종은 침통한 표정으로 다시 한번 혁아를 꽉 끌어안았다. 눈시울이 뜨거워졌다.

오늘 고기가 좀 질기더라

사바아사나. 한국말로는 송장 자세라고 한다. 요가의 모든 자세를 다 마치고 가장 마지막에 취하는 자세. 어감이 좀 섬찟한 감이 있지만 말 그대로 시체처럼 온몸에 힘을 빼고 누워 있는 완전한 쉼의 자세를 말한다. 힘겨운 자세를 여럿 지나고 지나 마침내 온몸의 근육이 이완되고 전신의 땀구멍이 열리면서 시원하고 나른한, 그리고 몽롱한 기분까지 맞이하게 되는 요가 수련의 피날레. 서희가 가장 좋아하는 순간이다. 요가를 배우던 초심자 시절 송장 자세에서 느꼈던 이 형언할 수 없는 기분을 계속 좇다 보니 어느 틈엔가 자연스럽게 지도자 과정까지 밟게 된 서희였다. 요가를 오래 하다 보니 송장 자세에서도 한 차원 더 높은 단계가 있다는 것을 새삼 느꼈다. 마냥 누워 쉬는 것이 아니라 손과 발의 근육은 물론 얼굴 근육까지도 이완하는 법을 조금씩 깨닫게 된 것이었다. 평생을 무언가에 쫓기듯 살아와서 그런지 몸 전체가 늘 지그시 경직되어 있었다. 그러다 요가를 하며 깨닫게 되었다. 몸이 정신을 움직이고 또 정신이 몸을 움직이게 한다는 것을. 과거의 후회, 현재의 잡념, 미래의 욕망으로부터 자유로워지기로 맘먹는 순간부터 서희는 조금씩 이상적인 송장 자세에 다가가고 있었다. 이런 극한의 홀가분함을 느끼기 위해서 송장이 되어야 한다는 것이 아이러니라면 아이러니일 것이다.

　서희는 수강생들에게 송장 자세를 시키고는 조용히 일어났다. 송장 자세의 기분을 더 만끽할 수 있게 블라인드를 내려 조도를 낮췄고 블루투스 오디오에서 나직하게 명상 음악이 울리도록 했다. 서희는 로비로 나와 정수기의 물을 따라 한 잔 가득 마셨다. 잠시 후, 송장 자세를 마치고 귀가하는 수강생들 한 명 한 명과 인사를 나누고 있을 때였다.
　"안녕하세요. 수강 신청하려고 왔는데요."
　입구 쪽에서 들린 남자 목소리에 서희가 돌아보고는 얼굴이 굳었다. 구한의 비서 김익호였다. 그는 웃는 얼굴이었다.
　"남자도 배울 수 있나요?"
　익호가 질문했다.
　"물론이죠. 상담실에서 말씀 나누시지요."
　서희는 최대한 포커페이스를 유지하며 귀가하는 수강생을 배웅했다. 익호는 상담실에 들어가지 않은 채 여전히 미소 띤 얼굴로 서희를 기다렸다.
　수강생들이 모두 간 뒤에 서희가 물었다.

"지금 뭐 하시는 거예요?"

"같이 좀 가시죠."

"어딜요?"

"회장님께서 기다리고 계십니다."

"죄송하지만 다음 클래스를 준비해야 해서요."

"다음 클래스는 점심 식사하시고 두 시 시작이지 않나요?"

익호가 시계를 보고는 말을 이었다.

"한 시간 오십오 분 남았네요."

서희는 순간 서늘함을 느꼈다. 이 사람은 서희의 일거수일
투족을 세세히 다 알고 있다. 여긴 어떻게 알고 왔고, 언제부
터 지켜보고 있었던 걸까.

"다음 클래스 시작 전까지 모셔다드리겠습니다. 정말로 제
가 수강하러 매일 오는 걸 바라지는 않으시겠지요?"

김익호는 여전히 미소를 짓고 있었다.

익호가 운전하는 차는 삼청동으로 향했다. 인적이 드문 고
급 주택가 골목으로 접어들더니 담쟁이로 뒤덮인 높은 담장
의 주택 앞에 차가 멈췄다.

"안으로 들어가시면 됩니다."

익호가 차에서 내려 입구 쪽을 가리켰다. 서희는 익호에게
시선을 한 번 주고는 주택 안으로 들어갔다. 커다란 바위 계

단을 딛고 올라가자 풀들이 무성한 정원이 펼쳐졌다. 관리가 제때제때 이뤄지지 않는 정원이라는 것을 한눈에 알 수 있었다. 돌계단이 정원 잔디밭을 가로지르는 징검다리처럼 건물 쪽으로 이어져 있었고 서희는 그 길을 따라 주택으로 들어갔다.

"이쪽입니다."

집안에서 목소리가 울렸다. 식당 쪽이었다. 내부는 14세기 중세 시대풍의 인테리어로 꾸며져 있었다. 어설프게 서양의 고전미를 흉내 낸 느낌이 아니라 진짜 중세 시대 그 시절의 장인들이 세심하게 공들여 작업한 내부 장식들 같았다. 서희는 루브르 박물관에나 있을 법한 조각상들 사이를 지나 식당으로 들어섰다. 식당엔 십여 명이 충분히 앉을 수 있는 긴 목제 테이블이 놓여 있었고 테이블 중앙엔 이 인분의 식사가 근사하게 차려져 있었다. 인테리어처럼 요리도 이탈리아식이었다.

"앉으시죠."

구한이 긴 테이블의 정중앙 의자를 빼 주며 말했다. 서희가 앉자 자신은 테이블을 돌아서 서희의 맞은편 자리로 가 앉았다. 테이블이 길었던 관계로 돌아가는 데까지 시간이 좀 걸렸는데 서희는 그 잠깐의 시간도 길게 느껴졌다.

"아주머니, 음식 주세요."

구한의 말이 끝나자 기다렸다는 듯 트레이를 든 메이드 차림의 사십 대 여자가 식당 안으로 들어와 구한과 서희 앞에 접시를 내려놨다. 접시엔 수프가 담겨 있었다. 메이드의 움직임은 익숙했으며 단정했다.

"드시죠."

구한은 스푼을 들며 말했다. 서희는 대답 대신 구한을 물끄러미 바라봤다.

"왜요? 입맛에 안 맞는 음식입니까?"

서희의 시선을 느낀 구한이 물었다. 한 스푼을 입에 넣은 구한은 맛을 음미하고는 맛있는데 왜 안 먹지, 하는 표정을 짓고 있었다.

"스마트폰 번호로 추적한 건가요?"

서희는 차를 타고 오는 동안 퍼뜩 떠올랐다. 자신이 건넸던 스마트폰 번호를 통해 요가 학원까지 찾아왔던 것은 아닐까. 이런 재력가들에겐 스마트폰 위치 추적 정도는 일도 아니겠지.

"불법인 건 말 안 해도 잘 아실 텐데요."

서희가 말했다.

"내가 말하지 않았나. 원하는 게 있으면 수단과 방법을 가리지 않는다고."

구한은 수프를 몇 번 더 떠먹고는 먹을 만큼 먹었다는 듯 스푼을 내려놓았다.

"왜 찾아오신 거죠?"

구한은 난감한 질문을 받은 사람처럼 인상을 잠시 찌푸렸다가 말을 시작했다.

"우리는 원래 만나기로 했던 사이였잖아요. 그죠? 근데 그쪽이 일방적으로 약속을 깼고. 그러니까… 오늘의 만남을 음… 일종의 레인 체크? 정도로 생각하면 어때요?"

메이드가 다시 들어와 다음 음식을 구한과 서희 앞에 내려놓았다. 파슬리 퓌레가 드레싱 된 가리비 관자와 캐비아 요리였다. 흰 바지락 크림 위로 얹어진 녹색의 퓌레가 맛깔스러워 보였다. 상황에 맞지 않게 서희의 입안에 침이 돌았다. 구한이 와인을 한 모금 마시고는 말했다.

"드시면서 얘기하시죠. 와인도 한번 맛보시고요. 스페인 카스티야산인가 그럴 거예요. 나름 구하기 어려운 건데."

와인을 좋아하는 서희로서는 참기 힘든 유혹이었다. '그래, 먹으면서 할 얘기 하면 되지 뭐.' 하는 심산으로 와인을 한 모금 들이켰다. 얼마 안 되는 액체가 혓바닥 미뢰 속으로 스며들면서 입안에서 폭죽이 터지는 것처럼 짜릿했다. 술을 너무 좋아해서 탈이야. 서희는 애써 덤덤한 얼굴을 지으며 표정 관리를 했다.

올리브 파스타, 트러플 향이 나는 전복 요리, 푸아그라 구이, 그리고 미디엄 레어의 한우 등심 스테이크 등 코스로 나오는 요리들은 하나같이 한입에 들어갈 정도로 양이 적었다. 그래서인지 한 접시 더 달라는 말이 절로 나올 정도로 모든 게 다 맛있었다. 음식이 훌륭하자 와인도 홀짝홀짝 잘 들어 갔고 어느샌가 서희는 표정 관리가 어려워졌다. 새로운 음식을 접할 때마다 놀라운 맛에 탄성이 새어 나왔고 그것을 보는 구한의 표정은 흐뭇했다. 코스의 마지막 순서로 역시나 한입에 들어갈 티라미수와 견과류, 그리고 치즈가 현대미술처럼 플레이팅된 디저트가 나왔다. 구한이 비어 있는 서희의 잔에 와인을 채우려고 다가오자 서희가 손으로 잔을 막으며 말했다.

"아쉽지만 여기까지. 다음 클래스를 진행해야 돼서."

그러고는 서희가 두 손등을 양쪽 볼에 가져가 댔다. 마치 온도를 체크하는 것처럼.

"그냥 먹어요, 편하게."

서희가 피식 웃었다.

"있잖아요. 제가 그 학원 정식 강사가 된 지 얼마 안 돼서요. 열심히 해야 하거든요. 프로페셔널하게."

한 호흡 가다듬고 말을 이었다.

"저번 일은 미안해요. 사과할게요. 프로페셔널하질 못했어요. 근데 이해해 주세요. 제가 그 일을 그만두기로 했거든요. 은퇴 선언. 그니까 고객님께서 제 마지막 고객이 되는 거죠. 영광…이라면 영광 아닌가?"

민망한지 서희가 소리 내어 웃었다. 와인 때문이었을까. 이곳으로 들어올 때와는 사뭇 다르게 긴장이 풀린 서희였다.

"자알 먹었습니다."

정중하게 인사를 하고 뒤돌아 나가려는데,

"그럼 요가, 그거를 나한테 가르쳐 줘요. 내가 한번 배워 보게."

구한이 서희에게로 다가가며 말했다. 서희가 등을 돌려 구한을 바라봤다.

"일주일에 한 번 배우는 걸로 해서… 수강료를 얼마로 하면 될까."

구한이 손을 들어 올려 서희의 머리를 쓰다듬었다.

"한 시간에… 천만 원이면 어때요?"

손이 천천히 내려가면서 서희의 볼을 쓰다듬었다. 그리고 귓가 가까이에서 구한이 속삭이듯 말했다.

"다른 학원 보니까 육 개월 미리 끊으면 디스카운트 있던데 선생님도 좀 깎아 주실 거죠?"

그 말을 듣고 웃음보가 터져서 서희가 큰 소리로 웃었다. 구한 역시 같이 박장대소했다. 그러면서도 손은 아래로 더 내

오늘 고기가 좀 질기더라

려가면서 요가복 위 가슴에 닿았다.

"아까 말했잖아. 은퇴했다고."

구한의 손을 확 움켜잡는 동시에 서희가 웃음을 거두었다.

"그러니까 요가를 가르쳐 달라고 하잖아요. 레슨비가 부족하면 얘기하시고. 왜, 한 번 가르치는 데 천만 원이 부족해요? 그럼 이천. 이천도 부족하면 오천. 오천도 부족하면 일억. 어때요, 선생님?"

서희의 얼굴이 굳어 갔다. 그런 서희를 구한은 부드러운 시선으로 보았다. 이 정도 제안이면 거절 못 하겠지, 하는 확신이 느껴지는 눈빛이었다. 서희가 긴 한숨을 내쉬고는 입을 열었다.

"돈 많은 사람들은 이게 문제야. 돈이면 다 되는 줄 아는 거."

예상치 못한 반응이었다. 구한의 양미간에 주름이 생겼다.

"맛난 음식 좀 먹이고 돈 많이 준다고 하면 얼씨구나, 하겠습니다, 할 줄 알았어? 됐거든. 안 한다고. 십억, 백억을 줘도 안 한다니까, 너랑은. 언더스탠드?"

구한으로서는 도저히 납득할 수가 없는 태도였다. 이 돈을 포기한다고? 도대체 왜? 무엇 때문에? 혼란스러워하는 구한을 뒤로하고 서희가 식당을 나가려는데 읊조리는 소리가 들렸다.

존나 비싸게 구네. 더러운 년 주제에.

서희가 그 자리에 멈춰 섰다. 구한은 서희의 어깨가 바르르 떨리는 것을 보았다. 서희가 천천히 뒤돌았다.

"그래. 나 더러운 년 맞는데 당신이 그렇게 말할 자격은 없지 않나."

서희는 경멸하는 눈빛으로 구한을 보았다.

"이런 말까진 안 하고 싶었는데, 당신은 당신 엄마한테도 더럽다고 그러냐고?"

구한은 망치로 얻어맞은 듯 눈의 초점이 흐려졌다. 멍하니 굳어 있는 구한을 두고 서희는 거실로 나갔다. 현관에서 허리를 숙여 단화를 신는 서희에게 구한이 성큼성큼 다가왔다. 서희가 피곤하고도 짜증 섞인 눈빛으로 구한에게 무언가 말을 하려는 순간이었다—

탕.

스미스앤웨슨 총구에서 허연 연기가 흘러나왔다.

"가족은 건드리지 말아야지."

참고로 구한이 정실부인의 자제가 아닌 그의 아버지가 만나던 술집 여자의 아들이라는 것은 이미 세간에 공공연한 사실로 알 만한 사람들은 다 아는 사실이었다.

　총소리를 듣고 황급히 뛰어나온 메이드가 눈앞의 광경을 보고는 너무 놀라 입을 다물지 못했다. 메이드를 돌아보며 구한이 차분하게 말했다.

　"아줌마. 김 상무 좀 오라고 하세요. 바닥 물들기 전에 잘 좀 닦고. 그리고 오늘 고기가 좀 질기더라."

침잠

쓰러져 있는 혁아의 얼굴 위로 물줄기가 줄줄 쏟아졌다. 혁아는 잠에서 깨듯 게슴츠레 눈을 떴다. 아직도 몸엔 마취 기운이 남아 있었다. 물줄기 때문에 숨이 막히니 그제야 본인이 처한 상황을 파악했다. 칠흑 같은 어둠 속 어딘지 알 수 없는 야산 한가운데에서 손목과 발목이 포박된 상태로 쓰러져 있다는 것을.

물줄기가 계속 혁아의 얼굴로 쏟아졌다. 얼굴을 돌리면 물줄기도 같이 방향을 틀었다. 물의 온도가 뜨끈했고 입안으로 일부 들어온 액체의 맛은 시큼했다.

크크크크큭.

어둠 속에서 누군가가 혁아를 내려다보면서 키득거렸다. 물줄기가 가늘어지며 방울방울 오줌이 떨어지자 그는 성기를 위아래로 힘차게 털어 냈다.

"잘 잤어?"

흙과 오줌으로 범벅이 된 혁아가 자신 앞에 서 있는 놈을 응시했다. 희부연 시야였기에 조금 후에야 알아볼 수 있었다. 구한의 심복이자 LAS 유통의 대표, 한이상이었다. 한이상 뒤로는 정장을 입은 수하 십여 명이 병풍처럼 서 있었다.

"오랜만이네. 너한테 작살났던 여기 갈비뼈가 아직도 얼얼해. 그래서 숨 쉴 때마다 네 생각이 나더라. 숨 쉴 때마다 존나 아픈 거 있지."

한이상은 전에 얻어맞았던 명치 부위를 손바닥으로 툭툭 쳤다. 그리고 혁아의 혼란스럽고도 겁에 질린 표정을 보며 배시시 웃었다.

"야. 아직 뭐가 어떻게 된 건지 잘 모르겠지?"

혁아는 의식을 잃기 전 마지막 기억을 떠올렸다. 규종과 대화를 나눴다. 규종이 작별 인사처럼 그를 껴안았다. 그 순간 따끔했다. 그러곤 의식이 희미해졌다. 정신을 완전히 잃기 전 자신을 바라보던, 규종의 쓸쓸하던 그 표정이 떠올랐다.

"야, 너 좆됐어. 너네 회사에서 너 정리해고 시켰다고, 이 븅신 새끼야. 크크큭!"

정리해고. 혁아는 단번에 이해가 됐다. 앱솔루트에서 은퇴하겠다는 의사를 밝힌 본인에게 보내온 퇴직금이 죽음이라는 것을.

"야. 이 새끼 풀어 줘."

한이상이 옆에 서 있던 수하에게 말했다.

"네?"

수하가 어리둥절한 표정으로 물었다.

"괜찮으니까 풀어 주라고."

수하가 굼뜬 동작으로 혁아의 손목과 발목을 묶고 있던 케이블 타이를 풀어 주려 했으나 쉽게 되지 않았다. 이를 지켜보던 한이상이 짜증 섞인 목소리로 말했다.

"불로 지져, 이 새끼야."

수하가 주머니에서 라이터를 꺼내 케이블 타이 밑에서 불을 만들었다. 라이터 불은 케이블 타이를 녹이는 동시에 혁아 손목의 피부도 같이 태웠다. 혁아가 몸부림을 쳤다. 다른 수하 두셋이 더 달라붙어 혁아의 몸을 우악스럽게 짓눌렀다. PVC와 살 타는 냄새가 섞인 희한한 향이 숲속에 퍼졌다. 이를 악물었던 혁아가 이내 참지 못하고 비명을 질러 댔다. 바로 그때 손목의 케이블 타이가 다 녹으며 끊어졌다. 혁아는 거친 숨을 몰아쉬었다.

"야. 살살 해, 살살. 또 뻗으면 안 된다고."

한이상이 훈수 두듯 말했다. 이번엔 수하들이 발목의 케이블 타이를 불로 지져 끊었다. 한번 해 봐서인지 발목 쪽은 그나마 수월하게 풀렸다.

"일어나, 인마."

그러자 혁아가 비틀거리며 일어섰다. 일어나 보니 자신이 누워 있던 곳에서 몇 미터 떨어진 곳에 시체 한 구를 묻을 만한 구덩이가 파진 게 보였다.

"들어와."

한이상이 손가락을 자신 쪽으로 까닥거리며 말했다. 혁아는 말없이 쳐다볼 뿐 반응하지 않았다. 그러자 한이상이 주먹을 뻗어 혁아의 턱을 강타했다. 그 반동으로 얼굴이 홱 돌아갔다.

"리턴매치라고, 이 새끼야."

말이 끝남과 동시에 한이상이 주먹을 다시 날렸다. 이번엔 가까스로 주먹을 피했다.

"그래, 좋아! 쉽게 따먹으면 재미없다니까. 앙탈을 부려 줘야 제맛이지."

한이상이 양손으로 머리를 쓸어 넘기더니 속사포처럼 주먹을 쏟아부었다. 혁아는 가드를 올렸지만, 그 가드 위로 혹은 복부로, 옆구리로 주먹이 꽂혔다. 한이상이 로킥을 차자 혁아는 무릎이 꺾이며 주저앉았다. 약 기운만 아니었다면 좀더 해 볼 만했을지도 모른다. 하지만 이 패거리들 앞에서 무력시위를 해 본들 별 의미는 없었을 것이다.

"씹새끼. 멋있는 척은 혼자 다 하더니. 크크큭."

한이상은 엎드린 자세로 비틀대던 혁아를 향해 마치 축구에서 장거리 프리킥을 차듯이 달려와 혁아의 머리를 걷어찼다. 혁아는 피를 뿜으며 그대로 흙바닥을 몇 바퀴 나뒹굴었다. 그러면서 자연스럽게 구덩이 바로 옆까지 굴러갔다. 얼굴 한쪽이 빠르게 부풀어 부어올랐다.

"저기 오시는 것 같습니다."

수하 하나가 숲속을 가리키며 한이상에게 말했다. 숲속에서 점처럼 보이던 불빛이 점점 가까워졌다. 가까워질수록 그 불빛이 스마트폰 불빛이라는 것을 그리고 두 사람이 오고 있다는 것을 알 수 있었다. 김익호가 구한 옆에서 스마트폰으로 구한의 발걸음이 닿는 땅 쪽으로 어둠을 밝히며 함께 걸어오고 있었다.

"오셨습니까, 회장님."

한이상이 깍듯하게 인사를 올렸다. 구한은 한이상의 인사에는 별 반응하지 않고, 쓰러져 있는 혁아 쪽으로 다가가 물끄러미 내려다봤다. 구한으로서는 이 만신창이가 된 혁아의 얼굴을 직접 마주하니 서희의 행동이 더더욱 이해되지 않았다. 이런 보잘것없는 놈 때문에 십억, 아니 백억이 될 수도 있는 돈을 포기했다고? 이런 보잘것없는 새끼한테 내가 밀렸다고?

"서희는…?"

바닥에 널브러진 채로 혁아가 힘겹게 물었다.

"…그게 궁금해?"

구한이 되물었다.

"그 여잔 건드리지 마…. 부탁이다…."

구한은 절로 한숨이 새어 나왔다. 그년도 이해가 안 가고, 이놈도 이해가 안 간다. 그러니까 둘이 좋아서 붙어먹은 건가 싶었다. 도대체 지금 지가 곧 죽을 상황인데도 여자는 건드리지 말라니. 이걸 등신 같다고 해야 하나, 멋있다고 해야 하나. 그것도 아니면 아름답다고 해야 하나, 구한은 어이가 없어 헛웃음이 나왔다.

구한이 김익호에게 손을 내밀었다. 김익호는 서류 가방에서 스미스앤웨슨을 꺼내 건넸다. 혁아가 움찔했다. 하지만 도망칠 기력이라곤 조금도 없었다.

탕―!

총성과 함께 혁아의 몸이 구덩이 아래로 떨어졌다. 총성 잔음이 긴 꼬리를 물며 숲속에 오랫동안 울려 퍼졌다. 구한이 한 방 더 쏘기 위해 구덩이로 한 걸음 다가가며 아래쪽으로 팔을 뻗었다. 혁아는 정신을 잃은 채 축 늘어져 있었다. 구한은 그런 혁아를 물끄러미 바라보다가 이내 생각을 고쳐먹고는 김익호에게 총을 되돌려 주었다. 김익호가 다시 총을 가방 안으로 집어넣었다.

"회장님. 손맛 어떠십니까? 역시 손맛은 칼보다 총이죠."

한이상이 히죽대며 구한에게 물었다.

"마무리나 잘하고 내려와."

구한이 걸어왔던 방향 쪽으로 발을 뗐다.

"얼른 마무리하고 따라가겠습니다. 회장님."

한이상이 허리를 꾸벅 접었다.

"빨리 말고, 정확히 잘. 혹시 모르니까 끝까지 다 보고 내려오시고."

김익호가 한이상에게 말한 뒤 바로 구한의 뒤를 쫓아 스마트폰 플래시를 켜서 구한의 앞길을 밝히며 나란히 걸어갔다.

"저 새끼는 하는 말마다 맘에 안 들어."

한이상이 김익호의 멀어지는 뒷모습을 보며 카악 침을 뱉었다.

삽을 가지고 있던 수하 다섯 명이 구덩이 주변에 둘러서서 흙을 혁아의 몸 위로 뿌려 댔다. 혁아는 죽은 듯이 누워 있었고 얼굴 위로 흙이 쏟아져도 미동조차 하지 않았다. 흙이 몸에서 흘러나온 피로 물들기 시작했다. 수하들의 움직임은 신속했다. 이러한 일이 자주 있었던 것처럼 익숙한 몸놀림이었다. 지켜보던 한이상은 괜히 조바심이 났다. 룸살롱에 먼저 도착해 구한 옆에서 알랑방귀를 떨고 있을 김익호를 생각하니 말이다.

"군대 안 갔다 왔어? 삽질 좀 시원시원하게 못 허냐!"

소리치는 한이상의 목소리가 혁아의 귓가에 아련하게 들렸다. 혁아는 몸을 짓누르는 흙이 마치 거위 털 이불처럼 푸근하게 느껴졌다. 잠이 왔다. 잠을 떨쳐 내려 했다. 이렇게 그냥 누워 있어선 안 된다. 서희에게 연락을 취해야만 한다. 그녀는 무사한 걸까. 그녀의 청량한 목소리가 간절히 듣고 싶었다. 하지만 몸이 뜻대로 움직이지 않았다. 혁아는 점점 무거워지는 이불의 무게를 느끼며 침잠하듯 깊은 잠 속으로 빠져들었다.

겨울잠

"여기가… 어딥니까?"

"지옥."

어둠 속 어슴푸레 보이는 누군가가 대답했다.

"……."

"놀라지 않는 걸 보니 인생 참 더럽게 살았나 보군."

누구인지 파악되진 않았지만 분명 들어 본 적 있는 목소리였다. 혁아는 지옥의 동반자가 누구인지 궁금했지만 그 공간이 너무 어두워서, 잔뜩 부어터진 눈이 시야의 삼 분의 이를 가리고 있어서, 약 기운으로 정신이 혼미해서 확인은 불가능했다.

지옥은 아닌 게 분명했다. 촉감으로 느껴지는 지옥의 잠자리가 이다지도 부드럽고 쾌적할 리는 없기 때문이다. 혁아는 또다시 깊은 잠에 빠져들었다. 고단한 시간을 버티고 버틴 뒤에 잔뜩 핼쑥해진 채로 겨울잠을 자는 동물처럼.

시체는 전화하지 않는 법이야

창으로 들어온 햇살은 혁아의 부은 눈 사이도 비집고 들어 갔다. 비집고 들어갈 틈이 생겼다는 것은 그나마 부기가 좀 가라앉았다는 뜻일 것이다. 언제였는지 모르겠으나 위아래 옷도 허름한 실내복으로 갈아입혀져 있었다. 혁아는 침대에 서 몸을 일으켰다. 으윽. 자신도 모르게 입에선 신음이 새어 나왔고 왼손은 오른쪽 가슴팍을 움켜잡았다. 붕대로 싸매져 있는 총상 자리가 여전히 찢어질 듯 고통스러웠고 움직일 때 마다 아렸다. 고통을 피하기 위해선 최대한 고요하게 숨 쉬 는 수밖에 없었다. 천천히 일어났다. 오랜 시간을 누워 있었 던 탓인지 혁아는 눈높이 정도의 높이만으로도 아찔한 어지 러움을 느끼며 비틀거렸다. 가까스로 침대 옆 책상에 손을 짚으며 중심을 잡았다. 책상 위 액자가 눈에 들어왔다. 액자 안 여성은 미소를 짓고 있었다. 혁아는 이곳이 어디인지 짐 작할 수 있었다.

침실 밖으로 나오자 어디선가 음악 소리가 들렸다. 소리의 근원지를 향해 한 걸음 한 걸음 움직였다. 복도가 꽤 길었는 데 창문 밖으로는 제멋대로 기운차게 뻗어 있는 소나무들이 보였다. 복도 끝에 다다르자 부엌이 나왔고 음악이 흐르고 있는 가운데 한 남자가 요리하고 있었다. 인기척을 느끼고 그가 돌아봤다.

"아직 돌아다니면 안 되는데."

휠체어를 타고 있는 클라이언트127이 혁아의 상처 부위를 가리키며 말했다. 상처 부위를 덮고 있는 붕대가 피로 빨갛게 번지고 있었다. 혁아는 붕대 쪽을 대수롭지 않게 쳐다보고는 다시 클라이언트127을 바라봤다.

클라이언트127이 혁아가 앉아 있는 식탁 쪽으로 휠체어를 굴리며 다가왔다. 그의 무릎 위에는 X.O. 등급의 꼬냑과 잔 두 개가 놓여 있었다. 마치 휠체어가 제자리를 찾아가듯 식탁 밑으로 자연스럽게 들어갔다. 혁아 앞에는 미음이 놓여 있었다. 미음에서 김이 모락모락 올라왔다. 꼬냑과 잔을 식탁 위로 올리며 클라이언트127이 말했다.

"한잔할 텐가?"

미음과 꼬냑을 동시에 권유하는 사람이 누가 있을까. 하지만 클라이언트127이라면 충분히 그럴 수 있는 사람이라고 혁아는 생각했다.

"아니요."

클라이언트127은 이 좋은 걸 왜 마다하는지 이해할 수 없다는 듯 고개를 갸우뚱했다. 그러고는 자신 앞에 놓인 잔에 꼬냑을 따랐다. 맛을 보고는 입을 열었다.

"천만다행이야. 총알이 심장 이 센티미터 옆으로 관통했어."

클라이언트127은 엄지와 집게손가락을 벌려 이 센티미터를 몸소 보여 주었다.

"어떻게 된 겁니까?"

"그건 내가 자네에게 묻고 싶은 건데."

클라이언트127이 말했다.

"도대체 왜 반송장이 된 채로 남의 집을 찾아왔난 말이야?"

혁아는 의아한 얼굴로 클라이언트127을 바라봤다. 혁아는 의식을 잃기 전 마지막 기억의 순간을 더듬어 보았다. 몸 위로 퍼붓듯이 흙이 쏟아져 내렸고 가쁜 숨을 쉬기 위해 입을 벌렸다. 식도까지 흙이 치밀고 들어와서 꾸역꾸역 삼킬 수밖에 없었다. 그것이 혁아에게 남아 있는 마지막 기억이었다.

"죽었다 살아났으니 예수 아니면 좀비, 둘 중 하나겠구만. 크크큭."

클라이언트127이 꼬냑을 한 모금 마시고는 키득댔다. 상황에 맞지 않는 말과 웃음이라는 것을 본인만 모르는 것 같았다.

"전화기 좀 빌려주십시오."

혁아가 말했다. 언제부터인지 모르겠으나 스마트폰이 혁아의 수중에서 사라져 있었다. 클라이언트127이 키득거리던 미소를 거둬들이고는 말했다.

"뭐하려고? 그 여자한테 전화라도 하려는 겐가?"

도대체 이 영감은 어디서부터 어디까지를 알고 있는 걸까. 혁아의 마음을 읽었는지 영감이 말했다.

"정말 사경을 헤매긴 헤맸나 보군. 기억을 일절 못 하는 걸 보니. 서희라고 했던가? 끙끙 앓으면서도 그 이름을 계속 불러 대더군. 마치 통속 드라마에 나오는 비련의 남주인공처럼 말이야."

클라이언트127은 이죽거리지 않고는 대화를 이어 나갈 수 없는 사람처럼 보였다.

"자네가 왜 이리로 왔다고 생각하나? 병원이 아니라."

"영감님."

혁아가 말했다.

"그냥 말씀하세요. 저한테 묻지 마시고."

클라이언트127은 혁아를 뚱한 표정으로 잠시 쳐다보고는 다시 입을 열었다.

"총상이나 자상을 입은 환자가 병원에 오게 되면 의무적으로 경찰에게 신고하게끔 되어 있어. 그렇게 되면 자네가 살아 있다는 게 세상에 드러나게 되지. 그러니까 자네가 여기

시체는 전화하지 않는 법이야

로 온 이유는… 아마도…… 그냥 죽은 듯이 살라는… 뭐 그
런 뜻이 아닐까."

혁아는 알쏭달쏭 말하는 클라이언트127의 화법이 맘에 들
지 않았다. 혁아가 의자에서 일어나 두리번거리며 뭔가를 찾
았다. 움직일 때마다 상처 부위가 욱신거렸으나 지금 그게
중요한 문젠 아니었다. 혁아가 부엌 한쪽 구석에 놓여 있는
전화기를 발견하고는 절뚝대며 걸어갔다.

"시체는 전화하지 않는 법이야."

클라이언트127이 말했다. 아랑곳하지 않고 혁아는 수화
기를 들었다. 서희의 스마트폰 번호를 눌렀다. 고객님의 전
화기가 꺼져 있어 전화를 받을 수 없습니다, 라는 음성이 흘
러나왔다. 혁아는 난감한 표정을 지었다. 그러고는 다시 다
른 번호로 전화를 걸었다. 뚜르르르— 신호가 몇 번 흐른 후
에 중년 여성의 목소리가 들렸다. 혁아는 전화를 끊고 또 다
른 번호를 눌렀다. 발신음이 몇 차례 흐른 다음 이번엔 나이
지긋한 남자의 목소리가 흘러나왔다. 혁아가 전화를 끊었다.
그리고 어렴풋하게 머릿속에 남아 있는 번호를 떠올리려 머
리를 쥐어뜯었다. 클라이언트127은 꼬냑을 마시며 그런 혁
아를 지켜봤다. 혁아가 다시 번호를 눌렀다. 열음의 뒷번호
와 서희의 뒷번호가 같았던 것은 분명히 기억하고 있었다.

신호음이 몇 번이나 울렸지만 전화를 받지 않아 끊으려고

하는데 친숙한 목소리가 반대편에서 응답했다.

"여보세요."

"여, 열음아… 아저씨야."

"아저씨……."

열음의 목소리가 떨렸다.

"그래, 아저씨야. 잘 있었니?"

열음은 한동안 대답이 없었다. 혁아는 곧 깨달았다. 열음이 울음을 삼키고 있다는 것을.

"열음아… 열음아…."

혁아의 목소리도 불안하게 떨렸다. 열음이 울면서 말했다.

"아저씨… 엄마가… 엄마가… 죽었어요."

혁아는 눈을 질끈 감았다. 영감은 착잡한 표정으로 남은 꼬냑을 다 들이켰다.

통화가 끝난 뒤 혁아는 한동안 멍하니 서 있었다. 지금 자신을 지배하고 있는 감정이 슬픔인지 허무함인지 뭔지 제대로 모르는 채로. 혁아에겐 처음 경험하는 감정이었다. 눈물이 나지도 않았다. 오히려 눈물이 났더라면 그게 더 나았을 것이다. 속 시원히 울지도 못하고 있는 자신이, 그리고 제대로 걷지도 못할 정도로 무력한 자신이 견딜 수 없이 한심하게 느껴졌다. 지금 혁아에겐 슬픔과 비탄에 젖어 있는 것조차도 사치였다.

"영감님. 차를 좀 빌려주세요."

혁아가 영감을 돌아보며 말했다.

"사모님께서 쓰시던 차."

"그 몸으로 운전하겠다고?"

"키 주세요."

혁아의 목소리가 단호했다. 영감은 혁아의 눈빛과 마주치자 말리는 게 무의미하다는 것을 알았다. 예순 가까이 인생을 살면서 터득한 것이었다. 저런 눈빛을 한 놈은 제 하고 싶은 대로 하게 내버려 두지 않으면 어차피 미치고 자빠진다는 것을. 하고 싶은 것을 막아서 미치는 거나 운전하다가 뒤지는 거나 별반 다를 것이 없다고 영감은 생각했다.

"현관문 신발장 위에."

영감이 말했다. 말이 끝나기 무섭게 혁아가 절뚝절뚝 걸어나갔다. 영감은 빈 잔에 꼬냑을 채웠다. 잔을 들며 생각했다. 저놈을 집에 들인 것이 과연 잘한 것인지. 그리고 자책했다. 저놈에게 수시로 전화를 걸어 쓸데없는 얘기를 주저리주저리 떠들어 댔던 것을. 한숨이 새어 나왔다. 이래저래 피곤하게 됐군, 영감이 혼잣말을 했다.

기분 좋은 꿈, 조금 슬픈 꿈,
좀 지나면 그냥 잊어도 되는 그런 꿈

사고가 나지 않은 게 다행이었다. 빨리 간다고 죽은 사람이 살아나는 것도 아닐 텐데 혁아는 액셀러레이터를 사정없이 밟아 댔고 빨간불이 가득한 도로 위를 질주했다.

장례식장 입구에 차를 대충 세우고 혁아는 절뚝절뚝 건물 안으로 들어갔다. '6호실 故 채서희'라고 쓰인 안내판이 보였다. 입을 앙다물고 빈소를 향해 걸어갔다. 자정이 넘은 시각이라 조문객들은 거의 다 빠져나가고 어디선가 들려오는 누군가의 술주정 소리만이 빈소의 적막을 깨고 있었다. 6호실은 복도 가장 끝에 자리했고 크기는 단출했다. 부조금 테이블엔 사람이 아무도 없었다. 혁아는 터벅터벅 빈소 안으로 들어갔다. 영정 사진 속 서희는 언제나처럼 기분 좋은 미소로 혁아를 반겼다. 혁아도 서희를 향해 웃었다.

–미안해. 늦게 와서….
–얼굴은 왜 그래?

서희는 오히려 혁아를 걱정했다.

-그냥 넘어졌어. 별거 아니야.

혁아는 흘러내린 눈물을 서희가 볼세라 빠르게 훔쳤다. 서희는 혁아를 위로하고, 다독였다.

-부탁이 있어. 슬퍼하지도 말고 자책하지도 마.
그냥… 꿈을 꿨다고, 그렇게 생각해.
기분 좋은 꿈, 조금 슬픈 꿈, 좀 지나면 그냥 잊어도 되는 그런 꿈.
나도 그럴 테니까.
순간이었지만 행복했어. 많이.

혁아는 영정 앞에 주저앉아 고개를 조아린 채 몸을 떨었다. 서희의 얼굴을 바라볼 수 없었다. 어금니를 꽉 깨물었고 턱이 경련하듯 실룩거렸다.
"저기요."
뒤쪽에서 남자의 목소리가 들렸다. 혁아가 돌아봤다. 검은 상복을 입은 삼십 대 남자가 서 있었다.
"혹시… 서희 지인이세요?"

혁아가 황급히 감정을 추스르며 자리에서 일어났다. 상체를 일으킬 때 총상 쪽에 강렬한 통증이 느껴져 잠시 휘청댔다. 그런 혁아를 검은 상복의 남자가 의아한 표정으로 이리저리 살폈다.

"예전 직장 선뱁니다."

혁아가 말했다. 왜인지 모르겠으나 이 남자에겐 이렇게 말하는 것이 나을 것 같았다. 엄밀히 말해 틀린 말은 아니기도 했고.

남자는 다시 한번 혁아를 위아래로 훑어보고는 말했다.

"부조는 어떻게…?"

"……."

"테이블을 다 정리해서 여쭤보는 거예요."

"송금했습니다."

혁아가 말했다. 확실히 이 남자에겐 이렇게 말하는 것이 나을 것 같았다.

"아… 예."

남자가 두리번거리며 말했다.

"식당도 다 마무리했는데 어쩌나…."

몇 마디 나누지 않았지만 혁아는 이 남자가 마음에 들지 않았다. 아주 격렬하게.

"괜찮습니다. 그럼."

기분 좋은 꿈, 조금 슬픈 꿈,
좀 지나면 그냥 잊어도 되는 그런 꿈

혁아가 서둘러 자리를 뜨자 검은 상복의 남자는 구석 쪽 자신의 지인들이 앉아 있는 테이블로 갔다. 그 테이블은 들어올 때부터 시끄럽던 술주정 소리의 근원지였다. 남자는 웃는 낯으로 별 시답잖게 보이는 대화에 다시 끼어들었다.

혁아가 빈소를 나와 걷는데 뒤에서 어떤 여자의 목소리가 들렸다.

"혹시 오혁아 씨…?"

혁아가 여자를 돌아봤다. 턱선에 맞춰 정확하게 칼단발 머리를 한 여자가 서 있었다. 혁아는 삼 분의 일 정도 머리에 가려져 있던 그녀의 얼굴을 찬찬히 들여다봤다. 그녀가 누군지는 물어보지 않아도 알 것 같았다.

"맞죠? 오혁아 씨."

말없는 혁아를 보며 그녀는 확신하는 듯했다.

"저는 숙희라고 해요. 채숙희."

숙희는 담배에 불을 붙였다. 익숙한 동작으로 담배를 흡입하고 연기를 내뿜었다. 그녀는 얘기하자더니 장례식장 뒤편 흡연 구역까지 앞장서서 걸어 나왔다. 옆에 가만히 있자니 뻘쭘했던 혁아는 담배 한 개비를 숙희에게 요청했다.

"담배 피워도 괜찮아요?"

숙희가 혁아의 얼굴과 몸 상태를 훑었다. 혁아는 가볍게 고개를 끄덕였고 숙희가 담배 한 개비를 건넸다. 그리고 불을 붙여 주었다. 한 모금 빨자 오랜만에 니코틴이 들어와서 그런지 살짝 어지러웠다.

"아까 그 인간이 형부예요."

숙희가 말을 내뱉곤 바로 정정했다.

"아니, 형부였어요. 엿같지만 서류상으론 아직 언니 남편이고요. 열음이 태어나고 나서 얼굴을 한, 세 번 비쳤나. 그것도 이혼 서류 다 작성해 놓고서. 진짜로요, 내가 만난 이 세상에서 제일 형편없는 인간이 그 인간이에요. 아까 나도 잠깐 들었어요. 조문 온 사람한테 봉투 타령이라니. 대신 사과할게요. 진짜 어이 상실이다."

어이 상실. 어디서 들어 본 적 있는 표현인데, 하고 혁아는 생각했다. 그러곤 곧 그게 서희가 자주 쓰는 표현임을 떠올렸다. 서희에게 남편이 있었구나. 혁아로서는 새삼 알게 된 사실이지만 크게 놀랄 일은 아니었다.

"안 오시는 줄 알았어요. 그래도 이렇게 마지막 날 뵙게 되네요."

혁아를 바라보는 숙희의 눈에 안타까움이 배어 있었다.

"언니한테 무슨 일이 있었던 겁니까?"

숙희는 바로 말을 잇지 못했다. 담배 필터까지 탈 정도로 깊고 길게 담배를 빨아 댔다. 그러고는 여전히 받아들이기 힘

기분 좋은 꿈, 조금 슬픈 꿈,
좀 지나면 그냥 잊어도 되는 그런 꿈

들다는 듯 고개를 갸웃거렸다. 혁아는 기다렸고 잠시 후 숙희가 입을 열었다.

서희는 사고사했다. 경기도 인근 국도 변에 차를 주차해 놓은 상태였는데 만취한 구 톤 트럭 운전수가 서희의 차를 쳤고, 차는 가드레일을 부순 뒤 십여 미터 둔덕을 굴러떨어진 다음 폭발했다. 차는 전소됐고, 그 안에 있던 서희는 두말할 것도 없었다. 트럭 운전수는 자수했고, 서희의 죽음은 별다른 부검 없이 바로 사고사로 사건 종결이 되었다. 모든 과정이 일사천리로 진행되었다.

"도대체가 말이 되냐고요, 모든 게."
울컥 대는 숙희의 목소리가 커졌다.
"제가 그 사고 장소에도 가 봤어요. 언니가 그 국도를 갈 이유가 없어요. 그리고 왜 하필 거기서 차를 세워 놓고 잠을 자냐고요. 상식적으로 이게 말이 돼요?"
혁아는 숙희로부터 담배 한 개비를 다시 얻어서 피우며 얘길 들었다. 혁아가 품었던 의문점들도 숙희와 다르지 않았다. 이건 미스터리라 할 것도 없다. 모든 게 분명해 보였다. 설계된 죽음. 설계에 참여한 놈들의 얼굴이 차례대로 떠올랐다. 자신을 흙구덩이에 묻었던 한이상, 김익호, 그리고 이구한. 설계의 꼭대기는 당연히 이구한일 것이다. 하지만 모든 게 자명해 보이는 동시에 반대로 명확하게 보이는 것은 그 어떤 것도 없었다. 마치 답은 어림짐작해서 대충 맞힐 순 있어도 풀이 과정은 단 한 줄도 적어 나가기가 어려운 수학 문제 같았다. 도대체 어디서부터 어떻게 움직여야 할지 혁아는 막막했다.

"열음이는요? 잘 있나요?"

혁아가 물었다.

"네. 생각보단."

숙희가 말했다.

"지금 자고 있어요."

혁아는 고개를 끄덕였다. 전화로 들었던 열음의 떨렸던 목소리가 생생했다. 그 어린아이에게 얼마나 큰 충격이었을까.

"열음이도 얘기했어요. 그쪽 얘기."

숙희가 담배 연기를 내뿜으며 설핏 웃었다.

"같이 놀이동산 간 거, 같이 고기 구워 먹은 거."

혁아는 그때를 떠올리자 가슴이 더 먹먹해졌다.

"열음이는… 이제 어떻게 되는 거죠?"

"어떻게 되긴요? 저기 아빠란 작자가 있잖아요."

숙희가 장례식장 건물 입구 쪽을 턱으로 가리켰다. 혁아가 고개를 돌려 돌아봤다. 서희의 남편 정우탁이 자신의 조문객

기분 좋은 꿈, 조금 슬픈 꿈,
좀 지나면 그냥 잊어도 되는 그런 꿈

들과 나와서 담배를 피우고 있었다. 그는 쑥덕대고 낄낄댔다. 그러다 혁아 쪽으로 슬쩍 시선을 돌렸다. 그들은 눈을 마주쳤고 두 사람 다 눈싸움하듯 시선을 피하지 않았다. 저 인간이 열음의 보호자라는 생각을 하니 마음이 무거워지는 혁아였다.

"그만 가세요."

숙희가 말했다.

"오래 계시면 저 인간이 의심할 거예요."

몇 시간 후 발인하여 이동한 뒤에 서희는 화장할 거라고 했다. 숙희 말대로 전 직장 선배라는 사람이 오래 있으면 괜한 오해를 살 수 있을 것이다. 그리고 죽어 있는 존재여야 하는 혁아가 이런 곳에서 마주쳐선 안 될 누군가를 마주칠 가능성도 있었다. 이를테면 규종. 규종은 앱솔루트와 관련된 스태프들의 경조사를 누구보다 잘 챙겼다. 이미 왔다 갔을 가능성이 크긴 하지만.

혁아가 숙희에게 목례하고 걸음을 떼는데 숙희가 말했다.

"고맙습니다."

혁아가 돌아봤다.

"처음 봤어요. 언니가 누구 만나면서 그렇게 신나고 즐거워하는 걸."

숙희의 눈시울이 붉어졌다. 혁아는 잠시 굳었다가 한 번 더 숙희에게 목례한 뒤 걸음을 옮겼다.

혁아는 차 안에서 발인을 지켜봤다. 정우탁이 잠에서 덜 깬
얼굴로 서희의 영정 사진을 가슴 쪽에 들고 걸었고 그 뒤를
열음과 숙희가 따랐다. 숙희의 손을 꼭 잡고 걷는 열음은 얼
굴 살이 좀 빠졌지만 생각했던 것보다는 담담하고 의연했다.
서희의 관이 운구 버스에 실렸다. 버스에 오르는 사람이 얼
마 되지 않았다. 혁아는 버스가 떠나는 것을, 버스 안의 열음
이 멀어지는 것을 끝까지 지켜봤다. 새벽빛이 올라오고 있었
다. 그제야 혁아의 눈에서 눈물이 주르르 흘러내렸다.

점심 즈음 클라이언트127이 기상하여 방에서 나왔다. 그는
늦게 자고 늦게 일어나는 생활 습관이 있다. 노인들이 흔히
들 일찍 자고 일찍 일어난다, 잠을 적게 잔다고들 하지만 그
에겐 전혀 해당 사항이 아니다. 술을 먹다 늦게 자고 술에 취
해 세상만사를 잊어야만 잠이 드는 사람이기 때문이다.
영감이 하품하며 부엌으로 들어서다가 움찔 놀랐다. 혁아
가 식탁에 머리를 박은 채 잠들어 있었던 것이다. 그는 혁아
가 다시 올지도 모른다는 생각에 문을 잠그지 않고 있었다.
휠체어를 밀어 혁아 쪽으로 다가가던 그는 한 번 더 흠칫 놀
랐다. 혁아 앞에는 그가 마시던 꼬냑 병이 놓여 있었는데, 그

기분 좋은 꿈, 조금 슬픈 꿈,
좀 지나면 그냥 잊어도 되는 그런 꿈

안의 술이 시원하게 비어 있었기 때문이었다. 자신이 아끼던 술을 그것도 한가득 차 있던 그 술을 혁아가 다 먹어 치운 것이다. 영감은 꼬냑의 맛을 상기하며 입맛을 다셨다. 그리고는 혁아의 총상 부위를 살폈다. 상처 부위에서 잔뜩 배어 나온 핏물이 붕대를 빨갛게 적시다 못해 바닥으로까지 뚝뚝 흘러내렸다. 이런 몸 상태로 싸돌아다니다 무사히 돌아온 것이 신기할 지경이었다.

"지가 알아서 알코올 소독을 했구만."

혼잣말을 하면서도 이죽거리는 석창이었다.

조용히 사는 대가

영감의 치료를 받으며 혁아의 몸은 빠르게 회복되어 갔다. 영감이 명의는 명의였나보다. 하지만 불편한 점도 있었다. 영감이 알코올 중독자인지라 손을 하도 떨어 대서 혈관에 바늘을 꽂거나 할 때 열 번 시도 안에 제 위치에 꽂는 일이 없어 그야말로 지랄 같았다. 투덜대고 이죽거리는 태도는 그런대로 참을 만했는데, 사실 말은 그렇게 해도 꽤나 정성스레 혁아를 돌봐 주었다. 한번은 붕대를 갈아 주는 영감에게 혁아가 물었다. 자신에게 왜 이리 잘해 주느냐고. 그러자 영감은 '그럼 다쳐서 온 강아지 새끼를 발로 뻥 차서 내보낼까! 쓸데 없는 소리 그만하고, 걸을 만하면 당장 내 눈앞에서 사라져. 아주 귀찮아 죽겠으니까!'라고 답했다.

영감으로선 와이프가 죽은 이후에 적적하지 않아 나름 괜찮았다. 물론 이런 얘기를 혁아에겐 하지 않았다. 고독마저도 즐길 줄 알 정도로 혼자 있는 것을 편해하는 그였으나, 혁아의 캐릭터 자체가 있는 듯 없고, 또 없는 듯 있는 캐릭터인지라 함께 생활하는 것이 생각보다 불편하지 않았다. 오히려 혁아에게 먹을 것을 챙겨 주면서 본인도 좀더 건강식으로 챙겨 먹게 되어 컨디션이 더 좋아진 것도 내심 마음에 들었다.

"내일 떠나겠습니다. 이제 좀 걸을 만해서요."

저녁을 먹는데 혁아가 말했다. 그날의 메뉴는 스테이크였다. 칼질하던 영감의 손이 잠시 멈췄다. 혁아의 접시는 깨끗했다.

"거 간만에 반가운 소리군."

영감이 시선을 접시에 고정한 채 다시 칼질을 시작했다.

"그동안 감사했습니다. 이 은혜 꼭 갚겠습니다."

영감은 대꾸 없이 고기를 우물우물 씹었다.

"전부터 궁금한 게 하나 있었는데요."

"뭔데?"

영감이 눈을 위로 치켜뜬 채로 되물었다.

"어떻게 메뉴가, 식단이 끼마다 이렇게 다채롭게 준비될 수 있는 거죠? 첨엔 그냥 맛있게만 먹었는데 먹다 보니까 이 다양한 식자재를 어떻게 준비하시는지 궁금하더라고요. 몸도 불편하신 분께서. 대형마트도 멀잖아요."

영감은 치켜떴던 눈을 접시 쪽으로 내리깔며 말했다.

"새벽 배송."

"네…?"

영감이 버럭 언성을 높였다.

"온라인 쇼핑! 새벽 배송! 집 앞까지 배달이라고! 나한테 네가 가르쳐줬잖아! 기억 안 나? 으이그, 눈치 없는 놈!"

혁아는 기억을 더듬어 보았다. 아, 그래. 언젠가 빵가게인지 구멍가게인지를 습격하는 무슨 일본 소설을 온라인으로 주문하는 법을 가르쳐 주었던 것이 기억났다. 그걸 가르쳐 주는 데 무려 두 시간 넘게 걸리면서 무척 짜증이 났던 기억과 더불어.

"이야, 응용력이 대단하시네요. 하나를 가르쳐 드리니까 둘을 아시네."

혁아가 피식 웃었다. 그러고는 작은 목소리로 덧붙였다.

"근데 왜 소릴 지르고 그러세요."

그 말을 들으니 영감도 자신이 굳이 왜 그랬나 싶었다.

"조용히 살어. 여기서 나가면."

영감이 말했다. 혁아는 대꾸가 없었다.

"조용히 살라고!"

영감이 목소리를 다시 높였다.

"그게 어떻게 사는 건데요?"

"미래를 보고 살면 되지. 과거가 아니라."

혁아는 두 눈동자를 두 시 방향에 놓고 잠시 생각한 후 말했다.

"미래가 보이지 않으면요?"

영감의 목소리가 더 높아졌다.

"원래 미래는 안 보이는 거야! 그래도 앞만 보고 가라고! 짜식이 점점 말대답이 길어져."

혁아가 씨익 웃었다. 자리에서 일어나 영감 자리 옆으로 가서 와인 병을 들어 영감의 잔에 따랐다. 앉아서도 충분히 술을 따를 수 있는 거리였건만, 혁아는 그렇게 했다. 두 손으로 깍듯하게 병을 든 혁아의 정중한 태도가 흡사 고급 호텔 레스토랑의 웨이터 같았다. 말없이 잔이 차올랐고, 혁아와 영감 모두 그것을 지켜봤다. 잔이 차자 혁아가 다시 제자리로 돌아가 앉았다. 그리고 두 사람은 식사가 다 끝날 때까지 아무 말도 하지 않았다.

"저기, 저 트렁크."

정적을 깨고 영감이 말했다. 와인 잔을 든 손의 집게손가락으로 한쪽 구석에 놓여 있는 여행용 트렁크를 가리켰다. 저 트렁크는 혁아가 기억하는 한 이 집에 온 순간부터 부엌과 거실이 만나는 복도 경계에 자리한 서랍장의 오른편에 방치되듯 놓여 있었다. 마치 언제라도 즉시 떠날 수 있게 준비가 다 되어 있는 그런 트렁크처럼 보였다.

"열어 봐."

영감은 덤덤하게 말한 뒤 와인을 들이켰다. 혁아는 자리에서 일어나 트렁크 쪽으로 걸어갔다. 세워져 있던 트렁크를 눕혔다. 좌우에 각각 세 개씩 숫자 암호를 입력하게끔 락이 걸려 있었다.

"비번은 네 생일이다."

영감이 말했다.

생일? 혁아는 뭔가 느낌이 싸했다. 원래부터 이 집의 지박령처럼 자리 잡은 물건인 줄 알았더니 비밀번호가 내 생일이라고? 혁아는 여섯 자리 숫자를 입력하고는 가방을 열었다. 혁아의 얼굴이 굳었다. 가방 안엔 오만 원권 지폐들로 꽉 채워져 있었다. 007가방에 오만 원권이 대략 오억 정도 들어가고, 사과박스에 십억이 들어가니 이 트렁크에는 그 중간 정도의 돈이 들어 있는 것이다.

"네 것이다."

영감이 말했다. 혁아가 영감을 돌아봤다.

"숙박비를 좀 떼고 줘야 하나."

영감이 혼잣말처럼 지껄이고는 피식 웃었다. 혁아가 영감 쪽으로 성큼성큼 걸어갔다.

"뭡니까, 저거?"

"보면 몰라? 미래를 위한 종잣돈. 혹은 조용히 사는 대가."

혁아의 양미간이 꿈틀거렸다.

"바보 같은 놈. 넌 절대 잊으면 안 돼. 네가 머리 좋은 놈이 아니라는 사실을. 재주는 곰이 부리고 돈은 왕서방이 번다는 말은 들어 봤니?"

영감의 몇 마디 말이 패스워드가 되어 혁아로 하여금 머릿속 기억의 서랍을 열게 하였다. 바로 이 저택으로 오게 되었던, 그날 밤의 기억. 가슴 깊은 곳에서부터 부아가 치밀어 올랐다.

영감은 와인 잔을 들어 보이며 말했다.

"병이나 하나 더 가져와. 얘기가 좀 기니까."

혁아는 잔뜩 상기된 얼굴로 영감을 보았다. 영감은 얘기를 어디서 어떻게 시작해야 할지 난감한 얼굴로 거의 비어 있는 와인 잔을 휘적휘적 돌려댔다.

붙어야 돼, 붙어야 살길이 생겨

앱솔루트엔 혁아 정도 되는 관리자급을 대체할 수 있는 인력풀이 충분하다. 하지만 규종은 결자해지의 심정으로 혁아가 하던 업무를 본인이 대신 도맡았다. 혁아의 후임자를 물색 중이었으나 성에 차는 이는 없었다. 그만큼 혁아는 개인적인 관계를 떠나 일적으로도 흠잡을 데가 없이 훌륭했다. 혁아와 함께했던 십이 년 동안의 잔영을 다 씻어 내리려면 규종에겐 아마도 상당한 시간이 필요할 것이다.

규종은 오랜만에 귀가를 서둘렀다. 최근 들어 규종은 샐러리맨들의 닳고 닳은 표현처럼 격무에 시달렸고, 간만에 비즈니스 미팅이 없었던 그날 저녁만큼은 일찍 귀가하여 가족들과 저녁을 먹고 싶은 마음이 간절했다.

"여보, 나 왔어."

규종이 아파트 현관문을 열고 들어왔다. 앞치마 차림의 와이프가 걸어 나오며 규종을 반겼다. 규종의 손에 들려 있는 검은 비닐봉지를 건네받으며 물었다.

"이거 뭐야?"

"삼겹살. 안 먹은 지 좀 됐는지 자꾸 생각나더라고."

규종이 와이프의 표정을 슬쩍 살피고는 물었다.

"왜, 삼겹살 별로야?"

"그게 아니라. 깜짝 놀라게 하고 싶다더니 진짜 연락 안 했구나."

와이프가 피식 웃었다.

"들어가 봐. 혁아 씨 왔어. 일 등급 한우 사 들고. 저녁은 그거야."

와이프는 다시 부엌으로 향했고, 규종은 등골이 서늘해졌다. 거실 쪽으로 천천히 걸어 들어가자 익숙한 게임 소리가 들렸다. 창민이가 즐겨 하는 '철권'이라는 격투 게임이다. 창민은 아빠가 오건 말건 상관도 하지 않고 눈을 TV에 고정한 채 게임에 열중했다. 그리고 그 뒤 소파에서 혁아가 웃는 얼굴로 앉아 게임을 지켜보고 있었다.

"창민아, 아빠 오셨잖니. 인사는 하고 해야지."

혁아가 말했다. 혁아의 품 안엔 얼마 전 돌을 지난 둘째 창식이가 곤히 잠들어 있었다.

"오셨어요."

눈은 여전히 TV에 고정한 채 창민이 말했다. 규종의 눈이 혁아에게서 그 품에 안긴 창식에게로 향했다. 애를 돌본 경험이 없어서 그런지 어딘가 어색한 자세로 창식을 안고 있었고 규종은 그것이 몹시 불안하게 느껴졌다.

"창식이가 그새 많이 컸네."

혁아가 미소 띤 얼굴로 말했다.

"그때 애들이 그래. 콩나물처럼 쑥쑥."

규종 역시 미소 띤 얼굴로 말했다.

"이사를 했으면 얘길 좀 해 주지 그랬어."

혁아가 서운한 표정으로 말했다. 그때 부엌에서 요리 중이던 와이프가 끼어들었다.

"혁아 씨한테 집들이 얘기 안 했어? 내가 진작에 얘기했잖아."

규종이 난감한 표정으로 말했다.

"아… 내가 얘기 안 했었나. 요즘 내가 정신이 없네."

어떻게 이 주소를 알고 왔을까, 규종은 속으로 생각했다. 그 정도 알아내는 건 일도 아니지, 혁아의 표정은 그렇게 말하고 있었다.

"창식이, 내가 안을게."

규종이 혁아 쪽으로 양손을 뻗으며 말했다. 혁아는 창식을 여전히 안은 채 규종을 뚫어지게 쳐다보았다. 허공에 뻗어 있는 두 손이 민망해질 찰나 혁아가 조심스럽게 창식을 건넸다. 규종은 안도하며 잠든 창식의 이마에 입술을 댔다.

"같이 가. 집 구경시켜줄게."

붙어야 돼, 붙어야 살길이 생겨

그러자 혁아가 소파에서 몸을 일으켰다.

규종이 아기 침대에 창식을 조심스럽게 내려놨다. 창식이 입을 벌린 채 자는 모습이 평화로워 보였다. 규종은 창식을 내려다보며 흐뭇한 미소를 지었다.

"일단 고맙수다. 구해 줘서."

"솔직히 네가 안 오길 바랐는데."

미소가 사라진 표정으로 규종이 대답했다. 혁아는 어젯밤 영감에게서 들었다. 초주검 상태로 생매장 당해 있던 자신을 꺼내어 영감의 집까지 싣고 온 사람이 바로 규종이었다는 사실을. 규종은 혁아를 마취시킨 뒤 그를 한이상에게 넘겼다. 원래는 거기까지가 앱솔루트로부터, 정확히 말하면 최영이로부터 지시받은 규종의 역할이었다. 하지만 규종은 한이상 일당의 뒤를 몰래 밟았다. 야산까지 뒤쫓아 간 규종은 혁아가 반송장이 된 상태로 구덩이에 묻히는 모든 상황을 숨어서 지켜봤다. 그리고 한이상 패거리가 그곳을 떠나자마자 혁아가 묻힌 흙무덤으로 뛰어가 허겁지겁 땅을 파헤쳐 혁아를 건져 냈다.

영이는 혁아를 구한에게 바침으로써 서비스에 불만이 많았던 고객에게 손해배상을 하는 동시에 업무에 해이해진 직원을 정리해고했던 것이었다. 여기에 규종의 의사는 중요하지 않았다. 규종은 회사가 원하는 대로 해야만 했다. 가장의 삶이란 그런 것이다. 혁아는 앱솔루트를 그만두지 말라고 간절히 붙잡던 날에 규종이 짓던 표정이 떠올랐다.

"다행이네. 크게 다친 줄 알았는데."

규종이 말했다.

"그 영감이 은퇴한 지 좀 됐어도 명의는 명의야."

"형하고 친분이 있는 사람일 줄은 전혀 생각 못 했어."

"나름 스타였어. 나도 고객이었고. 일명 다크닥터. 어둠의 의사. 무슨 슈퍼히어로 같지? 그 양반이 한때 병원 밖에서 의료 행위를 아주 열심히 하셨거든. 조폭들 대상으로 수술하거나 매혈, 장기 적출, 이식 등등. 상상이 잘 안 가지?"

그랬다. 어젯밤 영감에게 직접 들었을 때도, 그리고 지금 다시 들어도 도무지 상상이 안 가는 얘기인 것은 여전했다.

"친분이 있다고 해도 어떻게 그 영감한테 갈 생각을 했어? 그 영감이 날 받아 줄 거라는 건 또 어떻게 알았고?"

규종은 대답하기 전 잠시 뜸을 들였다.

"네 스마트폰."

"스마트폰…?"

"도청하고 있었어."

규종이 말했다. 혁아는 어안이 벙벙한 표정을 지었다. 그러고는 한 마디 한 마디 힘겹게 되물었다.

"도청…? 나를… 도청하고 있었다고?"

규종은 말없이 혁아를 응시했지만, 눈빛이 긍정을 말하고 있었다.

"언제부터…?"

혁아가 규종을 노려봤다.

"설마 십이 년 전부터?"

규종은 덤덤한 표정으로 고개를 끄덕였다.

"정확히 말하면 십이 년 중에서 초반 일이 년 정도? 그때 좀 꼼꼼히 들었지. 그 뒤론 별로. 혁아 네가 술을 먹니, 여자를 사귀었니? 워낙에 일밖에 모르는 애라서 도청할 필요도 없었지. 완전히 믿었으니까. 채서희가 나타나기 전까지 말이야."

"스마트폰을 몇 번이나 바꿨는데… 십이 년 동안."

여전히 믿기지 않는다는 표정이었다.

"다 내가 생일 선물로 바꿔 준 거잖아."

혁아는 어젯밤 영감이 자신에게 했던 말이 떠올랐다.

'바보 같은 놈. 넌 절대 잊으면 안 돼. 네가 머리 좋은 놈이 아니라는 사실을.'

혁아는 어리석은 자신에 대해 화가 치밀었다.

"네가 서희랑 미팅 펑크 내고 동해안으로 여행을 간 순간부터, 그때 오랜만에 도청 파일을 열어서 듣게 된 거야. 그때 알게 된 거지. 너와 서희의 관계, 어둠의 의사와의 기이한 통화 내용 등등. 그날 밤 피투성이, 흙투성이인 너를 차에 싣고서 깜깜한 국도를 미친 듯이 달리면서도 어디를 가야 할지 모르겠더라고. 그렇다고 총상 입은 너를 무작정 병원에 데려갈 순 없었고. 그때 갑자기 그 어둠의 의사가 떠올랐지. 왠지 널 받아 줄 거 같았어. 별다른 대안이 없기도 했고."

혁아는 수수께끼가 풀리는 느낌이었다. 하지만 풀릴수록 시원하기는커녕 속이 더 답답해지는 느낌이었다.

"서희도… 그놈들이 죽인 거지?"

"혁아야."

규종이 혁아의 눈을 바라봤다.

"그냥 잊어. 내가 준 돈으로 새롭게 시작해. 내가 널 살린 걸 후회하게 하지 마라. 부탁이다."

"내가 여기 온 이유는 형수님하고 애들 때문이야."

규종의 얼굴이 일그러졌다. 방 밖으로 목소리가 새어 나갈까 봐 가까스로 자제하면서 말했다.

"인마. 네가 뭘 할 수 있는데? 너, 상대가 누군지 알고나 그런 소릴 하는 거야!"

"형. 내가 복싱할 때 깨달은 게 있어. 나보다 센 놈이랑 붙을 때 뒤로 물러나면 더 처맞더라고. 붙어야 해. 붙어야 살길이 생겨. 박치기를 하든, 귀를 물어뜯든, 낭심을 무릎으로 찍든."

"혁아야!"

"나 때문에 다치는 사람 없게 하세요. 경고했습니다. 지금,
이 순간부터 내 눈앞에 걸리적거리는 건 싹 다 들이박고 물
어뜯고 짓이겨 버릴 테니까. 형이든, 회사든, 누구든."

황폐하고도 싸늘한 혁아의 눈빛에서 규종은 소름 끼치는
섬뜩함을 느꼈다. 방문이 열리며 규종의 와이프가 고개를 빼
꼼 내밀었다. 목소리가 경쾌했다.

"다 같이 밥 먹을까요?"

혁아와 규종은 동시에 미소를 머금으며 아무렇지 않은 듯
규종의 와이프를 바라봤다.

"형수님. 죄송한데 어쩌죠. 갑자기 회사에서 호출이 와서
지금 가 봐야겠는데요."

"예? 그래도 저녁은 먹고 일해야지."

"형수님. 저희 회사 잘 아시잖아요. 좀만 늦어도 고객들 불
만이 이만저만 아닌 거."

규종의 와이프는 아쉬운 표정으로 혁아를 바라봤다. 그녀
는 규종과 혁아가 사설 경비 업체에서 일하는 것으로 알고
있다. 주간, 야간, 주중, 주말 따로 없이 고객 호출이 있으면
빠르게 출동해야 하는 그런 회사. 규종의 와이프는 순진한
것인지, 아니면 그렇게 믿는 것이 속 편했기 때문인지 회사

에 대한 어설픈 설명을 곧이곧대로 다 믿었고 단 한 번도 그들이 하는 일을 의심하지 않았다.

"할 수 없지. 아쉽지만 담에 같이 먹자고."

규종이 말했다. 규종은 지금 상황을 최대한 빨리 모면하고 싶었다. 그리고 무엇보다 혁아를 가족으로부터 빨리 떨어뜨려 놓고 싶었다.

"네. 일단 밖의 일부터 잘 정리해 볼게요."

혁아가 규종을 보며 의미심장한 미소를 지었다.

지금은 그냥 프리랜서

　서희의 체구가 작았기 때문일까. 납골당 안치단에 놓인 유골함이 유독 왜소하게 느껴졌다. 혁아는 물끄러미 유골함을 바라봤다. 열음과 함께 찍은 사진이 작은 액자에 담겨 옆에 놓여 있었다. 날 잡고 찍은 사진처럼 두 사람 모두 깔끔한 차림으로 활짝 웃고 있었다.

　혁아의 머릿속에 서희와 함께한 순간들이 아련하게 스쳐 지나갔다. 그녀 특유의 호탕한 웃음소리가 귓가에 들리는 듯했다. 만약 그날 배고프지 않냐고 묻던 그녀를 그냥 집으로 돌려보냈으면, 만약 헤어드라이어 경품을 들고 그녀 집을 다시 찾아가지 않았으면, 열음과 놀이동산에 함께 가지 않았으면, 함께 바다를 보러 가지 않았으면…… 그녀가 저 유골함 속에서가 아니라 어딘가에서 살고 있었을까. 부질없는 생각만 머릿속에서 맴돌 뿐이었는데,

　"혁아 씨?"

　누가 불러서 돌아보니, 숙희다.

　"여기는 웬일이에요?"

　혁아는 마땅히 대답할 말이 떠오르지 않아 쭈뼛댔다.

"사십구재 때문에 오신 거예요?"

사십구재? 벌써 이렇게 시간이 흘렀구나, 혁아는 생각했다. 영감의 집에서 몸을 회복하면서 보낸 시간이 생각보다 길었다. 상처가 컸기 때문이겠으나 혼자만 편한 곳에서 잘 지낸 것 같아 좁은 곳에만 있었던 서희에게 혁아는 미안함을 느꼈다.

숙희는 열쇠로 안치단을 열어 프리지어로 꾸며진 꽃 장식을 유골함 왼편에, 자신과 함께 찍은 사진 액자를 유골함 오른편에 각각 놓았다. 그리고 안치단을 잠그고는 눈 감고 기도를 올렸다. 혁아는 옆에서 그러는 숙희를 지켜봤다. 숙희가 눈을 뜨고는 말했다.

"식사는 했어요?"

숙희는 반찬으로 나온 깍두기 국물을 김이 모락모락 나는 소머리 국밥 그릇에 주욱 부었다. 뽀얀 국물이 붉게 물들어 갔다. 혁아 입장에선 초면에 소머리 국밥을 같이 먹는 것만으로도 충분히 어색한 상황이었지만, 거침없이 깍두기 국물을 다대기처럼 활용하는 모습은 더더욱 생경한 풍경이었다. 그런 혁아의 속마음을 눈치챘는지,

"이렇게 먹으라고 블로그에 나와 있던데요."

숙희가 말했다. 납골당에서 숙희가 빠르게 검색해 찾은 이

식당은 삼십 년 전통의 소머리 국밥집이었다. 숙희는 국물 한 술 떠먹더니 눈을 동그랗게 뜨며 말했다.

"시원한데요."

혁아는 태어나서 단 한 번도 그렇게 먹어 본 적이 없었지만 반강요하는 듯한 숙희의 표정을 보고는 마지못해 깍두기 국물을 국밥 안으로 부었다.

"좀더요."

"……."

혁아는 어쩔 수 없이 깍두기 국물을 더 부었다. 숙희는 맛을 한번 보라는 듯 미소 띤 얼굴로 혁아를 바라봤고, 혁아는 숟가락을 떠서 국물을 맛보았다. 흐음. 생각보다 나쁘지 않았다. 아니 맛있었다. 삼십 년 전통은 괜히 유지되는 것이 아니구나 싶었다. 숙희가 빙긋 웃더니 그제야 자신의 숟가락을 들어 한입 거하게 떠먹었다.

"혁아 씨라고 부르는 게 좀 불편해요. 오빠라고 부르기도 좀 거시기하고."

숙희가 입안에 가득찬 음식물을 우물대며 말했다.

"언니랑 결혼하려고 하셨다면서요?"

혁아는 잠시 뜸을 들이고는 고개를 끄덕였다.

"근데 또 결혼은 안 하셔서 형부라고 부르기도 좀 거시기하고."

숙희는 고개를 갸웃거렸고 혁아는 피식 웃었다. 서희와 숙희. 두 자매가 처음엔 겉모습만큼이나 사뭇 다른 캐릭터로 느껴졌는데 대화를 나누면 나눌수록 묘하게 닮은 구석이 있었다. 국밥 그릇이 바닥을 드러낼 즈음 혁아가 물었다.

"언니 교통사고 낸 사람은 지금 어떻게 지내나요?"

"트럭 운전사요? 집행유예로 풀려났을 거예요."

"사람이 죽었는데 풀려났다고요?"

혁아가 의아한 표정으로 되물었다.

"어이상실이죠?"

숙희가 냅킨으로 입을 닦으며 말했다.

"유전무죄 무전유죄. 이럴 때 쓰는 말 맞죠? 열음이 아빠하고 만나서 합의금 쓱싹쓱싹 정리하더니 풀려났다니까요. 참 나, 그렇게 남남처럼 살다가 언니 죽으니까 쓱 나타나서 남편이랍시고 합의금 챙기고. 나쁜 새끼. 절대 그 돈 다 챙기지 못하게 할 거예요."

숙희는 씩씩대다가 혁아의 눈치를 살피더니 말을 이었다.

"오해는 마세요. 돈 때문에 이러는 거 아니니까."

혁아는 다시 한번 느꼈다. 모든 상황이 속전속결. 모든 게 명확한 동시에 베일에 가려져 있다.

"열음이 아빠라는 사람, 연락처와 주소를 받을 수 있을까요?"

표정을 굳히며 숙희가 되물었다.

"뭐 하시게요?"

"뭐 좀 물어보려고요."

혁아가 담담한 표정으로 말했다. 숙희가 스마트폰을 열어 전화번호를 검색하면서 물었다.

"근데 무슨 일을 하시는 분이세요?"

"그건 언니가 말 안 해 줬어요?"

"그냥 무슨⋯ 에이전시 하시는 분이라고만."

"맞아요. 에이전⋯트."

혁아가 말했다.

"지금은⋯⋯ 그냥 프리랜서."

숙희는 더 캐묻고 싶었으나 참았다.

클라이언트127 영감의 집을 나와서 혁아가 제일 먼저 한 일은 거처를 마련하는 것이었다. 사자(死者)인지라 흔적이 남지 않게 계약서를 쓰지 않는 달방 계약을 했다. 웃돈을 준다고 하자 집주인은 흔쾌히 방 열쇠를 혁아에게 넘겼다. 중고차 시장에서 차도 구입했다. 역시 웃돈을 주겠다고 하자 중고차 딜러는 먼지가 뽀얗게 내려앉은 대포차 하나를 어디선가 끌고 왔다. 딜러의 관상에서 사기꾼 기질이 느껴지긴 했으나 흥정으로 시간을 허비하고픈 생각은 없었다.

오 킬로미터 조깅, 윗몸일으키기와 팔굽혀펴기, 그리고 운동 전후로 스트레칭. 혁아는 십 대 시절 이후로 가장 격렬하게 몸을 만들었다. 다친 몸을 강건하게 하기 위한 목적에서 시작했지만 그렇게 몸을 혹사하지 않으면 온갖 잡념에 시달렸다. 혁아가 십 대 시절 운동에 매진하면서 깨달은 것이다. 잡념이 떠오를 땐 몸을 굴려라. 그리하면 잡념에 빠져 있을 시간에 대신 꿀잠을 자게 될 것이다.

몸은 빠르게 회복되어 갔다. 오 킬로미터의 랩타임이 삼십 분 안으로 들어왔고, 윗몸일으키기와 팔굽혀펴기는 일 분 안에 각각 칠십 개와 육십 개에 도달했다. 흐르는 땀방울의 양이 많아질수록 혁아의 머릿속은 심플해졌다.

베팅은 가슴으로

우탁은 늘어지게 잠을 자고 난 뒤 오후 한 시가 넘어서야 기지개를 켰다. 숙취로 인해 머리가 여전히 지끈지끈했다. 어제 술자리에서 필름이 끊기기 전 마지막 기억을 떠올리려 애쓰다가 이내 포기했다. 라면으로 해장하기 위해 물을 올렸다. 집이 조용한 걸 보니 열음은 혼자 알아서 유치원 등원을 한 모양이다. 우탁은 다 익지도 않은 라면을 건져 내 거의 삼키다시피 후루룩후루룩 몇 젓가락 만에 해치웠다. 바쁠 거 하나 없는 인생이면서도 라면 하나만큼은 누구보다 전투적으로 먹는 그였다. 냄비와 그릇은 싱크대 개수대에 던져 놨다. 나갔다 오면 열음이 설거지를 깨끗하게 해 놓을 것이다. 열음과 같이 살게 되면서 가장 먼저 훈련시킨 것이 바로 설거지와 청소였다. 서희의 교통사고 합의금을 다 챙기기 위해선 어쩔 수 없이 열음의 양육권을 받을 수밖에 없었다. 양육권을 포기하더라도 남들의 이목이 쏠린 지금은 적절한 시점이 아니다. 우탁은 키 작은 가정부 하나를 둔 셈 치고 집안의 자질구레한 일들을 깡그리 다 열음에게 시켰다. 그 나이대애라면 하기 싫다고 투정이라도 부릴 법한데 열음은 군소리

없이, 표정도 무덤덤하게 시키는 일을 다 했다. 근데 그 표정이 지 에미의 그것과 똑 닮아서 우탁은 꼴 보기가 싫었으나 무덤덤하다는 이유로 화를 내기는 본인이 봐도 좀 그래서 뭐 하나 걸리기만을 기다리는 중이다. 약간의 손찌검이 있어야 효율적으로 교육이 되는 법이니까. 열음이 엄마에게 그랬던 것처럼.

2주 전 호텔 양복점에서 맞춘 정장을 차려입고 지난주에 엑스트라 피를 주고 구입한 롤렉스 데이토나를 팔목에 차고 주차장으로 나왔다. 리모트 키를 누르자 빨간색 포르쉐 911의 개구리눈이 반짝거렸다. 딜러 말로는 웨이팅만 최소 반년이 걸리는 모델이라고 했으나 취소 매물로 나온 게 있다고 하여 바로 어제 현금으로 내질렀다. 스포츠 모드로 놓고 액셀러레이터를 밟으니 그 관성으로 몸이 시트 뒤로 파묻혔고 질주하는 말의 심장 소리처럼 그르렁대는 엔진 소리를 들으니 온몸이 저릿저릿했다. 빨간 포르쉐가 검은색, 회색의 뻔한 차들을 휙휙 추월하며 내달렸다. 그러자 우탁은 마치 자신이 인생이라는 트랙 위에서 남들을 빠르게 앞지르고 있는 듯한 착각이 들었다. 룸 미러를 통해 선글라스를 쓴 자기 자신을 보며 나르시시스트처럼 폼나게 미소 짓는데 횡단보도 빨간불이 앞에 나타났다. 끼익! 브레이크를 밟았다. 잠시 후 추월했던 차들을 고대로 다시 다 만나게 되자 우탁은 뻘쭘함을 느끼며 옆 창문을 올렸다.

사실 우탁이 포르쉐를 끌고 갈 곳은 몇 군데 없다. 남들이 일할 시간에 고작 갈 곳이라곤 텍사스 홀덤 바가 전부다. 보드게임방으로 위장한 베팅 무제한의 불법 사설 도박장.

우탁은 포르쉐 차 키를 소리 나게 테이블 위에 던져 놓고는 담배를 꺼내 물었다. 오늘은 손에 새뻑이 쫙쫙 붙기를 바라며 담뱃불을 붙였다.

"불 좀 빌릴 수 있을까요?"

옆자리의 남자가 우탁에게 말을 걸었다. 평범한 회색 정장에 은색 티타늄 안경을 쓴 말끔한 차림의 혁아였다. 우탁은 혁아를 흘끗 보고는 라이터를 건넸다. 혁아는 은밀하게 웃으며 불을 붙였다. 혹시나 장례식장에서 잠깐 마주쳤던 것을 기억할까 싶어 살짝 긴장했던 터였다. 하지만 그때는 행색도 행색이거니와 얼굴도 잔뜩 부어터졌던 상태였기에 못 알아볼 법도 하다.

"고맙습니다."

혁아가 라이터를 건네며 우탁과 다시 한번 눈을 맞췄다. 우탁은 시선을 주는 듯 마는 듯 라이터를 챙겼다. 딜러가 혁아와 우탁 그리고 그 테이블에 앉아 있는 게이머들에게 카드를 돌리기 시작했다.

"레이즈!"

첫 번째 게임부터 우탁이 호기롭게 외치며 검은색 칩 열 개를 밀어 넣었다. 칩 하나가 십만 원이므로 대충 따져도 판돈이 천은 예사로 왔다갔다하는 규모인 셈이다. 테이블의 다른 게이머들이 게임을 포기하며 카드를 덮었다.

"콜."

본인 차례가 되자 혁아가 칩 열 개로 따라가며 말했다. 우탁이 혁아의 눈빛을 살폈다. 블러핑인지 혹은 근거가 있는 것인지 알기 위함이었지만, 혁아의 눈빛은 늘 그렇듯 담담했다. 잔잔한 호수의 수면 같은 혁아를 보며 우탁은 고민했다. 고민 끝에 우탁은 레이즈를 더 외쳤고 혁아는 따라갔다.

승자는 우탁이었다. 우탁은 칩을 자신 쪽으로 쓸어 오며 생각했다. 자식이 원 페어 하나 들고서 있는 개폼은 다 잡고 있네.

첫 끗발이 개끗발. 언제나 옳은 말은 아니다. 이날 우탁은 첫 게임부터 마지막 게임까지 좌중을 압도했다. 레이즈로 판돈을 키운 판에서는 어김없이 땄고 폴드를 외치며 카드를 뒤집은 판에서는 기가 막히게 손실을 최소화했다. 돈을 잃은 게이머들이 투덜거리며 자리를 떴고 새로운 멤버들로 물갈이됐지만 판세가 바뀌진 않았다. 혁아는 돈을 잃으면서도 별반응을 보이지 않았고 오히려 우탁의 카드에서 풀하우스가 떴을 때는 축하의 박수를 보내기도 했다. 아마도 우탁이 홀덤을 시작한 이래로 가히 최고의 날이라고 할 만한 그런 날이었다.

우탁은 화장실에서 소변을 보면서도 웃음이 질질 흘러나왔다. 하, 씨발, 요즘 인생 왜 이래. 좆도 잘 풀리네. 그래, 씨발, 좆같은 시절이 있으면 좆같이 좋은 시절도 있는 거지.

"007 무슨 영화였더라. 홀덤 치는 영화가 있었는데."

어느샌가 혁아가 옆 소변기에 붙어 서며 말을 붙였다.

"카지노 로얄."

우탁은 혁아를 흘낏 보고는 대꾸했다. 첫인상은 별로였으나 자신에게 돈을 많이 잃어 준 놈이다 보니 동정과 연민이 느껴졌다.

"아, 맞다. 카지노 로얄."

혁아가 오줌을 싸면서 고개를 주억거렸다.

"대단하십니다, 형님. 플레이 스타일이 거의 뭐, 거기 007 보는 것 같던데요."

형님에다, 007, 그렇게 다니엘 크레이그급으로 자신을 리스펙하니 우탁은 기분이 더 우쭐해졌다.

"포커는 배포야, 배포."

"형님, 그게 너무 어려워요."

"야. 너무 머리로 하려고 하지 마. 베팅은 가슴으로 하는 거야, 가슴으로. 자기는 보면 너무 이성적이야. 졸라 감추려고 하는데 얼굴에 다 보여, 머리 굴리는 게. 그냥 훅훅 하란 말이야. 씨발, 따라올 테면 따라와 봐. 이런 마인드로."

"대단하십니다. 형님."

"하긴 그게 말처럼 그냥 되나. 돈 존나 꼴아박아야 될까 말까."

소변을 마친 우탁이 성기를 잡고 몇 방울 남은 오줌도 호기롭게 탈탈 털어 낸 뒤 나가려는데,

"형님."

혁아가 불러 세웠다. 우탁이 돌아봤다.

"혹시 식사 안 하세요? 텍사스도 식후경인데."

이 새끼가 말 좀 섞어 줬더니 초면에 선 넘네, 하고 우탁이 속으로 생각하는데 혁아가 다시 말했다.

"제가 근사하게 대접하고 싶습니다. 타짜 형님께 조언도 더 듣고 싶고."

"돈도 그렇게 따 놓고서 나보고 밥까지 얻어먹으라고? 에이, 염치가 있지."

"아닙니다. 모실 수만 있으면 제가 영광입니다."

우탁은 손사래를 치다가 결국 마지못해 따라나섰다.

혁아는 너무나 잘 알고 있다. 대한민국의 사내놈들은 고급

스러운 음식, 좋은 술, 그리고 아름다운 여성이 함께하면 너무나 쉽게 무장해제가 된다는 것을.

혁아는 우탁을 데리고 참치 오마카세 횟집으로 가서 고급 부위를 대접한 뒤, 이차로 호텔 바에 가서 글렌피딕 30년을 주문했다. 단정한 외모의 여성 바텐더가 우탁 옆에 앉아 술을 따라 주었다. 우탁은 따르는 족족 거침없이 술을 목구멍에 털어 넣으면서 슬금슬금 바텐더의 치마 밑 하얀 허벅지를 훔쳐보곤 했다.

"근데 계속 얻어먹기만 해도 되나 몰라."

우탁은 식사를 마친 뒤 혁아가 좋은 데서 한잔 더 사겠다고 하여 따라나서긴 했으나, 비어 가는 술병을 보면서는 혹시나 이 자식이 여기 계산을 자신한테 덮어씌우는 건 아닐까 살짝 불안해지기 시작했다. 이 정도 바라면 뽐빠이 해도 돈 몇백은 훌쩍 넘을 것이다.

혁아가 재킷 주머니에서 오만 원 지폐 다발을 꺼내 부채처럼 펼친 뒤 능숙한 손놀림으로 돈을 세기 시작했다. 우탁과 바텐더가 눈을 크게 뜨고 이를 지켜봤다. 잠시 후 지폐 뭉치를 바텐더에게 건넸다.

"피딕 한 병 더 가져오고 잔돈은 아가씨 팁으로."

바텐더가 경쾌하게 대답하며 돈을 챙겨 나갔다. 우탁이 혁아를 게슴츠레한 눈으로 보면서 물었다.

"우리 아우님은 무슨 일을 하시길래 현금을 무슨 벽돌처럼 갖고 다니셔?"

"저요? 좀 민망한데."

혁아가 쑥스럽게 웃었다. 시간을 끌자 우탁은 더 궁금해졌다.

"얼마 전에 공사를 제대로 쳤거든요."

"공사?"

"3개월 만나던 누나한테 급하게 사업 자금이 필요하다, 어음 못 막으면 감옥 가게 생겼다고 하니까 십억을 갖다주더라고요. 전액 캐시로."

그 말을 들은 우탁의 얼굴이 일순 굳어졌다. 그런 우탁을 보며 혁아도 순간 긴장했는데 바로 그때 우탁이 손 하나를 공중으로 번쩍 쳐들었다. 혁아는 '이게 뭐지?' 싶었으나 곧바로 그 의미를 파악했다. 혁아도 손바닥을 허공으로 들어 올렸다. 그러자 우탁이 쫙— 소리가 찰지게 날 정도로 거세게 하이파이브를 했다. 혁아는 손이 화끈거렸다.

"우리 아우님, 나랑 통하는 게 있네!"

우탁이 못 참겠다는 듯 배꼽을 잡고 웃었다. 혁아도 같이 웃었다. 우탁은 기분 좋게 술기운도 올랐겠다, 자신에게 최근 무슨 일이 있었는지를 주저리주저리 떠들기 시작했다.

몇 년 전부터 이혼해 달라고 애걸복걸 귀찮게 하는 년이 하나 있었는데 그년이 교통사고로 뒈져 버린 거야. 그래서 보험금이나 좀 타 먹을 게 있을까 싶어서 기웃거려 봤더니, 아니 이게 웬걸! 좆도 아닌 화물 트럭 운전수 주제에 무슨 합의금을 십억이나 준다는 거야! 대신 그 사고를 문제 삼지 않고 조용히 입 다무는 조건으로 말이야. 씨발, 이게 웬 떡이냐 했지…….

혁아는 우탁의 잔이 비지 않게 계속해서 술을 채워주면서도 중간중간 추임새를 넣는 걸 잊지 않았다. 끝까지 웃는 얼굴로.

대답할까 말까 망설이는 순간,
그땐 이미 늦었다는 뜻이야

"눈 떠."

우탁은 술에 떡이 돼서 금방 정신을 차리지 못했다. 그러자 혁아가 뺨을 사정없이 갈겼다. 강한 타격음과 함께 우탁의 머리가 홱 돌아갔다. 그제야 우탁이 부스스 눈을 떴다. 서서히 시야의 초점이 맞으면서 자신이 살풍경한 공간 안에 있다는 것을 깨달았다. 그러고 나서도 상황을 제대로 파악하기까지는 약간의 시간이 더 필요했다. 자신의 팔다리가 큰 大자로 벌어진 채 목제 테이블 위에 고정되어 있었다. 우탁은 팔다리를 이리저리 흔들어 보았으나 가죽 족쇄로 단단히 고정되어 꿈쩍도 하지 않았다. 공포에 질린 눈으로 이쪽저쪽을 부단히 살폈다. 아마도 이곳은 오래전에 폐쇄된 가구 공장의 자재 창고 따위로 추측되었다. 부서진 가구들과 거무튀튀하게 곰팡이 슨 목재들이 여기저기 굴러다니고 있었고 두꺼운 합판 따위를 자르는 용도의 거대한 절단기가 보였다. 그 절단기가 처음엔 잘 식별이 되지 않는데 그 이유는 누워 있던 우탁의 시야 아래쪽, 그러니까 두 발 사이에 세워져 있어서 절단기의 톱날이 일자로 보였기 때문이었다. 자세히 보았을 때야 비로소 그 절단기의 녹슨 톱날이 달빛을 예리하게 튕겨 내고 있음을 알 수 있었다.

혁아는 글렌피딕을 병째로 들고 마시면서 우탁 앞에 서 있었다.

"아우님… 지금 뭐 하시는 거예요?"

우탁이 긴장한 표정으로 물었다. 절로 존댓말이 나왔다.

"술이 남아서 가지고 왔어. 비싼 술이잖아."

우탁은 어리둥절했다. 듣고 싶었던 답은 그게 아니었는데. 혁아는 병 주둥이를 입안에 박아 넣듯이 꽂은 채로 남은 술을 들이켰다. 목울대가 꿀렁꿀렁 움직였다. 병 주둥이를 입에서 뗀 후 손등으로 대충 입가에 묻은 술을 닦아 내고는 우탁을 내려다보았다. 우탁이 흠칫 놀랐다. 혁아의 눈빛이 전과 달랐기 때문이다. 그저 무덤덤하게 쳐다볼 뿐이었으나 분명 그것은 정상적인 사람의 눈빛이 아니었다. 초점이 어긋난 상태로 하얗게 넋이 나간 사람의 그것이었다. 뼈마디까지 한기가 느껴질 정도로 섬찟했다.

"여기는 반경 오 킬로미터 이내에 사람이 없어."

혁아가 읊조리듯 말했다. 사실이었다. 이곳은 앱솔루트 업무로 대여한 적이 있는 공간이기에 잘 알고 있다. 섹스 비즈니스의 장소는 아니었다. 혁아가 앱솔루트에 있는 동안 네댓

번 그런 일이 있었다. 섹스 노동자들이 용역을 제공하고 있는 동안 클라이언트 몰래 동영상 촬영을 했던 일이. 도촬한 이유는 너무나 뻔하게도 클라이언트로부터 금품을 뜯기 위해서였다. 아쉽게도 그들은 금품을 획득하는 대신 이 장소로 끌려왔고 우탁처럼 오래된 목제 책상에 결박되었다. 가랑이 사이에 저 섬뜩한 절단기 톱날이 위치한 채로.

"내가 질문하면 너는 대답하는 거야. 대답이 늦어지면 네 다리 사이에 있는 저 톱날이 돌기 시작할 거야. 거기 누워 있어서 확인이 안 되겠지만, 저 톱날은 테이블 아래로 가로지르는 컨베이어 벨트를 따라 움직이게 될 거야. 예전 기억으로는 저 책상이 두 동강 날 때까지 십 초도 안 걸렸던 것 같아. 대답할까 말까 망설이는 순간, 그땐 이미 늦었다는 뜻이야. 무슨 말인지 알겠지?"

혁아의 목소리가 매우 작아서 우탁은 온 신경을 기울여 집중해야 겨우 들을 수 있었다.

"교통사고를 낸 트럭 운전수, 그 새끼 이름과 신상 정보를 불어."

바로 그때 우탁은 뭔가 퍼뜩 떠올랐다.

"어…? 너… 장례식장에… 밤늦게 찾아왔던… 맞지? 그렇지?"

그제야 혁아를 알아본 것이다. 혁아는 긍정도 부정도 하지 않았다. 절단기 쪽으로 느릿느릿 몇 걸음 이동하더니 스위치를 켰다.

위이이이잉! 절단기의 톱날은 마치 굶주린 승냥이가 먹잇감을 마주한 것처럼 잔뜩 흥분하여 날을 돌려 댔다. 톱날은 난폭하게 나무 탁자를 갈아 버리며 우탁의 몸 쪽으로, 더 정확히 말하면 가랑이를 향해 리드미컬하게 다가가고 있었다. 목재 파편이 사방팔방으로 튀어 오르는 가운데 우탁이 무언가 소리치기 시작했다. 하지만 절단기 기계음이 워낙에 컸던 관계로 우탁의 절박한 목소리는 가볍게 묻히고 말았다. 혁아는 무료한 표정으로 다시 술병을 주둥이에 박아 넣고는 들이부었다. 목울대가 꿀렁거렸다. 우탁은 살려 달라고 발악해 댔다. 그 짧은 시간에 어떻게 몸 안에서 눈물, 콧물이 만들어져서 나왔는지 신기할 지경이었다. 톱날이 우탁의 무릎을 지나 성기 쪽으로 빠르게 다가갔다. 우탁은 혼비백산하여 결박된 몸을 꿈틀대며 어떻게든 최대한 위쪽으로 도망치려 했다. 사실 그래봤자 몇 센티미터서 절단기 속도로 따지면 고작 일 초가량 비극을 유예하는 것에 불과했다. 맹수 같은 톱날이 우탁의 가랑이 사이로 파고들며 확 쪼그라든 고환마저 두 동강 내려는 순간, 절단기가 아쉬운 한숨 소리를 크게 내뱉으며 속도를 늦추기 시작했다. 바짓가랑이 끝이 갈리며 보푸라기가 생길 즈음 톱날이 멈췄다. 고막을 찌르는 듯이 시끄럽다가 일순간 조용해지자 귀가 먹먹했다. 우탁은 눈물, 콧물도 모자라 허리께가 소변으로 흥건히 젖었다.

"뭐라고 했어?"

혁아가 물었다.

"과… 곽… 도, 동… 헌……."

우탁은 말을 제대로 잇지 못했다.

"곽, 동, 헌?"

우탁은 바들바들 떨며 고개를 끄덕였다. 그러고는 힘겹게 말을 이었다. 곽동헌과의 합의서에 연락처와 주민번호, 집 주소 등 신상 명세가 다 적혀 있고 그것을 자신이 스마트폰으로 찍어 두었다고. 절단기 톱날을 다리 사이에 둬 본 이들의 반응은 늘 한결같았다. 울고불고 온갖 체액을 다 지린 끝엔 모두들 겁에 질린 초등학생처럼 진실만을 토해 냈다. 거짓을 말하면 지옥에 갈 것이라는 걸 추호도 의심치 않으며.

혁아는 우탁의 지문으로 그의 스마트폰을 연 뒤 사진 앨범에서 어렵지 않게 합의서를 찾아냈다. 곽동헌의 신상 정보를 스마트폰 화면에 꽉 차게 확대한 뒤 자신의 스마트폰으로 촬영하였다.

"열음이에 대한 양육권을 포기해."

혁아가 재킷 주머니에서 사등분으로 접혀 있던 종이 한 장을 꺼냈다. 우탁 얼굴 앞에서 A4 종이를 폈다. 양육권 포기

대답할까 말까 망설이는 순간,
그땐 이미 늦었다는 뜻이야

각서였다. 우탁은 겁에 질린 표정과 어리둥절한 표정 사이를 분주하게 오갔다.

"너에게서 합의금을 회수하진 않겠다. 두 가지만 지켜진다면. 첫째, 앞으로 죽는 날까지 열음이 앞에 나타나지 말 것. 둘째, 오늘 일을 그 누구에게도 발설하지 말 것. 지킬 수 있겠어?"

우탁이 고개를 세차게 끄덕였다.

"오케이. 지장을 찍어야 되니까…"

혁아의 말이 끝나기 무섭게 우탁의 코에 주먹이 작렬했다. 둔탁한 파열음이 났고 아마도 코뼈가 부러진 듯했다. 곧이어 코피가 분수처럼 흘러나왔다. 혁아는 우탁의 왼손 족쇄를 풀어 우탁의 엄지를 잡더니 코 쪽에 흥건한 핏물을 인주 대신 묻혔다. 우탁은 고통스러워하면서도 엄지가 종이에 닿는 순간만큼은 지장이 잘 찍히도록 잠시 몸부림을 멈추어 주었다.

혁아는 만족스러운 눈빛으로 각서를 훑으며 글렌피딕 병을 입에 꽂아 넣었다. 술은 금방 동이 났다. 혁아는 아쉬운 표정으로 빈 병을 바라봤다.

더 크게 웃고 더 크게 소리 지르고

열음은 멀리서 혁아를 보자마자 한달음에 뛰어왔다. 속도
를 줄이지 않고 그대로 혁아의 품으로 뛰어든 탓에 혁아는
하마터면 엉덩방아를 찧을 뻔했다.

"아저씨. 보고 싶었어요."

열음은 혁아의 품 안에서 조그맣게 말했다. 그 말을 듣는 순
간 혁아는 말라붙었던 가슴 속으로 이슬이 떨어지는 듯했다.
혁아는 열음을 더 꽉 그러안았다. 몇 걸음 떨어진 위치에서
숙희가 하나로 포개진 두 사람을 바라봤다. 그녀의 눈에도
이슬이 비쳤다.

"어디 가고 싶니?"

"놀이동산이요."

우탁의 코가 부러졌던 그날 밤부터 혁아의 부탁으로 숙희
가 열음을 데리고 있었다. 숙희는 갑작스러운 부탁에 당황했
지만 열음이 혼자 있다는 얘기를 듣곤 곧바로 일하던 옷가게
에 휴가를 내어 열음의 집으로 향했다. 도대체 무슨 일이 있
었던 것인지 혁아에게 진작에 묻고 싶었으나 열음이 때문에

그러지 못했다. 놀이동산 내 어린이 놀이터에 열음이 입장하고 나서야 성인 두 사람이 대화를 나눌 수 있는 기회가 찾아왔다. 열음은 그곳에서 제 또래 친구들을 금방 사귀었고 그 친구들과 함께 동화 속 배경 같은 조형물들 사이를 신나게 뛰어다녔다. 그러다 한 번씩 부모 대기석에 앉아 있는 혁아와 숙희 쪽을 돌아보며 손을 흔들었고 두 사람도 화답으로 손을 흔들었다.

"부탁이 있어요."

혁아가 말했다.

"또 무슨 부탁이요?"

시작부터 숙희의 목소리 톤이 높았다.

"갑자기 전화해서 열음이를 맡아 달라고 하질 않나. 열음이 아빠는 어떻게 된 건데요? 애를 맡겨 놓고 전화 한 통도 없고."

"연락은 앞으로도 오지 않을 거예요."

"네에?"

숙희는 황당한 눈으로 혁아를 바라봤다.

"혹시요, 무슨 조폭이나 마피아, 뭐 그런 사람이세요?"

혁아는 대답이 없었다.

"하여간 채서희 남자 보는 눈 더럽게 없어. 마지막까지 나쁜 남자네."

숙희가 혀를 찼다.

"부탁이 뭔데요? 들어나 볼게요."

"열음이를 맡아 주세요."

"네에?!"

화들짝 놀란 숙희는 한동안 말을 잇지 못했다.

"저기요, 혁아 씨. 열음이 삼촌. 아 씨, 뭐라 불러야 해. 하여간. 애 한 번도 안 키워 봤죠? 그러니까 이렇게 막 얘기하지. 애 하나 키우는 게 그렇게 간단한 줄 알아요? 그리고 저 엄연히 싱글이에요. 각박한 삶을 살아가야만 하는."

"양육비로 오억 드릴게요."

오억? 숙희는 숨이 턱 막혔다. 밑도 끝도 없이 갑자기 오억이라니 싫다가도, '근데 오억이면 지금 다니는 회사를 때려치워도 되는 건가.' 하는, 늘 염원했지만 현실 불가능이라 여겼던 그녀의 원대한 꿈까지 생각이 뻗치며 머릿속이 복잡해졌다. 사실 숙희는 이놈의 회사 더러워서 관둔다는 대사를 오 년째 하고 있다. 숙희가 일하는 옷가게 사장도 이제 웃으면서 그 대사를 듣는 지경이다. 오억이면 작은 편집숍을 꾸릴 수 있는 돈이 되려나? 아니면 네일숍은? 그런 점포 임대료는 얼마 정도 하지? 잡생각이 꼬리에 꼬리를 물었다. 그러다 내가 지금 무슨 생각을 하는 거야, 우리 불쌍한 열음이를 앞에 두고, 하며 정신을 다잡는 숙희였다.

"오억이 요즘 뭐 큰돈이에요? 뉴스 안 보셨어요? 애 하나 키우는 데 몇억 든다고."

"지금 드릴 수 있는 돈이 오억인 거고, 앞으로 열음이 키우는 데 드는 돈은 제가 다 책임질게요."

혁아가 말했다. 오억이라는 액수는 규종으로부터 받은 퇴직금에서 혹시나 자신이 앞으로 쓰게 될지도 모를 비상금을 제외한 금액이었다. 서희의 죽음에 대한 진실을 밝히는 데, 혹은 진실의 대가를 치르게 하는 데 돈이 필요할 수도 있기 때문이다.

숙희는 혁아를 뚫어지게 쳐다봤다. 오늘 이 사람은 말 한마디 한마디 다 놀라게 하려고 작정하고 왔구나 싶었다.

"왜 그렇게 하려는 건데요? 열음이가 마치 친딸이라도 되는 것처럼."

혁아가 멈칫했다.

'걱정 마. 오빠 애 아니니까.'

그날 밤 서희의 모습이 떠오르며 혁아는 가슴 어딘가가 아렸다.

"어? 뭐예요? 그냥 던져 본 건데 이러면 진짜 같잖아."

숙희가 동그래진 눈으로 혁아를 살폈다. 혁아는 가시방석에 앉은 느낌이었다.

"어떻게 하시겠어요?"

혁아가 물었다.

"맡을게요. 안 그래도 열음이가 거지 같은 인간이랑 같이 사는 게 계속 맘에 걸렸어요."

정색한 표정을 짓고는 마저 말했다.

"오해는 마세요. 돈 때문 아니니까."

솔직히 말하면 전적으로 돈 때문은 아니라는 뜻이었다.

"고마워요. 돈은 이따 집에 모셔다 드리면서 드릴게요."

숙희가 몇 초 생각하고는 말했다.

"돈을… 가지고 왔어요? 설마… 차에?"

혁아는 뭐 문제 있냐는 듯 숙희를 바라보았고 숙희는 한숨이 길게 나왔다. 하긴 그 어떤 도둑도 차 문을 열어 보고 싶은 생각이 들 차는 아니었다. 하지만 아무리 그래도 오억이라는 돈을. 숙희는 속으로 생각했다. 언니는 참 특이한 남자를 좋아하는구나.

열음이 땀에 흠뻑 젖은 채로 혁아와 숙희 앞으로 뛰어왔다.

"가요. 바이킹 타러."

열음을 가운데 앉히고 양옆으로 혁아와 숙희가 앉았다. 바이킹이 하늘 높이 치솟았을 때 세 사람은 일제히 환호성과 함께 두 손을 하늘 위로 들어 올렸다. 빠르게 땅으로 꺼질 땐 비명과 함께 오만상을 찌푸리며 온몸을 비틀었다. 열음은 그 누구보다 더 크게 웃고 더 크게 소리 질렀다. 그런 열음을 보며 혁아는 왠지 더 애잔한 감정이 들어 한쪽 팔로 옆자리 열음을 꼭 끌어안았다.

　바이킹이 올라갈 때든 내려갈 때든 그들은 그 누구보다 즐거워 보였다. 누군가 무심코 그들을 보았다면 정말 화목한 가족이라고 부러워할 정도로.

고독한 DJ의 초반 레코드

　DJ는 조심스럽게, 거대한 비행선이 그려져 있는 LP 케이스에서 레드 제플린 1집 레코드판을 꺼냈다. 턴테이블에 내려놓은 뒤에도 역시 조심스럽게 바늘을 레코드 위에 올렸다. 잠시 후 지미 페이지의 호쾌한 기타 리프로 시작하는 'Good Times Bad Times'가 바 안에 울려 퍼졌다.

　시간은 새벽 한 시를 넘어가고 있었다. 레드 제플린 음악을 틀기 전에 한 테이블 빠지면서 이제 손님이 남아 있는 테이블은 딱 하나였다. 바 안 가장 구석에 자리한 테이블에 삼십 대 초중반 정도로 보이는 남자 손님이 홀로 앉아서 술을 마시고 있었다. 그는 두 시간 전쯤 와서 메뉴판을 슬쩍 보더니 별 고민 없이 제일 비싼 술인 라가불린 16년을 시켰다. 가격은 사십만 원. 이럴 줄 알았으면 조니워커 블루나 맥캘란 18년을 구비해 놓을 걸 싶었다. 왠지 더 비싼 술이 있었으면 그것을 주문했을 것 같았기 때문이다. 하지만 생맥주 위주로만 팔리는 이런 후줄근한 LP바에서 사십만 원짜리면 그것만으로도 충분히 감지덕지한 일이었다. 그 한 병으로 일주일 치 장사를 다 한 느낌이랄까. 그래서 DJ는 기분이 좋았다.

두 번째 곡인 'Babe, I'm Gonna Leave You'가 시작될 무렵, 카운터에 있던 라경이 DJ 쪽으로 다가왔다. 다가온 이유는 물어볼 필요도 없었다. 문 닫을 시간이 지났기 때문이다. 영업이 끝나면 DJ와 라경은 술집 문을 닫고 함께 집으로 갔다. 라경은 바의 주인이기도 한 DJ의 둘째 딸이다. 직장을 구할 때까지만 바 일을 돕기로 시작했던 것이 어느덧 일 년 반이 넘어가자 라경은 점점 더 초조하고 불안해졌다. 짓궂은 남자 손님들이 치근덕거리는 것에는 시간이 지나도 익숙해지기는커녕 아주 진저리가 났다. DJ에게 짜증을 내는 빈도도 점점 늘어났다. 이렇게 마감 시간 이후까지 홀짝홀짝 마시며 죽치고 앉아 있는 손님만 보면 복장이 터졌다. 그때마다 언니처럼 공부나 잘할걸, 그럼 지금쯤 언니처럼 한국이 아닌 다른 나라 공기를 들이켜면서 살고 있을 텐데, 하는 부질없는 생각을 하곤 했다.

"먼저 들어가."

DJ가 다음 재생할 LP판을 꺼내며 말했다.

"저 사람 그냥 가라 그래."

라경이 입술을 퉁명스럽게 내민 채 말했다. 그녀는 퇴근 시간이 늦어지는 것에 비례해서 저렇게 입술이 튀어나왔다.

"그래도 비싼 술 시킨 손님인데 어떻게 그냥 막 가라 그러냐?"

"아니면 그냥 킵하고 담에 오라고 하든가."

DJ는 구석 쪽 테이블의 남자를 흘낏 봤다. 왠지 그가 킵할 손님처럼 보이진 않았다. 나이 들면서 기억력이 흐릿흐릿해지긴 했으나 분명 그는 이 바에 처음 온 손님이다. 혼자 와서 양주를 먹는 손님. 자주 있는 일은 아니지만 그렇다고 처음 있는 일도 아니다. LP바엔 혼자 음악을 들으러 오는 사람들도 있기 때문이다.

"딱 한 시간만 더 먹게 해."

이 말을 남긴 채 둘째 딸 라경이 퇴근했다. DJ는 물걸레 하나를 들고 손님이 앉아 있는 테이블 쪽으로 걸어갔다. 그리고 손님이 앉아 있는 테이블의 바로 옆 테이블을 괜히 닦아 댔다. 그 테이블은 이미 아까 닦아서 깨끗했다.

"혹시 더 필요한 건 없으십니까?"

DJ가 말했다. 이 정도 사인을 주면 웬만한 손님들은 알아서 일어나기 마련인데,

"팝콘 좀 더 주시겠어요?"

하는 걸 보니 눈치가 없는 손님인 게 분명하다.

"아…… 혹시 괜찮으시면 남은 술 좀 같이 드시겠어요?"

손님이 겸연쩍게 웃으며 말했다. DJ는 잠시 고민했다. 나이가 오십으로 접어들면서부턴 웬만해서 손님들과 합석하지 않았다. 그간 술고래로 살아오다 보니 몸도 많이 상했고 무

엇보다 딸 둘이 애 낳고 사는 모습을 오래오래 보고 싶었기 때문이다. 물론 그의 두 딸은 자식 계획은커녕 결혼조차 할 생각이 전혀 없는 상황이긴 하다. 아내와 사별한 뒤 이제 그에게 남은 건 두 딸밖에 없었다.

라가불린 16년이 반 정도 남아 있었다. DJ는 침이 꼴깍 넘어갔다. 그가 매우 애정하는 술이기 때문이다. 좋아, 오늘 하루쯤이야. 그리고 같이 먹으면 술도 금방 비우고 빨리 집에 가게 될 테니 그것도 좋은 것 아닌가.

"잠깐만 기다리쇼. 오징어라도 하나 구워 올 테니."

DJ가 자리에서 일어났다. 걸음을 떼려다가 손님을 돌아보며 물었다.

"혹시 듣고 싶은 음악이라도?"

"비틀즈요."

비틀즈는 손님이 아는 유일한 밴드였다. DJ는 고개를 끄덕였다. 백구십 센티미터 장신에 몸무게는 백 킬로그램을 훌쩍 뛰어넘는 큰 체구의 DJ가 주방으로 느릿느릿 사라졌다.

오징어는 따뜻했고 쫄깃하게 씹히는 식감이 그만이었다. DJ는 고맙게도 오징어를 비롯해 치즈, 크래커 같은 요기가 될 만한 안주들을 더 가지고 왔다.

"손님 덕분에 좋은 술 먹습니다."

DJ가 잔을 들어올렸다.

"덕분에 제가 외롭지 않게 술을 먹네요."

손님은 잔을 부딪치며 말했다. 두 사람은 몇 차례 건배를 나누며 갑자기 풀리기 시작한 날씨 얘기부터 초면에 만난 사람들이 흔히 나눌 법한 시시껄렁한 얘기까지 주고받았다. 영양가 없는 대화였지만 그와 상관없이 DJ는 간만의 술자리가 좋았다. 딸 둘 외에 누군가와 대화를 이렇게 진득하게 나누는 것도 오랜만이었다. 솔직히 따지고 보면 딸 둘과도 별 대화를 나누며 살고 있진 않았다. 빠르게 취기가 올라온 DJ가 붉어진 얼굴로 물었다.

"얼굴에 수심이 좀 있어요. 무슨 안 좋은 일이라도?"

"얼마 전에 여자 친구와 헤어졌습니다."

그 얘기를 들은 DJ는 한동안 말없이 그 자세 그대로 앉아 있었다. 손님은 그런 그를 역시 말없이 바라보았다. 오래된 스피커에서 나오는 음악이 두 사람 간의 빈 대화를 채워 줬다. 음악은 손님이 신청했던 비틀즈의 '화이트 앨범'이었다.

"지금 이 노래, 알아요?"

DJ가 입을 열었다.

"모릅니다."

손님이 말했다. 그가 제목을 아는 비틀즈 노래는 'Let It Be'가 다였다.

"'While My Guitar Gently Weeps'라는 노랩니다. 이 노래에 대한 재밌는 얘깃거리가 있는데 한번 들어 보세요. 이 노래는 비틀즈의 숨겨진 천재 조지 해리슨이 작사, 작곡하고 직접 부른 노래예요. 조지 해리슨의 곡 중에 제가 제일 좋아하는 곡이기도 하지요. 지금 나오는 이 부분 기타 솔로를 잘 들어 보세요. 구슬프게 울부짖는 이 구간의 기타를 연주한 사람은 에릭 클랩튼이라는 또 다른 천재 기타리스트예요. 조지 해리슨과 에릭 클랩튼, 이 두 사람의 관계가 참 재밌어. 음악적 동료를 넘어서 그야말로 절친. 우리 딸애 표현으로 하면 찐친이라고 하던가. 근데 글쎄, 에릭 클랩튼이 찐친 조지 해리슨의 와이프를 그만 짝사랑한 거야. 그것도 십 년 넘게."

"저런. 그래서 어떻게 됐죠?"

"지성이면 감천이라고 결국 절친의 와이프를 얻게 되지. 결혼에 골인. 근데 두 사람 결혼식에 조지 해리슨이 참석한 것도 참 골때려. 혹자는 얘기해. 조지 해리슨이 의도적으로 친구에게 와이프를 건넸다고. 어쨌든 에릭 클랩튼은 그 여자 때문에 자기 인생에서 가장 위대한 곡들을 만들게 돼. 'Layla', 'Wonderful Tonight'. 크으. 정말 멋진 노래지. 시간 되면 이따가 한번 틀어 드리도록 하지."

"해피 엔딩인 셈이네요. 십 년 짝사랑의 결과가."

"거기까진 그렇지."

DJ가 잔을 들이켜고는 말을 이었다.

"에릭 클랩튼은 유명 록커 아니랄까 봐 결혼 이후에도 제 버릇을 못 버리고 수많은 그루피와 잠자리를 했어. 심지어는 와이프를 때리기까지 하고. 십 년 넘게 짝사랑한 바로 그 여자를 말이야. 결국 둘은 이혼했지. 여자는 정신병원 치료까지 받았고."

"부질없군요."

"내가 하고 싶은 얘기가 바로 그거야. 여자 친구와 헤어진 손님에게 해 주고 싶은 위로의 말이."

DJ가 손님의 눈동자를 물끄러미 바라보며 말했다. 그렇게 조지 해리슨과 에릭 클랩튼에 관련한 긴 얘기를 마무리했다. 손님은 이야기의 여운에 잠긴 채로 음악을 들었다. 그리고 음악이 끝나자 입을 열었다.

"다 좋은데… 가해자가 그런 위로의 말을 한다는 게 좀 넌센스 아닙니까. 고독한 DJ 곽, 동, 헌 씨."

다음 곡인 'Happiness Is A Warm Gun'이 재생되기 시작됐다. 나직하게 존 레논의 육성이 흐르는 가운데 취기 어린 듯 보였던 손님의 눈빛이 싸늘하게 변모했다. 마침내 혁아가 자신의 눈빛으로 돌아온 것이다. DJ는 빈 잔을 술로 채우고는 곧장 입으로 가져가더니 쭉 들이켰다. 그의 시선은 계속 술잔에 고정되어 있었다.

곽동헌은 그냥 평범한 LP바 사장이 아니었다. 물론 평범하게 살려고 무진한 노력을 하는 것은 사실이다. 하지만 평생을 평범하게 살지 않은 사람이 평범하게 사는 것은 결코 쉬운 일이 아니었다.

그는 돈을 받고 사람을 찌르는 칼잡이였다. 활동명은 '고독한 DJ'. 맡긴 일을 깔끔하게 처리하는 걸로 나름 업계에서는 꽤나 유명했던 인물이다. 고독한 DJ라는 별명을 가지게 된 것에 대해서 혹자는 이렇게 얘기했다. 그 형이 원래 소싯적부터 음악을 좋아해서 배철수와 같은 DJ를 꿈꾸며 십 대 시절에 스스로 붙인 별명이라고. 또 다른 혹자는 이렇게 말했다. 그 형이 LP바 DJ가 된 이후 칼질로는 업계 최고라는 평판을 얻기 시작하면서, 의외로 뒤늦게 붙은 별명이라고. 별명의 기원만큼이나 그의 은퇴 시점에 대한 얘기도 의견이 분분했다. 누구는 그가 결혼한 이후로, 누구는 그가 아버지가 된 이후로, 또 다른 누구는 와이프가 죽은 이후로 그가 손을 씻었다고 했다. 어느 시점이 정확한 것인지는 알 수 없으나 고독한 DJ가 손을 씻었다는 사실만큼은 업계의 정설로 떠돌았다. 꽤 오랫동안.

평범하게 살기 위해 그가 정착한 곳이 바로 이 LP바였다. 음악을 좋아해서 이 일을 시작했던 것인데, 동헌은 바를 오픈하고 나서 한 달도 안 돼 깨달았다. 좋아하는 일을 할 땐 돈을 버는 것이 아니라, 돈을 지불해야 된다는 아주 심플한 진실을. 칼만 휘두르며 살았기에 세상 물정을 몰라도 너무 몰랐던 것이다. LP바의 수입으로는 빠르게 뛰는 월세를 감당하기도 벅찼다. 시드니에서 건축을 전공하고 있는 큰딸의 유학 비용을 원조하기 위해서는 주변 지인들에게 손을 벌려야 했다. 그에게 돈을 빌려준 사람 중 한 명이 바로 한이상이었다. 한이상에게 먼저 만나자는 연락이 왔을 때, 그는 돈을 갚으라는 재촉을 하려는 줄로 알았다. 근사한 밥을 사 주면서 그가 한 얘기는 동헌의 예상과 전혀 다른 것이었다.

"혹시 돈 더 필요하지 않아요? 간단한 일이 하나 있는데. 진짜 간단한 일."

동헌은 와이프가 자신에게 한이상을 절대 만나지 말라고 신신당부했던 기억이 떠올랐다. 안타깝게도 지금 그에겐 그를 걱정해 주는 와이프가 곁에 없었고 한이상이 제안한 금액은 거부할 수 없을 정도로 달콤했다. 칼을 쓸 필요도 없었다. 그저 죽어 있는 사람이 타고 있는 차를 트럭으로 세게 받아서 바리케이드 아래로 굴려 떨어뜨리기만 하면 되는 것이었다.

그렇게만 하면, 평범하게 살 수 있을 것만 같았다.

"어떤 관곈가, 그 여자와?"

"말했잖습니까. 여자 친구였다고."

"많이 좋아했나 보군. 여기까지 온 걸 보면."

상념에 젖어 있는 듯 보였던 동헌이 갑자기 실소를 터트렸다.

"엉뚱한 놈과 합의를 봐 버렸어. 크크큭. 어쩐지… 어쩐지 너무 순조롭다 했어."

동헌은 합의금을 하루라도 빨리 달라고 재촉하던 우탁이 떠올랐다.

"합의금을 대신 내준 사람이 누굽니까?"

혁아가 물었다. 동헌이 잠시 침묵하다가 말했다.

"미안하네. 진심으로."

질문과는 무관한 대답이었으나 동헌의 눈빛은 진실을 말하는 듯했다. 일에 관련해 함구하는 것은 동헌이 평생 지켜 온 신조였다.

"나한테 원하는 게 뭔가?"

"당신 목숨."

동헌의 표정은 변화가 없었다. 이미 예상했기 때문이었다.

"자네 목숨이 될 수도 있는데."

"그것도… 제 팔자겠죠."

혁아가 말했다. 동헌은 알겠다는 듯 천천히 고개를 주억거렸다. 그러고는 라가불린 병을 들어서 바닥을 살폈다.

"두 잔 정도 나오겠군. 버리긴 아까운 술이니 막잔은 들도록 하지."

동헌은 자신의 잔을 채운 다음 병을 옮겨 혁아의 잔을 채웠다. 병에서 마지막 방울이 떨어지려는 찰나 눈에 보이지 않을 정도의 빠른 속도로 빈 병을 휘둘러 혁아의 관자놀이 쪽을 가격했다.

와장창! 병은 그대로 산산조각이 났다.

충격을 받은 방향 그대로 혁아의 몸이 한쪽으로 기울어지며 바닥으로 쿵 쓰러졌다. 혁아는 정신이 아찔했다. 다행히 병이 관자놀이로 날아오는 순간 반사적으로 팔을 들어 두상을 보호했다. 빈 병은 팔꿈치 쪽을 강타하며 부서졌다. 유리 파편 몇 개가 왼쪽 얼굴 몇 군데에 커트를 냈으나 이 정도면 선방이었다. 상대방의 움직임에 온 신경을 집중했었기에 가능했던 방어였다. 사실 티를 내지 않았을 뿐, 동헌과 마주 앉아 시답잖은 대화를 나누며 술을 주거니 받거니 하는 과정에서도 극도의 긴장 상태였다. 상대방이 선공을 시작했으니 오히려 일순간 긴장이 확 풀리는 느낌이었다. 이제 술과 말 대신 주먹과 칼을 주고받으면 된다. 혁아에게는 그게 더 편한 일이다.

얼굴에서 피를 뚝뚝 흘리면서 혁아가 천천히 바닥에서 일어났다. 동헌이 부엌에서 느릿느릿 걸어 나왔다. 양손에 주

고독한 DJ의 초반 레코드

방에서 쓰는 칼을 하나씩 들고 서 있었다.

"칼이 필요한가?"

동헌이 물었다. 혁아는 속으로 생각했다. 저 질문의 의도가 무엇인지. 자신이 들고 있는 칼을 하나 주겠다는 뜻인지, 아니면 그저 칼이 필요한지 아닌지가 궁금해서 묻는 것인지. 느닷없이 병으로 후려갈긴 것을 보면 칼을 주는 척하면서 기습할 가능성도 농후했다.

"괜찮습니다."

혁아는 칼이 익숙하지 않다. 익숙하지 않은 무기는 오히려 몸을 둔하게 만든다. 대신 시선은 동헌에게 계속 고정한 채 LP판들이 놓여 있는 바 테이블 쪽으로 걸음을 옮기며 주머니에 있던 갈색 스웨이드 장갑을 꺼내 착용했다. 장갑은 혁아의 손에 빈틈없이 밀착됐다. 그리고 LP판 두 개를 양손에 각각 쥐었다. 칼처럼 날카롭지는 않는 반면 리치는 길어진다. 넓게 펼치면 방어 용도로도 나쁘지 않다. 스웨이드 재질을 통해 느껴지는, 손에 쫙 달라붙는 그립감이 좋았다.

"혹시… 지금 오른손에 든 게 레드 제플린 1집인가?"

오른손의 LP를 살펴봤다. 영어가 익숙하지 않지만 L, Z가 있는 걸로 보아 맞는 것 같았다. 동헌은 삼사 미터 떨어진 거리에서 LP 가운데의 라벨 디자인만 보고도 알아챘다. 미간을 찌푸리고는 정중하게 말했다.

"제플린 1집이 맞군. 이 상황에 어울리는 말은 아니지만…그게 영국 초반*이라서 말이야. 괜찮다면 다른 걸 써 주겠나? 크게 불편한 게 아니라면."

혁아는 큰 문제 없다는 듯 어깨를 으쓱했다. 그러고는 다른 LP를 집어 들었다. 그러고는 배려하듯 밴드명을 읽어 주었다. 다행히 스펠링이 어렵진 않았다.

"본… 조비…? 이건 괜찮습니까?"

동헌은 그것 역시 아쉽다는 표정이었으나 어쩔 수 없다는 듯 고개를 위아래로 한 번 끄덕였다. 혁아는 주변의 걸리적거리는 의자와 테이블들을 발로 밀어내고 걷어찼다. 바 안 중앙에 싸움을 위한 무대가 마련되었다. 혁아는 아주 천천히 반시계 방향으로 움직였다. 특유의 느릿느릿한 스텝, 엇박자로 흐느적거리는 상체 위빙, 거기에 맞춰 허공을 부유하는 두 개의 LP판. 얼핏 보면 바 안 음악에 맞춰 관광버스 춤을 추는 것처럼 우스꽝스러워 보일 수도 있겠으나 실상은 한 시대를 풍미했던 칼잡이와의 대결을 앞둔 일촉즉발의 상황이었다.

동헌은 거의 움직임이 없었다. 혁아가 천천히 도는 방향에

---

*초반 : LP(레코드판)의 첫 번째 발매 판본. LP 제작 과정의 특성상 초반의 음질이 가장 좋아 수집가 사이에서 인기가 많다. 그 다음 판본부터는 재반이라고 부르며 재반이 반복될수록 음질이 떨어진다고 알려져 있다.

맞춰 각도만 조금씩 돌려서 마주 설 뿐이었다. 그렇게 십여 분의 시간이 흘렀다. 그 시간 동안 그저 시계 방향으로, 그리고 반시계 방향으로 방향만 한 번 바꾸면서 동헌 중심으로 원을 그리듯 이동한 것이 전부였다. 고작 그 정도 움직임에도 혁아의 등줄기는 땀으로 온통 젖어 가고 있었다. 혁아는 문득 그런 기분이 들었다. 아주 오랜만이라는. 칼 든 자와 마주하는 것이 말이다. 저 칼끝이 몸에 닿을까 몹시 두려운 동시에 또 간만에 극도의 긴장으로 머리끝까지 쭈뼛 서는 이 느낌이 나쁘지만은 않았다. 아니, 좋았다. 그동안 형체도 없이 침잠해 있던 내 안의 야생성이 다시 단단하게 응집하여 고개를 쳐드는 느낌이었다. 척박했던 삶에 물기가 도는, 바로 그 느낌.

들어올 때까지 기다리겠다는 뜻인가, 혁아는 생각했다. 기다리는 전술은 혁아가 원하는 방식이 아니다. 기다리는 경기, 수동적인 경기는 늘 판정패로 졌다. 편파 판정, 심판 매수, 학연, 지연. 온갖 엿같은 것들로 경기 결과가 조작되었지만 혁아가 깨달은 분명한 사실은 이거였다. 절박한 놈은 인파이터로 붙어야 한다. 그리고 무조건 KO여야 한다는 것. 경기가 끝나고 두 명이 서 있는 경기는 진 것이나 다름없다는 것.

마침내 지루한 상황을 깨며 레코드판 하나가 빠르게 허공을 갈랐다. 혁아가 오른손에 들고 있던 LP를 동헌의 얼굴, 정확히 목울대를 향해 날카롭게 뻗은 것이다. 동헌은 마치 기다렸다는 듯 칼을 휘저었다. 왼쪽 칼이 아래에서 위로 솟구치며 날아오는 LP판을 강하게 타격했고 그 충격으로 LP가 혁아의 손을 벗어나 멀리 튕겨 날아갔다. 동헌은 연속 동작으로 두 개의 칼을 프로펠러처럼 혁아를 향해 휘저으며 공격해 들어왔다. 혁아는 다급하게 뒷걸음질 치며 나머지 LP판 하나를 거의 방어의 목적으로 휘둘렀지만 그것 역시도 동헌의 칼끝에 콱— 박히면서 혁아의 수중에서 벗어나 버린다. 동헌은 칼 하나로 다른 칼에 박힌 LP를 빠르게 걷어 내고는 다시 프로펠러처럼 휘저으며 공격을 이어 갔다. 모든 동작엔 군더더기가 없었다.

쉭, 쉭, 쉭, 쉭, 쉬익.

오 초, 육 초 동안 이어진 동헌의 일합이 끝났다. 그 짧은 시간 동안 수십 번의 칼날이 혁아의 몸을 이리저리 더듬고 지나갔다. 그중 몇 개는 더듬은 정도가 아니라 몸속 깊숙한 곳에 첫인사를 하고 나갔다. 현란한 칼춤을 본 것만 같았다. 혁아는 자신이 어떻게 저 칼날들을 피했는지 모를 정도로 정신이 없었다. 동헌은 다시 폭풍이 몰아치기 전의 자세로 돌아가 있었다. 호흡으로 인해 어깨만 살짝 들썩일 뿐이었다.

"내가 느려진 걸까, 자네가 잘 피한 걸까."

고독한 DJ의 초반 레코드

동헌이 말했다.

"일합에 쓰러지지 않은 사람은 오랜만이야. 정말 오랜만."

혁아는 입가에 미소를 지어 보였다. 이 양반이 지금 누굴 놀리나. 지금 안 보입니까. 간신히 지탱하고 서 있는 거. 분명칼끝에 느낌이 왔을 것이다. 몇 번째, 몇 번째 공격이 몸 안을 몇 센티미터 파고들었는지를. 바닥에 뚝뚝 핏물이 떨어졌다. 한 개는 생각보다 더 깊게 들어온 모양이다. 시간을 끌면 불리하다. 서둘러야 한다. 혁아는 너무나 잘 알고 있다. 경기 중눈이 찢어지고 출혈이 많아질수록 경기를 빨리 끝내야 한다. 빨리 끝내기 위해선 위험을 무릅쓰고 파고들어야 한다. 미끼를 던져 줘야 틈이 보이는 법이다. 그 단 한순간의 틈을 노려야 한다. 방법은 그것밖에 없다.

혁아가 아까처럼 바 테이블 쪽으로 이동해 바 테이블 위에 놓여 있던 LP 두 장을 한 손에 하나씩 들었다. 왼손에 든 LP는 좀 전에 내려놨던 레드 제플린 1집 영국 초반이었고 오른손에 든 LP는 비틀즈의 '화이트 앨범'(더블 앨범 중 턴테이블에 올라가 있지 않은 두 번째 레코드)이었다. 혁아는 제플린과 비틀즈 앨범을 동헌에게 들어 보였다. 죄송하지만 좀빌리겠습니다, 상황이 급한지라. 눈빛으로 말했다. 아쉽지만어쩔 수 없지. 동헌도 눈빛으로 대답하며 고개를 한 번 끄덕였다.

다시 홀 중앙으로 걸어 들어왔다. 일합 때는 긴장해서 힘이 들어갔었다. 칼과 붙을 때는 유연해야 한다. 혁아가 복싱할 때 가드를 올리듯 두 팔을 들어올렸다. 두 개의 LP판 사이로 혁아의 날카로운 눈동자가 보였다. 그러고는 역시 복싱할 때처럼 두 팔을 스트레이트로 가볍게 툭툭 뻗었다. 검은색 원반 두 개가 허공을 쉭쉭 갈랐다. 이 스트레이트는 타격을 위한 것이 아니다. 위협용 그리고 거리 조절용이다. 동헌 역시 이를 알기에 조금 전의 반격용 칼부림이 따라 나오진 않았다. 그저 한 발짝씩 앞뒤로 이동하며 거리를 조절할 뿐이었다.

이 정도 거리에선 마중 나오지 않겠다…? 그렇다면…….

혁아는 한 번 더 스트레이트를 날렸다. 이번엔 콤보였다. 원, 투, 쓰리, 포. 이번엔 아까보다 반보 앞으로 들어갔다. 검은색 원반이 가로, 세로, 대각선으로, 오른쪽 관자놀이에서 왼쪽 목덜미의 경동맥 근처까지 리드미컬하게 가르며 들어갔다. 이번에도 동헌의 움직임은 마찬가지였다. 좌우, 앞뒤로만 살짝 이동하며 원반을 피했다. 잠시 후 동헌의 오른쪽 광대뼈 근처에서 피가 배어 나왔다. 혁아도 세 번째 콤보 때 손끝으로 전달되는 느낌이 있었다. 영국 초반이 배은망덕하게도 주인의 얼굴을 긁고 지나간 것이다. 동헌의 표정이 차갑게 식었다. 그도 사람인지라 피를 보자 반응할 수밖에 없었다. 그를 자극한 것이 그로 하여금 실수를 유발케 할 것인지, 아니면 잠자는 사자의 코털을 건드린 것인지는 아마도 다음 합 정도에서 드러나게 될 것이다.

　적이 들어올 때까지 기다린다는 동헌의 플랜은 여전해 보였다. 적이 눈앞에서 피를 흘리며 바닥을 적시고 있는데 급할 게 없는 게 당연하다. 그렇기에 더더욱 먼저 들어가야 한다. 사실 들어가는 것 말고는 다른 방법도 없다.

　휙―. 혁아가 스트레이트를 뻗자 고요가 깨졌다. 이번엔 동헌의 어깨가 반응했다. 동헌은 기다리고 있었다. 이 타이밍에 칼을 아래에서 위로 휘두르면 놈의 손목, 운 좋으면 동맥을 건드릴 수 있다…고 생각했는데, 이는 동헌의 예상과 달랐다. 원반이 동헌의 얼굴 쪽으로 뻗어오다가 방향을 틀면서 면이 보인 것이다. 혁아가 LP를 놓았다. 정확히 말하면 동헌의 얼굴을 향해 던졌다. 원반이 아주 찰나의 순간 동헌의 시야를 가렸다. 아래쪽에서 치솟은 칼이 원반을 튕겨 냈다. 그 칼이 허공을 둘로 가르는 찰나를 기다렸고 오른 주먹이 동헌의 아구창에 작렬했다. 동헌이 중심을 잃었다. 하지만 그에겐 칼이 하나 더 있다. 그 칼끝이 혁아의 목덜미를 향해 빠르게 날아왔다. 콰직! 칼이 레드 제플린 1집에 먼저 박히고 혁아의 어깨에 박혔다. 혁아가 LP를 들어 방패 삼아 방어했기에 다행히 깊게 찔리지 않았다. LP를 들고 있는 손을 나선형으로 틀었다. 칼이 LP에 박혀 있었기에 동헌은 손목이 꺾이며 칼을 놓을 수밖에 없었다. 칼이 LP에 박힌 채 바닥으로 떨어졌다. 거의 동시에 혁아가 동헌의 코에 박치기했다. 코뼈가 으스러지는 게 이마에 전달됐다. 비틀대는 동헌이 왼손의 칼을 혁아의 옆구리에 꽂아 넣었다. 혁아는 불에 달궈진 송곳 같은 게 몸 안으로 쑥 들어온 것만 같았다. 그나마 근접한 상태에서 왼손이었기에 칼끝이 깊이 들어오진 못했다. 혁아는 칼을 잡은 동헌의 왼손을 오른손으로 부여잡았다. 칼을 뽑을 수 없게 말이다. 동헌이 당황했다. 칼잡이가 칼을 쓸 수 없으니 당황할 수밖에. 혁아가 고통스러운 신음과 함께 동헌을 몸으로 밀어붙이며 두 사람은 포개어진 상태로 바닥으로 쿵, 넘어졌다. 혁아의 옆구리엔 칼이 여전히 꽂혀 있었고 그 칼을 잡고 있는 동헌의 손과 그 손을 부여잡고 있는 혁아의 손도 그 자리 그대로였다. 동헌의 몸 위에 있던 혁아가 고개를 들었다가 도끼질하듯이 박치기했다. 동헌의 찢어진 피부에서 피가 분수처럼 뿜어져 나왔다. 이번 타격 순간에도 우지끈하는 뼈 소리가 들렸다. 혁아가 잘 아는 소리였다. 안와 골절이 되는 소리. 동헌은 칼을 뽑을 수 없자 대신 손목을 돌려 댔다. 혁아가 있는 힘껏 이를 악물었다. 말 그대로 살점이 뒤틀리는 고통이었다. 칼의 비틀림에 따라 장기도 돌아가지 않길 바라며 다시 한번 고개를 위로 들었다가 아래 동헌의 얼굴 위로 쿵, 찍었다. 그리고 한 번 더 쿵. 그리고 한 번 더 쿵. 그러자 칼을 붙들고 있던 동헌의 손에서 힘이 빠져나갔다. 혁아는 멈추지 않았다. 쿵, 쿵, 쿵, 쿵, 쿵. 몇 번인지 셀 수 없을 정도로 박치기를 이어 갔다. 동헌의 얼굴은 눈, 코, 입이 형체를 알아볼 수 없을 정도로 처참하게 망가지며 피범벅이 되었다. 저항할 기력을 완전히 상실한 채 간헐적으로 몸을 꿈틀대면서 기도에 고여 있는 피를 토해 냈다. 혁아가 비틀 대며 몸을 세웠다.

"제발… 날 죽여줘."

동헌이 힘겹게 말했다.

"그, 그냥… 가지 말고."

동헌은 오늘과 같은 일이 벌어질 것을 대비하여 보험을 몇 개 들어 놨었다. 자신이 죽으면 아마도 두 딸의 대학 교육비 정도는 책임질 수 있는 보상금이 나올 것이다. 그가 가장 두려워하는 것은 사는 것도 죽는 것도 아닌 상태로 병원에 들어가는 것이었다.

"누가 시켰어요?"

혁아 역시 고통을 참으며 물었다.

"하, 한이상…."

동헌이 고통스럽게 숨을 들이켜고는 다시 말했다.

"여, 여잔… 주, 죽어 있었어… 처음부터…."

"뭐…?"

혁아가 의아한 얼굴로 물었다.

"그게 무슨 소리야? 누가? 누가 죽였는데?"

동헌은 또 한 번 입안에 고여 있던 피를 게워 내듯 뿜었다. 그러고는 뭍에서 숨 못 쉬고 죽어 가는 물고기처럼 몇 차례 꿈틀대더니 의식을 잃었다. 답답한 혁아가 주먹으로 동헌의 가슴을 사정없이 두들겨도 그는 깨어나지 않았다.

혁아는 동헌의 부탁을 충실히 이행했다. 동헌의 칼로 그의 동맥을 그은 뒤 그곳을 떠났다. 레드 제플린 영국 초반은 죽어 가는 주인의 옆을 묵묵히 지켰다. 라벨에 적힌 'Good Times Bad Times'라는 글자가 천천히 핏물에 잠겼다.

갬성, 낭만, 그런 게 있는 새끼

"여기 이 부분을 보면 알 수 있어. 자, 봐봐. 그룹명과 레코드사 로고가 청록색으로 프린팅됐지. 그리고 뒷면. 멤버들의 사인이 있고, 아래를 보면 그룹을 상징하는 독일 비행선이 그려져 있잖아. 초반 희귀본이 맞아. 와, 이 귀한 걸 여기서 보게 되네."

완승이 바 테이블에 놓여 있던 레드 제플린 LP 재킷을 들어 이리저리 살펴보며 감탄했다. 손에는 라텍스 장갑을 끼고 있었다. 완승이 걸음을 옮겨 홀 중앙으로 이동했다. 동헌의 시체가 쓰러져 있었고 칼질로 구멍이 난 레드 제플린 1집 LP가 머리맡 흥건하게 고여 있는 핏물 한가운데에 섬처럼 놓여 있었다. 동헌 주변에서 흰 위생복 차림의 KCSI 증거 분석 요원들이 사진 촬영 및 증거 채집을 했다. 완승은 처참한 살인 풍경 한가운데서 씁쓸한 표정을 지었다.

"주인과 함께 운명을 다한 초반이라… 쯔쯧."

KCSI 요원들이 힐끗힐끗 완승을 쳐다봤다. 별다른 말을 하진 않았으나 흰 마스크 위로 보이는 그들의 눈빛이 우호적이진 않았다.

"경위님."

범식이 완승을 나직하게 불렀다. 조용히 좀 하라고 주의를 주는 눈빛이었다. 완승은 눈치가 없는 건지 아니면 알면서도 그러는 건지 잠시도 입을 가만두지 않았다. 바닥에 깨져 있던 병 조각과 테이블 위 안주와 술잔 등에 시선을 주며 말했다.

"LP바 사장은 자신을 죽이러 온 사람하고 대작을 했어. 아마 처음엔 평범한 손님처럼 왔겠지. 이 매장에서 가장 비싼 술을 현금으로 구입한 사람과 동석을 한 거야. 그리고 레드 제플린, 비틀즈 음악을 들으면서 기분 좋게 마셨어. 그러다 영업시간이 끝나고 둘만 남게 되자, 목숨을 걸고 싸운 거지. 뭔가 상황이 좀 골때리지 않냐? 마치 중국 영화처럼 말이야. 그쪽 말로는 객잔이라고 하지. 주점 같은 데서 같이 술 한 병을 다 나눠 마시고 진검승부를 벌인다… 그런 거 본 적 없냐고? 한국의 뻔한 양아치 조폭이 아니야. 몰래 등 뒤에서 사시미 칼로 막 쑤시고 담그고, 그런 놈이 아니라니까. 뭔가… 갬성? 낭만? 그런 게 있는 새끼야."

흥미로운 게임을 하는 것처럼 완승의 눈이 반짝거렸다. 그런 그를 보며 후배 형사 범식은 한숨을 내쉬며 고개를 절레절레 흔들었다. 완승의 한량 기질을 모르는 바 아니었으나 살해 당한 시신 앞에서 음악과 영화를 논하며 낭만 운운하는

갬성, 낭만, 그런 게 있는 새끼

것이 좀 지나치다 싶었다. 범식은 본청에서 진급이 제일 느린 완승과 파트너로 다니면서 자주 생각했다. 이렇게 형사 생활하면 안 되겠다고. 완승과 반대로만 하면 빠른 승진을 할 수 있겠다고.

"따님은 뭐라셔?"

완승이 물었다.

"자기 혼자 일찍 퇴근해서 아빠가 죽은 거라고 계속 우시더라고요. 그러면서도 빨개진 눈을 부릅뜨고 말했어요. 마지막까지 남아 있던 손님 '그 새끼'가 무조건 범인이라고. 들어올 때부터 눈빛이 음침한 게 느낌이 안 좋았다면서."

범식이 대답했다. 라경은 다음 날 오전에 연락이 되지 않는 동헌을 찾으러 LP바에 왔다가 그만 살해 현장을 목격했고 벌렁거리는 가슴으로 경찰에 신고했다. 신고받고 출동한 완승은 당연한 수순으로 보험금을 노린 가족 존속살인의 경우도 염두에 뒀으나 현장에 도착한 순간 직감적으로 이 사건은 그쪽과는 무관하다는 확신이 들었다.

"원한 관계에 있을 법한 사람은?"

"그런 거 전혀 없었다고 하던데요. 답답할 정도로 순한 분이었다고."

"없는 사람이 어딨어? 딸이 아빠랑 별로 안 친했나 본데."

범식이 수첩을 보면서 말을 이었다.

"특이 사항이 있어요. 두 달 전 교통사고."

완승은 귀가 솔깃했다. 궁금하다는 표정으로 범식을 쳐다봤다.

"아버지가 교통사고를 내서 사람 한 명이 죽었대요. 근데 그때도 피해자 요구 다 들어주면서 원만하게 잘 합의돼서 원한 살 일은 전혀 아니라던데요."

교통사고로 인한 사망, 그리고 원만한 합의라. 완승의 형사 인생을 돌아봤을 때 뭔가 자연스럽지 않은 문구의 연결이었다. 완승이 말했다.

"교통사고 정황이랑 합의 당사자가 누군지 확인해 봐."

기분 좋아지라고 복수를 시작한 것이 아니듯,
기분 나쁘다고 중간에 포기할 생각은 없다

"어리석은 놈. 기껏 고쳐 놨더니 바람구멍을 또 여기저기 만들어 와? 도대체 정신이 있는 놈이야, 없는 놈이야? 어리석은 놈이 또 재수는 좋아서 급소는 샥, 샥 잘도 피했네."

클라이언트127이 혁아의 옆구리에 벌어진 상처를 꿰매면서 잔소리했다. 혁아는 이제 영감의 잔소리가 들을 만했다. 아니 오랜만에 들으니 어딘가 정겹기까지 했다.

"앗… 아…! 살살 좀 하세요."

혁아가 인상을 찌푸리며 말했다.

"살살은 니미!"

영감은 도끼눈으로 혁아를 째려보고는 콕! 콕! 바늘을 더 깊게 찔러 넣었다. 그때마다 혁아는 아! 앓는 소리가 절로 나왔지만 희한하게도 입가엔 미소가 지어졌다.

영감은 잔소리 해대면서도 보양식으로 삼계탕을 삶아 주었다. 물론 모바일 쇼핑을 통해 새벽 배송으로 받은 레토르트 제품이긴 했으나 맛은 꽤 훌륭했다. 혁아는 게 눈 감추듯 먹어 치웠고 그의 앞에는 깨끗하게 발라진 뼈가 수북하게 쌓였다.

"너, 뭐 하고 돌아다니는 거야?"

영감이 못마땅한 눈으로 혁아를 보며 물었다. 혁아가 대답이 없자 영감이 목소리를 높여 다시 물었다.

"뭐 하고 돌아다니는 거냐니까!"

"복수요."

혁아가 말했다. 영감이 기가 찬 표정으로 혁아를 빤히 보다가 콧방귀를 뀌었다.

"미친 자슥아. 그래, 복수하니까 기분이 좋더냐?"

혁아는 금방 대답하지 못했다.

"니놈이 그러고 다니는 걸 니 여자가 알면 좋아할 거 같냐고?"

영감은 한심하다는 듯 혀를 찼다.

정우탁 때와는 달랐다. 이번엔 누군가를 살인함으로써 그의 죄를 벌했다. 혁아는 기분이 좋지 않았다. 이유는 간단했다. 동헌에게도 서희처럼 가족이 있고 사랑하는 사람이 있었다. 심지어는 그의 딸을 실물로 보기까지 했다. 서희를 위한 복수를 하면서 서희와 같은 또 다른 피해자를 만들고 있는 것은 아닌지, 혁아는 혼란스러웠다.

"괴물을 상대하다가 괴물이 되지 말라고 했다. 껌껌한 나락

기분 좋아지라고 복수를 시작한 것이 아니듯,
기분이 나쁘다고 중간에 포기할 생각은 없다

을 들여다보구 있다가 지두 모르는 사이에 그 나락의 구렁텅이로 빠지게 된다, 이 말이야. 무슨 말인지 알겠어?"

영감의 말이 무슨 뜻인지 혁아는 어렴풋이 알 것도 같았다. 하지만 아는 것과 아는 대로 행동하는 것은 엄연히 다른 것. 기분 좋아지려고 복수를 시작한 것이 아니듯 기분 나쁘다고 중간에 포기할 생각은 없었다.

혁아는 영감에게 감사의 인사를 드린 뒤 자리에서 일어났다. 그러고는 고통스러운 옆구리를 한쪽 손으로 감싸 쥔 채 걸어나갔다. 영감은 휠체어에 앉은 채로 혁아의 모습이 사라지는 것을 지켜봤다. 혁아 저놈이 이제 다시는 이곳에 오지 않을 것이라는 직감이 들었다. 영감은 조금 아쉽고 섭섭한 기분이 들었으나, 곧 고개를 절레절레 흔들며 자신의 감정을 부정했다.

밥이 됐으면 한술 떠서 맛은 봐야죠

숙희는 카페로 들어와 두리번거렸다. 두리번거린 이유는 누구를 찾기 위함이 아니라 만나기로 한 상대방이 자신을 먼저 알아봐 주기를 바랐기 때문이었다.

"여깁니다. 채숙희 씨 되시죠?"

일어서서 손을 들어 그녀를 반기는 이가 있었다. 완승이었다. 사람 좋은 미소를 짓고 있었다. 그는 깍듯하게 자기소개하고 그녀의 주문을 받았다. 숙희는 그럴 이유가 없으면서도 괜히 긴장했다. 숙희가 커피를 입에 가져다 대는 순간 완승이 기다렸다는 듯 입을 열었다.

"열음이는 잘 있죠? 대신 키우기가 많이 힘드실 거 같은데."

"그런대로요."

숙희는 경계의 시선으로 완승을 봤다. 자신을 조사하고 온 형사다. 완승은 아랑곳하지 않고 미소를 머금은 채 계속 말을 이었다.

"최근에 직장을 그만두셨더라고요."

숙희가 열음을 맡기로 한 바로 그날 혁아로부터 오억을 현금으로 받았다. 말로만 던지던 사표를 마침내 옷가게 사장에게 던졌고 사장 언니는 그만둔 지 채 이틀이 지나기도 전에 제발 돌아와 달라고, 월급을 몇십만 원 더 올려 주겠다고 사정사정했지만 숙희는 시원하게 뿌리치며 네일 아트 학원에 등록했다. 열음이 유치원에 가 있는 시간을 이용하여 수강을 시작했다. 과연 네일 아트가 적성에 맞을지 확신은 없었으나 일단은 시작해 보았다. 완승의 연락을 받고서 숙희는 학원이 끝나는 시간에 맞춰 그에게 학원 앞 커피숍으로 오라고 했다.

"제가 이혼했는데요. 글쎄, 달마다 이백오십만 원씩 보내고 있어요. 보험이다 연금이다 다 떼고 쐬주 몇 번 찌끄리고 나면 남는 게 없다니까요. 흐흐."

완승이 실없이 웃음을 흘렸다. 궁금하지도 않은 얘기를 왜 하나 싶을 때쯤 완승은 본인이 진짜 하고 싶은 말을 했다.

"육아를 하려면 돈이 많이 들 텐데요. 그죠?"

"왜요? 보태 주기라도 하실 건가요?"

숙희가 받아쳤다. 완승의 태도가 점점 맘에 안 들었다.

"아이고, 제가 여유가 좀 있으면 그러고 싶은데. 죄송합니다. 제가 너무 몰아치듯 여쭤봤네요."

완승은 말로는 죄송하다고 하면서도 얼굴은 그다지 죄송한 것처럼 보이지 않았다. 완승은 다시 입을 열었다.

"실은 언니 채서희 님의 교통사고 가해자였던 곽동헌 씨가 사흘 전에 살해 당했습니다."

숙희의 얼굴이 경직됐다. 완승은 놓치지 않고 그녀의 안색을 살폈다.

"모르셨나요?"

"제가 알 이유가 없잖아요. 부고를 받을 관계도 아니고."

"그렇긴 하죠. 절차상 주변인 조사를 하는 과정에서 채서희 씨 남편이신 정우탁 씨에게 연락을 취했는데 사건 발생 전에 태국으로 나가셨더라고요. 그러면서 앞으로 아이는 숙희 씨가 맡기로 했다고 하던데 맞습니까?"

"문제 있나요?"

"아뇨. 문제없습니다. 그럼 교통사고 합의금을 받은 당사자는 정우탁 씬데… 양육비를 어느 정도 도움받기로 하신 건가요?"

사실 숙희는 가해자 곽동헌이 죽었다고 하는 순간 바로 혁아의 얼굴을 떠올렸다. 그리고 혁아의 존재를, 혁아가 준 오억을 말하면 안 된다는 생각이 본능적으로 들었다.

"정우탁 그 인간이 진짜 인간이라면 제가 낳은 자식한테 신경을 쓰는 게 맞겠죠. 하지만 그 인간은 절대 그럴 인간이 아니에요. 왜냐면 그 인간은 쓰레기 같은 새끼니까. 그 인간 도움을 받고 싶지도 않고 받지 않아도 전혀 문제 될 거 없어요.

밥이 됐으면 한술 떠서 맛은 봐야죠

형사님께 묻고 싶네요. 혼자서 제 조카 열음이를 잘 키울 수 있다는 얘기를 그쪽한테 왜 해야 하는지."

"말씀드린 대로 절차상의 질문들입니다. 기분 언짢으셨다면 죄송합니다."

완승은 이번에도 전혀 죄송한 얼굴이 아니었다. 오히려 확신에 찬 미소를 감추느라 힘들었다. 이 여자는 분명 곽동헌을 죽인 남자를 알고 있다.

살인 사건의 과정을 추리하는 가장 첫 번째 단계. 사건 이후 가장 득을 본 사람이 누구인가? 이 사건의 경우는 합의금과 보험금 등을 챙긴 정우탁이었다. 하지만 정우탁과 가해자 곽동헌 사이엔 합의금이 오고 갔다는 사실 말고는 그 어떤 연결 고리도 찾을 수 없다. 망자에겐 미안한 표현이지만, 정우탁 입장에선 의도한 것이 아닌 완전히 얻어걸린 돈이란 뜻이다. 완승은 이 점에 주목했다. 사건 이후 정우탁과 채숙희 모두 본인들 인생에서 큰 변곡점을 맞이했다는 것. 정우탁은 갑자기 자식을 포기했고 채숙희는 오래 일하던 직장을 그만 뒀다. 이게 우연일까. 그렇다면 정우탁의 코뼈가 부러진 것은? 그것 역시 우연이란 말인가. 참고로 정우탁이 최근에 바꾼 카톡 프사는 방콕의 황금빛 궁전을 배경으로 한 사진이었는데 그의 얼굴 중앙에는 코가 부러졌을 때 착용하는 부목이 자리 잡고 있었다.

완승은 LP바 사건 수사를 시작하며 서희의 동선을 쫓았다. 그녀가 살던 아파트부터 직장이던 요가 학원까지. 정우탁과 채서희 사이에 존재하던 제3자의 존재는 의외로 너무 쉽게 밝혀졌다. 바로 열음의 유치원에서였다. 열음의 담당 교사에게 우탁의 사진을 보여 줬을 때 교사는 처음 보는 사람이라고 대답했다. 하지만 곧바로 열음의 친부 대신 학예회에 참석했던 남자를 기억해 냈다. 무대 앞쪽에서 열음의 사진을 찍기 위해 용쓰던 모습이 기억난다고 했다.

"아! 그때 같이 사진을 찍었어요. 열음이네 가족하고요. 잠시만요."

교사는 스마트폰 사진 앨범을 한참 뒤적거렸다.

"여기 있네요."

흥분한 완승은 교사의 스마트폰을 거의 **뺏**다시피 하여 화면을 들여다보았다. 빙고. 사진엔 채서희, 정열음, 그리고 놈이 있었다. 놈은 태어나서 처음 웃어 보는 사람처럼 어색하기 그지없는 미소를 짓고 있었다. 완승은 속으로 쾌재를 불렀다.

어이! 반가워. 이제 얼굴 텄으니까 밥 한 끼 해야지. 취조실에서 먹는 설렁탕 맛이 생각보다 괜찮거든!

대개는 이 정도 되면 검거까지는 시간문제다. 하지만 이번은 달랐다. 교사가 준 사진 말고는 그 어디에서도 남자의 흔적을 찾을 수 없었다. 채서희의 스마트폰 통화 내역에서 사고 직전 가장 많이 통화했던 번호를 찾았고 사진 속 이놈이 그 번호의 주인이라는 것도 안다. 하지만 이 번호는 대포폰이었고 심지어 그것마저도 교통사고 전후로 사용하지 않고 있다. 남자의 이름, 주소는커녕 그 어떤 정보도 찾을 수 없었다. 형사 생활하며 이런 경우는 처음이었다. 살아 숨쉬는 인간이라면 어떻게든 자신의 흔적을 남기기 마련이건만, 이놈은 마치 유령 같았다.

그나마 다행인 건 놈이 채숙희 주변에 있다는 것. 분명 채숙희는 범인을 알고 있다. 그 사실을 이제 완승도 알고 있다. 이럴 땐 덫을 놓고 기다려야 한다.

완승은 채숙희가 이용 중인 스마트폰 통신사에 통화 내역을 요청했다. 그녀는 분명 그와 연락을 주고받고 있을 테고, 만약 수상한 번호, 이를테면 대포폰 번호 따위가 등장한다면 십중팔구 그놈일 것이다. 통신사 답신이 오기를 기다리며 채서희 교통사고 파일을 다시 열었다. 이 사건은 깊게 들여다보지 않더라도 피해자의 동선부터 사고 위치, 그리고 가해자 곽동헌이 집행 유예로 풀려나는 정황까지 사건 전체가 의문투성이였다. 완승은 어느 순간부터 범인을 꼭 잡겠다는 생각보다 이 애매하고도 찝찝한 '사건의 연결 고리'를 자세히 들여다보고 싶은 맘이 더 커졌다. 공명심 같은 건 진작부터 없었다. 그저 추리소설을 보며 범인을 먼저 맞히면 짜릿해하는 그런 부류의 인간일 뿐.

그때였다. 자기 방으로 들어오라는 서장의 호출이 왔다.

"LP바 살인 사건은 그만하고 이거 맡아."

서장이 완승 앞에 다른 사건 파일을 던졌다. 완승은 사건 파일을 물끄러미 내려보다가 말했다.

"지금 밥이 다 돼서 뜸만 들이면 되는데요."

"그니까 이제 새로 쌀 씻어서 새 밥 지으라고."

"밥이 됐으면 한술 떠서 맛은 봐야죠."

완승이 넉살을 부리는데,

"표완승이. 네가 지금 나랑 말장난할 군번이야? 까라면 까, 이 새끼야."

서장이 굳은 얼굴로 말을 이었다.

"제발 좀 시키는 대로 해. 그러다 또 옆에 있는 동료 다치는 일 만들지 말고. 알겠어? 나가 봐."

완승은 굳어진 얼굴로 서장실을 나왔다. 서장실 문 앞에서 고개를 숙인 채 잠시 그대로 서 있었다. 그러다 쿡쿡 웃음이 비집고 나왔다. 서장이 실수했다. 까라면 안 까고 까지 말라면 까는 완승의 청개구리 기질을 얕보았던 것일까. 그는 쿠

밥이 됐으면 한술 떠서 맛은 봐야죠

린내가 나는 사건일수록 코를 더 벌름거리며 엉겨붙는, 그야
말로 변태 같은 인간인데.

그리고 하나 더. 완승의 옆에 있다가 다쳤다는 동료 형사.
그 얘기야말로 완승 앞에서 절대로 꺼내서는 안 되는 얘기였
다. 완승은 그때 확신했다. 채서희의 교통사고, 그리고 LP바
살인 사건의 배후엔 자신이 생각했던 것보다 훨씬 방대하고
도 거대한 뭔가가 도사리고 있음을. 완승은 그 흥미진진함으
로 인해 온몸에 전율이 일었다.

개츠비처럼, 정확히 말하면 디카프리오처럼

팔십팔 층. 삼백팔십 미터. LAS 타워. SNS에선 이미 라스베이거스 타워, 라라 타워 등의 애칭으로 불리고 있다.

구한은 걸음을 옮기며 LAS 타워 최고층의 360도 파노라마 뷰를 즐겼다. 날씨가 맑아서 한강이 흘러가는 구리부터 김포까지, 그리고 강북의 남산서울타워부터 남쪽의 관악산까지 서울의 동서남북이 한눈에 펼쳐지는, 그야말로 '세상의 중심'에 서 있는 기분이었다. 고도 제한 때문에 한국 최고층 빌딩이라는 타이틀은 가질 수 없었으나 전망 퀄리티만큼은 그 어떤 초고층 빌딩도 여기엔 비할 바 못 될 것이라고 구한은 자부했다. 게다가 교통 입지 면에서도 단연 으뜸이어서 그래서 부동산 가치로는 국내 최고일 것이라고 자위하며, 구한은 '한국 최고층' 타이틀을 놓친 아쉬움을 달랬다.

88, 380이라는 숫자 역시 구한이 결정했다. 중국 쪽 사람들과 사업이 빈번하다 보니 그 역시 중국인 취향을 닮게 되어 8자를 좋아하게 되었다.

발아래 펼쳐진 세상이 마치 다 자신의 것인 양 의기양양하게 내려다보고 있던 구한이 입을 열었다.

"완공이 얼마 남았지?"

"정확히 열흘 남았습니다."

익호가 대답했다.

"오케이. 파티를 열어야겠어. 완공 하루 전날 밤에."

구한의 입가에 미소가 번졌다.

"네?"

"성대한 파티를 연다고. 『위대한 개츠비』처럼 말이야."

"개……츠비요?"

"김 상무도 책 좀 보지. 너무 체육만 하는 사람 티 내지 말고."

구한이 익호를 흘겨보며 말했다.

"죄송합니다."

익호가 고개를 조아리며 대답했다. 얼굴이 화끈거렸다. 실은 구한 본인도 책으로 본 것이 아니었고 레오나르도 디카프리오가 나왔던 영화로 본 게 다였다. 구한도 지인들을 잔뜩 초대해 놓고 개츠비처럼, 정확히 말하면 디카프리오처럼 검은 턱시도를 입고 칵테일 잔을 들어 올리며 위너의 미소를 짓고 싶었던 것이다.

"회장님. 열흘 후엔 건물 완공만 되는 것이고 정상적인 운영을 하기까지는 몇 달 더 준비가 필요합니다. 보안 설비도 아직 미흡한 부분이 있고요."

구한은 답답하다는 듯 익호를 보았다.

"김 상무. 내가 지금 그거 모르고 말하는 거 같아? 내가 늘 말하잖아. 남들이 하는 대로만 하면서 살면 그냥 남들이 사는 대로, 딱 그 정도 인생만 살게 된다니까. 남들보다 더 신속하고 빠르게 살아야지. 그래야 남들과 다른 삶을 사는 거야. 무슨 말인지 알겠어?"

"죄송합니다."

익호는 다시 한번 고개를 조아렸다. 하지만 암만 생각해도 개관도 하지 않은 건물에서 성대한 파티를 연다는 것과 구한이 방금 한 말이 어떻게 연결되는 것인지 도무지 이해가 가지 않았다.

"준비하는 데 어려울 거 같으면 내가 한 대표한테 직접 얘기하고."

"아닙니다. 문제없이 준비하겠습니다."

익호가 대답했다. 이것이 구한이 아랫사람을 다루는 방식이다. 자존심을 건드리고 너를 대체할 사람은 얼마든지 있음을 암시하는 것. LAS 그룹이 하청 업체들한테 늘 해 왔던 바로 그 방식.

"아, 그리고 말이야."

구한은 마치 아주 중요한 용건을 빠뜨리고 있다가 생각난 것처럼 말했다.

개츠비처럼, 정확히 말하면 디카프리오처럼

"앱솔루트에 연락해서 여자 여덟 명 준비시키라고 해. 파티에 오신 손님들에게 잊을 수 없는 선물을 드려야지. 가장 전망 좋은 스위트룸으로 역시 여덟 개 준비해 두고."

구한은 벌써 디카프리오가 된 것처럼 흡족한 미소를 지으며 엘리베이터 쪽으로 걸어갔다. 익호는 난감한 표정으로 구한의 뒤를 따랐다. 익호는 머릿속이 지끈거렸다. 아직 스위트룸엔 가구도 채 들어오지 않았고 호텔 직원도 채용하지 않은 상황이었다.

"아! 그리고 여기 클럽 이름은 헤븐으로 해. 헤븐."

구한이 덧붙였다. 그는 갑자기 생각난 본인의 아이디어가 꽤나 마음에 들었는지 다시 한번 개츠비, 아니 디카프리오처럼 헤벌쭉 웃었다.

"김 상무입니다."

전화기 너머로 들리는 김익호의 목소리에 최영이는 양미간을 찌푸리며 아랫입술을 깨물었다. 그녀는 까르띠에 부티크에서 핑크 골드와 다이아몬드 조합의 네크리스 그리고 화이트 골드와 사파이어 조합의 네크리스 이 두 가지 사이에서 고민하던 중이었다. 나이가 들면서 레이저 시술이니 콜라겐 주사니 피부 노화에 좋다는 것을 다 해 봐도 목주름만큼은 어찌할 수가 없었다. 결국 화려한 목걸이로 시선을 분산시키는 것이 그녀가 할 수 있는 최선인데, 그놈의 김 상무가 이 중차대한 결정의 순간을 방해한 것이다.

영이는 자신을 담당하고 있던 직원에게 양해의 손짓을 한 뒤 통화를 위해 몇 걸음 자리를 옮겼다.

"이렇게 다이렉트로 전화하시면 곤란하다고 말씀드렸는데."

"급하니까 전화했죠. 23일에 아가씨 여덟 명 맞춰 주세요."

야, 이 개새끼야! 내가 사창가 뚜쟁이 이모인 줄 알아!

영이는 혀끝까지 이 말이 튀어나왔으나 간신히 속으로 삼켰다. 기분이 확 잡쳤다. 호사스러운 이곳에서 이런 말을 들으니 갑자기 자신이 개처럼 벌어서 정승처럼 쓰는 인간처럼 느껴진 것이다. 정승처럼 돈 쓰는 순간에 개처럼 벌었다는 사실을 굳이 상기할 필요는 없지 않은가. 이 모든 게 다 이구한 때문이다. 이구한이 앱솔루트에 가입한 이후로 자신이 갑자기 사창가 이모로 전락해 버렸다.

"확인하고 연락드리겠습니다."

영이가 감정을 억누르며 말했다.

"확인은 무슨. 우리 회장님 성격 아시죠? 무조건 맞추셔야 합니다. 그리고… 뭐라고 하셨더라… 개… 개…"

익호가 몇 초간 말을 더듬거리다가 말했다.

"아! 〈위대한 개츠비〉 아시죠? 디카프리오 나오는 영화. 거기 나오는 여자들처럼 세팅해 주시구요."

이건 또 무슨 개소리야. 영이는 짜증의 단계를 넘어 머리가 지끈거리기 시작했다.

"이봐요, 김 상무님. 그런 건요, 담당 팀장하고 얘기하세요. 그리고요."

영이가 스마트폰을 귀에서 떼고는 손가락으로 화면 이곳저곳을 누르며 조작했다.

"지금 보낸 거 봤어요? 일들 똑바로 하는 거 맞죠? 설마 몰랐던 건가요?"

영이가 김익호에게 전송한 것은 곽동헌의 살인 용의자로 경찰서에서 작성된 몽타주였다. 그림 속 남자는 혁아와 매우 닮아 있었다. 서희의 죽음을 교통사고로 위장하는 데 일조했던 경찰 고위 관계자로부터 받은 몽타주였다. 그 경찰 고위 관계자 역시 앱솔루트의 회원이었다.

룸살롱으로 걸어 들어가는 한이상은 발걸음이 가벼웠다. 키아누 리브스가 〈존 윅〉에서 사용했던, 그리고 원빈이 〈아저씨〉에서 사용했던 바로 그 글록 19를 러시아 암매매상한테 어렵게 공수해 가는 길이기 때문이다. 한이상은 자신이 글록 19를 회장님에게 바칠 때 김익호가 옆에서 어떤 표정을 지을지가 몹시 궁금했다. 뭐? 스미스앤웨슨보다는 글록이 한 수 위라고? 가지고 왔다, 이 새끼야. 아유, 깐족깐족 얄미운 새끼!

한이상은 룸에 들어서자마자 중앙에 앉아 있던 구한에게 구십 도로 꾸벅 인사를 올린 뒤, 곧바로 글록 19가 담긴 플라스틱 박스를 두 손으로 구한에게 들어올렸다.

"회장님. 언박싱 해 보시지요!"

한이상은 신이 나서 목소리를 높였다. 구한은 박스를 열어 글록 19를 손에 쥐었다. 손에 착 감기는 느낌이 맘에 드는지 구한이 입가에 미소를 지었다. 그것을 본 한이상 역시 흡족

한 미소를 지으며 사이드에 앉아 있던 김익호를 쓱 돌아보았다. 왠지 모를 우월감을 느끼며 김익호를 돌아봤던 것인데, 한이상은 이내 뭔가 대단히 잘못되었음을 본능적으로 느꼈다. 김익호 이 자식의 눈빛이 자신의 예상과는 사뭇 달랐기 때문이었다. 자신을 얕잡아 보는, 그야말로 자신에게 우월감을 느끼는 눈빛이었다. 그 이유는 금방 알 수 있었다.

"한 대표. 내가 자기를 믿고 일 맡겨도 되는 건가?"

구한이 글록 19를 한이상에게 겨누며 말했다.

"회장님… 장전돼 있습니다….."

한이상이 총구를 슬금슬금 피하며 말했다.

"어. 알고 있어."

"근데… 도대체 왜 이러시는지…?"

한이상이 피하는 방향으로 구한은 글록 19를 계속 겨눴고, 결국 한이상이 무릎을 꿇고 머리를 조아리는 모양새가 만들어졌다. 구한이 총을 들고 일어나 한이상 앞에 섰다.

"김 상무."

구한이 김익호에게 눈빛을 보내며 위스키 잔을 입에 털어 넣었다. 김익호가 스마트폰을 열어 최영이에게서 받은 몽타주 화면을 한이상 쪽으로 내밀었다. 그러자 한이상은 찌푸린 눈으로 몽타주를 뚫어지게 보았다.

"그게 누구 같아? 누구 좀 닮은 거 같지 않아?"

구한이 물었다.

"누구… 말씀이신지…?"

한이상은 놀란 미어캣처럼 무릎 꿇은 자세에서 고개만 들어 구한과 김익호를 번갈아 쳐다봤다. 도저히 모르겠다는 표정이었다.

"이 새끼는 안면 인식 장애야? 아니면 멍청한 거야?"

구한이 말했다.

"진짜로 모르겠습니다. 회장님."

한이상이 말했다. 구한이 한이상을 내려다보며 답답한 한숨을 내쉬자 김익호가 대신 입을 열었다.

"한 대표님. 며칠 전에 곽동헌이 죽은 건 알고 있습니까?"

"알지. 화환도 보냈는데."

"야이씨. 화환을 보내? 아예 가서 오열하지 그랬냐? 어?"

구한이 짜증을 냈다. 한이상은 안절부절못하며 다급하게 해명했다.

"회장님. 전혀 걱정 안 하셔도 됩니다. 작업비도 단둘이 있을 때 현금으로 전달했고 그걸 본 사람도 아는 사람도 없습니다. 경찰이 그 사건으로 저한테까지 뻗쳐 올 이유가 없습니다. 믿어 주십시오."

"곽동헌 씨가 살해 당한 사실을 왜 숨겼습니까?"

김익호가 물었다.

"숨기긴 뭘 숨겨? 그리고 그 형이 죽은 걸 군이 보고할 이유도 없고."

한이상이 김익호를 흘겨보며 말했다. 김익호가 스마트폰 속 몽타주를 다시 한번 한이상 얼굴 가까이 들이밀었다.

"보고할 이유가 왜 없습니까? 경찰에서 용의자 몽타주를 이렇게 그렸는데. 앱솔루트 그 새끼랑 똑 닮은 이런 그림을."

한이상은 그제야 상황 파악이 모두 다 되었는지 황당한 얼굴로 팔짝 뛰었다.

"회장님, 이건 말도 안 되는 얘깁니다! 보셨잖습니까? 그 자식은 그때 산에 묻혀서 지금 썩어 가고 있습니다! 아니, 지금은 다 썩어 문드러져서 형체도 안 남은 새낍니다! 기억 안 나십니까? 총까지 맞고 뒈진 새낍니다! 그런 새끼가 어떻게 동헌이 형을 죽입니까? 아유, 절대! 절대로 그럴 수가 없습니다!"

구한은 테이블에 걸터앉아 그 어떤 대꾸도 하지 않고서 게슴츠레한 눈으로 한이상을 내려다볼 뿐이었다.

"이렇게 닮게 그려진 게 우연의 일치다?"

김익호가 물었다. 한이상은 억울한 표정으로 목소리를 높였다. 질문한 김익호 쪽은 보지도 않고 오직 구한만을 절절하게 바라보며 말했다.

"아유, 그럼요! 회장님! 제 졸업 앨범 한번 보실랍니까? 한

반에 여덟아홉은 요렇게 멀멀하게 생겼어라! 흙 속에 파묻힌 그 시끼, 절대로 살아 있을 리가 없단께요! 절대로! 으메, 답답한 거!"

한이상은 마음이 급해지자 자기도 모르게 잘 숨겨 왔던 사투리가 튀어나왔다.

"글고 아시잖습니까? 제가 애들하고 그 시끼 파묻고 삼십 분 넘게 거기 있다 내려왔는데 그 시끼가 무슨 수로 거기서 살아 나옵니까? 아유, 말도 안 됩니다, 회장님."

구한이 석연찮은 표정으로 한이상을 내려보다가 말했다.

"일어나."

구한도 다시 자기 자리로 돌아가 앉았다. 한이상은 테이블을 잡고 일어서면서 김익호를 노려봤다. 김익호의 태연한 얼굴은 한이상의 속을 부글부글 끓게 만들었다.

한이상은 구한이 따라 주는 술을 벌컥벌컥 마시면서 생각했다. 휴, 일단 여긴 잘 넘겼다. 근데 아까 그 몽타주는 정말 앱솔루트 그 시끼랑 많이 닮았는데… 도대체 어떻게 된 거지? 산에서 삼십 분 있다 내려왔다고 했지만 실은 거기서 십 분도 안 있었던 거 같긴 한데. 혹시 모르니 내일 그 산에 다시 한번 가 봐야겠군. 근데 그 위치를 찾을 수 있을라나 모르겠네.

집으로 가는 길이 길고 고단하다

"에이, 씨팔! 누구는 지금 한겨울에 생매장한 새끼 뼈다구 확인하게 생겼는데, 김익호 그 새끼는 꽃밭 관리나 하고 앉아 있다니까!"

한이상이 씩씩대며 방안을 서성거렸다. 규종은 소파에 앉아 한이상을 말없이 지켜봤다. 꽃밭 관리라는 표현이 거북했다. 본인한테 더 해당되는 표현이었기 때문이다. 그리고 이어서 생각했다. 깡패 새끼한테 어떻게 이런 근사한 개인 사무실이 주어질 수가 있는지를.

한이상은 혁아를 생매장하는 데 일조했던 규종을 같은 편이라 생각하여 사무실로 불러내, 있는 얘기 없는 얘기를 ― 김익호에 대한 감정까지도― 속 시원하게 토해 냈다. 한이상에겐 죽은 혁아가 살아서 살인하며 돌아다닌다는 사실보다 김익호가 회장님 옆에서 자신보다 더 중요한 일을 맡고 있다는 것이 더 심각한 사안으로 느껴졌다.

"산에 가신 일은 어떻게 되셨습니까?"

규종이 물었다.

"아니 씨발, 눈이 다 덮여 있는데 거기서 뭘 어떻게 찾아?"

한이상은 계속 방안을 서성거리며 흥분한 채 말했다.

"거기서 살아 나왔다고 생각하는 게 말이 되냐고? 엉?! 무슨 좀비 새끼도 아니고."

규종은 잠자코 있었다. 자신이 그 좀비를 살려줬다고 밝힐 순 없으니까. 규종은 얼마 전에 내린 폭설이 고맙게 느껴졌다. 눈이 산을 뒤덮지 않았다면, 그래서 혁아의 시체가 땅속에 없다는 사실이 밝혀졌다면 규종 본인에게도 지금보다 훨씬 심각한 상황이 도래했을 것이다. 한이상이 흥분을 가라앉히고는 말했다.

"근데 진짜 귀신이 곡할 노릇이네. 그 몽타주 그거, 암만 봐도 그 새끼 맞는 거 같은데."

한이상이 규종을 돌아봤다.

"당신 생각은 어때?"

"살아 있다면…."

규종이 말했다.

"정말 귀신이 곡할 노릇이겠죠. 하지만 대표님께서 그것 때문에 께름칙하다면 확인할 방법이 없는 건 아닙니다."

한이상이 기대감 어린 눈빛으로 규종을 바라보았다.

"그놈한테 딸이 하나 있습니다."

"딸? 납치하자고?"

한이상이 눈알을 몇 번 굴리고는 말했다.

"아이씨. 그건 좀 가오가 떨어지는데. 양아치도 아니고."

"살아 있다면 연락이 갈 거라는 얘깁니다, 딸아이한테. 납치하자는 말이 아니라."

한이상이 눈알을 반대로 몇 번 더 굴리더니,

"아하!"

하는 감탄사와 함께 미소를 지었다. 니코틴으로 누렇게 착색된 이를 여러 개 드러내면서.

규종이 차를 운전하여 집으로 돌아가는 길에 최영이로부터 전화가 왔다. 통화 버튼을 눌러 블루투스 스피커로 통화를 시작했다. 대화는 주로 다음주에 있을 파티에 관련된 내용이었다. 파티 참석자 중 여섯 명이 앱솔루트의 기존 회원이라고 했다. 이는 곧 참석자들의 네임 밸류가 상당하다는 뜻이며, 그들을 위한 서비스에 보다 더 세심한 준비가 필요하다는 뜻이기도 했다. 그래서인지 영이는 다른 때보다 준비 상황을 더 꼼꼼히 살폈다. 인원은 다 채워졌는지, 갑작스러운 결원을 대비하여 백업은 준비가 되었는지, 주사가 있거나 버릇없는 용역 인원이 포함된 것은 아닌지, 드레스 코드가 정확하게 전달되었는지, 그리고 마지막으로 생리 주기를 한 번 더 체크하라는 것까지.

그녀는 확실히 예민한 상태였다. 아주 미묘한 차이였지만 그녀의 음성에서 규종은 느낄 수 있었다. 몇 년 전이었던가, 그녀의 엄마가 갑자기 죽던 날의 장례식장에서도 여느 때와 다를 것 없이 차분하고 반듯했던 그녀의 목소리. 그런 그녀의 목소리에 오늘따라 한숨 같은 숨소리가 섞여 있었다. 혁아 사건 전후로 구한이 제멋대로 앱솔루트의 물을 흐리면서 극도의 스트레스를 받는 그녀였다.

"한 대표가 몽타주에 대해선 뭐래?"

영이가 물었다.

"말도 안 된다고 하죠. 땅에 묻고 삼십 분을 지켜보다 갔는데 거기서 살아 나오는 게 말이 되냐고요."

규종이 대답했다.

"땅을 파 보진 않았다는 거야?"

"폭설 때문에요."

질문과 대답이 몇 차례 오고 간 후, 잠시 정적이 흘렀다.

"뭔가……."

영이가 입을 열었다.

"느낌이 안 좋아. 다음주 지나면 리뉴얼 좀 하자. 회원들도 정리 한번 싹 하고. 한꺼번에 여덟 명이 뭐니. 우리가 무슨 보도방도 아니고."

규종은 별다른 대꾸를 하진 않았다. 리뉴얼이라 함은 삼사 년에 한 번씩 오래 일한 섹스 용역자들, 전화번호, 코인 지갑,

카드 등 사업과 관련된 모든 것들을 일시에 바꾸는 것을 뜻한다. 그리고 입맛에 맞고 문제의 소지가 없는 안전한 고객들에게만 앱솔루트의 새 연락처를 준다. 리뉴얼을 하면 클라이언트들은 새로운 얼굴의 용역자를 만날 수 있기에 좋아했고 보다 더 은밀하고 안전하게 사업을 할 수 있기에 앱솔루트 운영진도 만족스러워했다.

일 얘기가 끝나고 규종이 전화를 끊으려는데 영이가 갑자기 물었다.

"와이프랑 창식이, 창민이는 잘 있지? 창식이가 첫째였나, 둘째였나?"

"둘째요. 다 잘 있습니다."

느낌이 좋지 않다. 돌잔치에는 오지도 않았던 그녀가 왜 갑자기 창식의 안부를 묻는 것일까.

"창민이 엄마랑 통화했는데 필리핀에 있던데?"

"애들 영어 가르친다고 매년 이맘때쯤 나가잖아요. 학원비 때문에 힘들어 죽겠어요."

"갓난아기 데리고 나가는 게 힘들 텐데. 하여간 대단해, 한국 부모들."

영이는 그렇게 전화를 끊었다. 마지막 말을 하면서 그날 통화 중 처음으로 웃음소리가 흘러나왔다.

영이가 규종 와이프와 통화한 일은 지금까지 한 손에 꼽을 정도였다. 돌잔치에 못 가서 미안하다는 전화도 하지 않은 사람이 갑자기 왜 이 시점에 전화한 것일까. 와이프가 아이들과 함께 필리핀으로 출국한 시점에 딱 맞춰서. 규종은 불안해지기 시작했다. 영이가 무언가를 감지한 것은 아닐까, 본인이 혁아에게 그랬던 것처럼 본인의 일거수일투족 역시 영이에게 감시당하고 있는 것은 아닐까.

규종은 집으로 가는 길이 유난히 길고 고단하게 느껴졌다.

마지막 통화

- 저예요. 열음이는 잘 있나요?

- 왜 이렇게 연락이 안 됐어요? 전화기는 왜 계속 꺼져 있구요? 얼마 전에 경찰이 왔다 갔어요. 무슨 살인 사건 때문에 물어볼 게 있다고요. 혹시… 관련 있는 거예요? 그 사건하고?

- …숙희 씨, 부탁이 있어요.

- 부탁…이요?

- 열음이 데리고 잠시만 제가 알려 드리는 주소로 가 있어 주세요. 열음이한텐 여행을 가는 거라고 말씀해 주시고요.

- 네? 도대체 어디를요? 거길 왜 가는 건데요?

- 며칠만 계시면 돼요. 이삼일 정도. 그럼 다 괜찮아질 거예요. 모든 게 다.

- 그게… 무슨 말이에요? 다 괜찮아진다니.

- 부탁 좀 드릴게요.

- 진짜 무슨 일 있는 거 아니죠?

그때, 수화기 너머로 열음의 목소리가 들렸다.
"이모, 누구랑 통화해?"

"혁아 아저씨."

"어? 아저씨? 나, 나 바꿔 주세요!"

- 아저씨!

- 열음아.

- 아저씨, 뭐예요. 내 전화도 안 받고.

- 미안. 바쁜 일이 좀 있었어.

- 어디 아픈 건 아니죠?

- 그럼. 열음이 너는?

- 저두요. 근데 우리 놀이동산은 또 언제 가요?

- 열음이 너는 아저씨 보면 놀이동산 말고는 할 얘기가 없니?

- 할 얘기 많아요. 그걸 놀이동산에서 하려는 건데. 진짜 완전 대박 사건 발생.

- 뭐가 대박 사건인데?

- 아저씨, 기억나죠? 유치원에서 나 괴롭히는 애 있다고 한 거.

- 응. 그 자식이 또 괴롭혔어?!

- 아니요. 걔가 고백했어요. 나 좋다고.

- 뭐? 고백?! 이 자식이 감히 얻다 대고…… 그, 그래서… 바, 받아 줬어? 고백…?

마지막 통화

- 음… 그냥… 그냥 가만히 있었어요.

- 가만히 있어…? 거절한 건 아니네.

- 걔 인기 많은 애예요. 유치원에서.

- 음… 열음아. 아저씨가 하나만 얘기할게. 남자애들은 일단 네 명 중에 세 명은 걸러야 된다고 생각하면 돼. 너 거르는 게 무슨 뜻인지 알지? 남자애들이 다 아저씨 같지가 않…

- 나머진 만나서 얘기해요. 이제 짱구 극장판 봐야 한다구요.

- 그래, 알았다…. 재밌게 봐. 짱구 극장판.

- 아! 맞다. 아저씨!

- 응…?

- 축하한다는 말을 하려고요.

- 축하…? 뭘?

- 삼차 합격이요.

- …….

- 아저씨, 최종 합격이에요. 삼차가 끝. 축하해요, 아저씨. 히히. 진짜 끊을게요.

- …….

- 어? 반응이 왜 그래요? 좋아하지도 않고.

- 너무 좋으니까 그러지. 아저씨가 어디 합격한 지가 너무 오래됐거든.

- 바쁜 일 빨리 끝내고 만나요. 어? 짱구 시작했다. 끊을게
요!

- 그래, 고맙다.

…그래, 갈게. 빨리. 어디가 됐든.

아가리

  한이상은 아침부터 기분이 엿같았다. 구한이 주최하는 파티 날짜가 하루하루 가까워질수록 기분이 더러워지더니 당일이 밝자 그 짜증은 최고조에 달했다. 씨발, 내가 거기 있어야 하는데. 오늘 거기 오는 형님들하고 호형호제하면서 기깔나게 한잔 꺾어야 하는 건데. 아 씨발, 근데 그 자리에 김익호 그 새끼가 있다니. 아 씨발, 좆같네… 아침부터 연신 '씨발'과 '좆같네'를 되풀이하고 있을 때였다.

  스마트폰이 울렸다. 발신자는 주규종 실장이었다.

  "대표님. 살아 있었습니다."

  전화기 너머 규종의 음성이 떨렸다.

  "누가? 설마…."

  한이상의 목소리도 떨렸다.

  "네. 오혁아, 그놈이 맞습니다. 자기 딸한테 전화했습니다."

  두 사람 사이에 정적이 흘렀다.

  "하아, 나 참. 징허네, 그 새끼. 진짜 살아 있다 이거지."

  기가 차다는 듯 한이상이 말했다.

  "그 새끼 지금 어딨는데? 위치 추적은?"

"위치 확인했습니다. 지금은 스마트폰을 꺼 놨는데 아마도 거기가 은신처 같습니다."

"어떻게 확신해? 그냥 왔다갔다하면서 통화했을 수도 있잖아."

"제가 아는 장솝니다. 일전에 저희끼리는 소각장이라고 부르던 곳이었는데요."

"소각장…?"

"어쩌다 한 번씩 사람을 소각할 일이 있을 때 사용하는 장소였죠. 오 년 전엔가 마지막으로 쓰고는 쓸 일이 없었는데 놈이 거기 있는 것 같습니다."

"아따, 살벌하고만. 기특허네. 지가 알아서 지 무덤 찾아가 있은게. 주소 보내!"

한이상은 전화를 끊자마자 자신의 방 문을 박차고 나갔다. 그러곤 잔뜩 기합을 넣어 사자후를 지르려고 하다가 문밖 사무실 풍경을 보고는 김이 팍 샜다. 떨어졌던 텐션을 다시 끌어올린 뒤 소리쳤다.

"야, 이 새끼들아! 사무실에서 짱개 좀 그만 시켜 먹으라고 혔냐, 안 혔냐! 후딱들 처먹고 어여 외근 준비들 혀! 몸 써야 하니까 장비들 다 챙기고! 알겄냐!"

예! 알겠습니다! 짜장과 짬뽕을 먹고 있던 수하들이 일제히 소리쳤다. 남은 면발을 입안이 빵빵해지도록 다 집어넣고는 분주하게 움직이기 시작했다.

한이상은 방으로 들어와 자신의 책상 아래에 자리한 금고의 다이얼을 돌려서 열었다. 그 안에는 스미스앤웨슨 M29가 고이 모셔져 있었다. 한이상은 M29를 꽉 쥐어 들고는 마치 더티 해리라도 된 것처럼 팔을 쭉 뻗으며 총 겨누는 자세를 취했다.

"아 씨발, 요 자세에서 뭐라고 멋진 대사가 있었는디 요로코롱 기억이 안 난다냐."

한이상은 잔뜩 달뜬 미소를 지었다.

"하여간 넌 뒤져 부렀어."

강원도 화천군 옥연읍 19.

한이상이 규종으로부터 받은 소각장 주소였다. 한이상과 그의 수하들은 차 세 대에 나눠 탄 뒤 내비게이션에 주소를 찍고 액셀러레이터를 있는 대로 밟았다. 한이상은 뒷좌석에서 눈 감고 머리를 누인 채 휴식을 취했다. 머릿속에 이런저런 생각들이 엉켜서 잠은 오지 않았다. 과연 오혁아를 조용히 처리하는 것이 본인한테 유리할 것인지, 아니면 살아 있던 오혁아를 드디어 죽였다는 것을 구한한테 알리는 것이 유리한 것인지, 그것도 아니면 오혁아를 산 채로 구한에게 데려가는 것이 더 나은 것인지를 판단하기 위해 자신의 통빡을 이리저리 굴려 보았다. 한이상은 체질상 머리를 오래 굴리는 것을 좋아하지 않는 관계로 빠르게 답을 냈다. 그 누구에게도 알리지 않는다. 쥐도 새도 모르게 오혁아 그놈을 처리한다. 명쾌하게 답을 낸 한이상은 만족스러운 듯 이내 코를 드르렁드르렁 골며 잠이 들었다.

내비게이션은 목적지에 거의 다다라서는 한참 제 갈 길을 찾지 못한 채 진행 방향을 가리키는 화살표를 동서남북으로 정신없이 돌렸다. 내비게이션도 낯설어 할 만큼 외딴 지역이었다. 그러다가 마침내 규종이 말했던 부악산 초입에 위치한 부악가든이라는, 문 닫은 지 한참 되어 보이는 식당을 발견했다.

한이상 무리는 부악가든에 차를 주차했다. 규종 말로는 부악가든 건물 뒤쪽에 부악산으로 올라가는 등산로가 있으며, 그 일대가 다 사유지라서 그 등산로를 이용하는 사람은 아무도 없다고 했다. 그리고 마지막으로 덧붙이기를 차를 가지고 더 올라갈 수도 있지만 굳이 시끌벅적하게 왔다고 티 낼 것이 아니면 차를 가든 주차장에 세워 두고 십 분 정도 걸어 올라가는 것을 추천한다고 했다. 한이상의 수하들이 차에서 사시미 칼과 쇠파이프, 그리고 야구 방망이 등의 장비를 제각각 손에 쥐어 들고는 산 위쪽으로 걸음을 옮기려는데, 한이상이 그들을 들볶았다.

"야, 이 새끼들아! 액션하러 가는 새끼들이 오리털 파카를 입고 가? 이 새끼들이 정신이 있는 거야, 없는 거야?"

"죄송합니다, 형님."

수하들이 굼뜬 동작으로 두툼한 겉옷을 차 안에 던져 넣었다. 그러고는 추위에 움츠러든 몸을 끌고 산 방향으로 올라가기 시작했다.

"으이그, 저 MZ 세대 새끼들."

한이상은 수하들을 향해 혀를 차고는 스미스앤웨슨 M29와 여분의 탄약을 다시 한번 확인했다. 총을 집어넣게 가죽 홀스터를 미리 사 놨어야 했는데, 그게 간진데, 혼자 툴툴거리며 일행의 맨 뒤로 따라붙었다. 오후 여덟 시가 갓 지났을 뿐이었지만 한겨울에 가로등 하나 없는 강원도의 산자락 초입은 칠흑처럼 어두웠다.

"아 씨팔, 십 분만 올라가면 된다더니 졸라 많이 올라가네."

운동 부족으로 이 정도 산행에도 숨을 헐떡거리며 한이상이 말했다.

"야, 지금 몇 분 올라왔냐?"

"십오 분은 걸었습니다."

수하 하나가 스마트 시계를 보고는 대답했다. 한이상은 후

회했다. 젖어 가는 운동화 속 발가락이 벌써 차갑게 얼기 시작했다. 씨팔, 트렁크에 있던 라텍스 장화로 바꿔 신고 왔어야 했는데. 이제 와서 다시 내려가 파카와 장화를 갖추자고 하기엔 모양 빠지잖아, 에잉. 따뜻한 거실에서 넷플릭스 신작이나 보면서 연말을 보낼 자신을 설산 한가운데에서 동상 직전에 있게 만든 오혁아에 대한 살의가 더욱더 치밀어 오르고 있는데,

"다 온 거 같습니다."

무리 맨 앞쪽에서 걷던 수하가 말했다. 한이상이 허연 입김을 내뱉으며 무리의 앞으로 나아갔다. 꾸불꾸불한 산길 끝에 널따란 분지가 나타났고 그 분지엔 백여 평이 넘어 보이는 창고가 서 있었다. 경량 철골로 지어진 창고는 군데군데 녹슨 채 부식된 곳이 많아 꽤나 음침한 분위기를 풍겼다. 창고 주변은 허리만큼 자란 잡초들이 무성하여 얼마나 사람의 발길이 닿지 않은 곳인지를 알려주고 있었다. 그럼에도 오혁아의 위치는 어렵지 않게 찾을 수 있었다. 창고 이 층 창문을 통해 희끄무레한 빛이 새어 나오고 있기 때문이었다. 아마도 이 층의 저곳은 숙소일 것이며, 그 안에서 드러누워 스마트폰으로 유튜브 따위를 보고 있을 그림이 딱 그려졌다. 한이상은 재킷에서 M29를 꺼내 그러잡고 수하들에게 사인을 보냈다.

조용히, 침투한다.

창고 자체가 지어진 지 워낙 오래되었기에 안으로 진입할
수 있는 루트는 많았다. 깨진 창문, 휘어진 채 벌어진 슬레이
트 벽. 피부병 환자처럼 잔뜩 녹슬어 있는 철문은 자물쇠 부
위가 부식되어 아예 떨어져 나간 상태였다. 한이상의 수하
하나가 철문을 천천히 밀었다. 다행히 날카로운 소음이 나
진 않았다. 그들은 희미하게 불빛이 새어 나오는 이 층 방을
향해 조심스럽게 이동했다. 창문을 통해 들어온 달빛에 창고
안 거대한 덩치의 기계들이 그 실루엣을 드러냈다. 바닥 여
기저기에 토막이 난 시체처럼 흉측하게 널브러져 있는 가구
의 잔해들이 이 덩치 큰 기계들의 정체를 어느 정도 짐작할
수 있게 해 주었다. 창고 안에는 산짐승들이 드나들며 똥오
줌을 싸 댔는지 퀴퀴한 냄새가 진하게 배어 있었다.

복층형 구조의 이 층으로 올라가는 철골 계단 앞에 당도한
수하 하나가 한이상을 돌아봤다. 한이상은 발소리를 죽여 최
대한 조용히 올라가라는 의미의 수신호를 보냈다. 수하가 침
을 꿀꺽 삼키며 고개를 끄덕였다. 수하가 첫 번째 발판에 체
중을 실었다. 계단은 끼익— 하고, 마치 속이 더부룩한 듯 신
음을 내뱉었다. 하지만 멀리까지 퍼질 만한 볼륨은 아니었
다. 두 번째 계단은 속이 덜 거북했는지 별다른 소리를 내진

않았다. 나름 견고하게 지어진 계단의 상태에 안도하며 패거리들이 하나둘 일정 간격을 두고 올라갔다. 한이상은 일행의 중간에 위치하여 계단을 올라갔다. 스미스앤웨슨을 들고 있는 손에서 흥건하게 땀이 났다. 계단 중간 정도에 이르자 나지막하게 방송 소리 같은 게 들리기 시작했다. 호들갑스러운 멘트와 미리 녹음된 웃음소리가 예능 프로그램 같았다. 불빛이 흘러나오는 문 쪽으로 더 다가가자 MC 유재석의 목소리가 정확히 들리며 어떤 프로그램인지 알 수 있을 정도로 소리가 잘 들렸다. 숙소 방문을 가운데 두고 다섯씩 대칭으로 섰다. 문 아래로 희미한 빛이 새어 나오고 있었다. 한이상이 문손잡이 옆에 붙어 섰다. 앞뒤로 번갈아 시선을 주며 들어간다는 신호를 보냈다. 한이상이 손잡이를 잡고 돌렸다. 끼이익— 문이 열렸다. 방안엔 노숙자나 기거할 법한 풍경이 펼쳐져 있었다. 빨갛게 열이 올라 있는 이동식 히터, 아무렇게나 쌓여 있는 다 먹은 컵라면 용기들, 라면 국물이 잔뜩 튀어 지저분해 보이는 부르스타와 그 위에는 거무튀튀한 양은 냄비, 그리고 방 한가운데 바닥에 놓여 있는 침대 매트리스. 한이상의 목표물은 도저히 단 일 초도 눕고 싶은 맘이 들지 않을 정도로 곰팡이가 핀 매트리스 위에, 역시 단 일 초도 살에 대고 싶지 않을 정도로 검누렇게 변색된 이불을 둘러쓴 채 등지고 누워 스마트폰 동영상을 보고 있었다. 추위 때문인지 이불을 두툼하게 둘러싼 상태였고, 스마트폰은 그립톡을 거치대 삼아 그의 면상 앞쪽에 세워져 있었다. 동영상을 보다가 잠들었는지 움직임이 없었다. 한이상은 스미스앤웨슨을 들어올렸고, 그의 옆으로 무기를 든 수하들이 차례로 들어와 서며 위치를 잡았다.

"어이. 손님이 왔는데 좀 일어나 보지."

한이상이 말했다. 이불 속 인물은 아무런 반응이 없었다. 수하 하나가 이불 쪽으로 두어 걸음 다가가다가 멈춰 섰다. 그가 놀란 얼굴로 빠르게 한이상을 돌아봤다. 한이상 역시 뭔가 잘못됐다는 느낌이 드는 순간, 가구 도색용 페인트 스프레이 통 세 개가 방안 바닥으로 던져졌다. 그러고는 곧바로 문이 쾅! 닫혔다. 스프레이 통에는 여러 개의 구멍이 나 있었다. 스프레이 통들은 지랄탄처럼 몸부림치면서 안에 간직하고 있던 내용물을 맹렬하게 뿜어냈다. 그러자 순식간에 실내가 컬러풀한 액상 분말들로 뒤덮였다. 한이상과 일당들은 일제히 기침해 대며 손으로, 옷자락으로 눈 코 입을 가렸다. 매캐한 화공 약품 맛이 나는 것들이 폐로 잔뜩 들어오자 그 즉시 헛구역질이 올라왔다.

"야, 이 새끼들아! 문 열어! 문 열고 나가라구, 이 새끼들아!"

한이상이 소리쳤다. 문 가까이에 있던 수하가 콜록 대면서 허겁지겁 문을 열고 나갔다. 문밖으로 첫발을 내딛은 즉시 철컹! 하는 소리와 함께 그대로 그의 몸이 고꾸라졌다.

"아아아악!"

멧돼지류의 야생동물을 포획하는 용도의 덫에 수하의 발목이 낀 것이다. 시커멓고 끈적거리는 기름으로 범벅 되어 있는 덫의 아가리는 수하의 발목을 단단히 물고 놓아줄 생각이 전혀 없어 보였다.

"뭐야? 왜 그래?"

어둠 속에서 뒤따라 나오며 미처 상황 파악을 못한 다른 수하가 소리쳤고,

"조심해! 밑에!"

먼저 덫을 발견한 또 다른 수하가 소리쳤다. 덫에 발목이 물린 수하가 바닥을 뒹굴며 괴로워했다. 일행 둘이 몸을 숙여 덫의 윗니와 아랫니를 잡고 벌리려고 애를 써 봤지만, 손가락 한 마디 길이 정도 힘겹게 벌어지는 듯싶더니 다시금 아가리를 철컹 다물었다.

"으아아악!"

발목을 먹힌 놈이 또다시 소리를 고래고래 질러 댔고 그 비명과 동시에 어딘가에서 모터 소리 같은 것, 그리고 공기가 채워졌다가 빠지는 컴프레서 소리가 반복적으로 들리기 시작했다. 소리는 음산하고 불쾌했다.

"무슨… 소리야?"

"어디서 나는 소리야?"

수하들이 겁에 질린 얼굴로 우왕좌왕했다. 한이상은 인상을 우그러뜨린 채 주변을 빠르게 살폈다. 오혁아 그놈이 분명 여기 어딘가에 있다.

그때 어둠 속에서 마치 악마의 눈처럼 빨간 불 두 개가 점등된 것을 한이상이 제일 먼저 발견했다. 한이상은 본능적으로 수하 한 놈의 어깨를 돌려세우며 자신의 앞쪽에 위치시켰다. 그와 동시에,

푸슉, 푸슉, 푸슉, 푸슉.

빨간 불에서, 정확히 말하면 두 개의 빨간 불 아래에서 무언가가 연발로 쏟아져 나왔고 그것들을 온몸으로 받아 낸 수하 세 명이 순식간에 우수수 쓰러졌다. 워낙에 순간적으로 벌어진 일이라 비명을 지르고 자시고 할 틈도 없었다.

푸슉, 푸슉, 푸슉.

기분 나쁜 기계음이 기관 단총 소리처럼 계속 이어졌고 후드드득— 무언가가 몸에 박히는 묵직한 소리와 함께 또다시 두 명이 쓰러졌다. 한이상은 잽싸게 몸을 숙인 자세로 자신의 앞쪽에 쓰러져 있던 놈을 방패 삼아 간신히 피할 수 있었다. 그리고 쓰러져 있던 놈의 몸을 더듬다가 알게 되었다. 이들의 몸에 박힌 것이 오토매틱 네일 건을 통해 발사된 대못

이라는 것을. 네일 건 발사 소음은 계속 났으나 바람을 가르는 소리는 더이상 나지 않았다. 장전된 대못이 다 발사된 모양이었다.

아아아… 대표님… 형님… 살려 주십쇼….

못 박힌 놈들이 그제야 앓는 소리를 내며 간절한 눈빛으로 한이상을 바라봤다. 한이상은 패닉 상태가 되어 빨간 두 눈을 향해 스미스앤웨슨을 발사했다.

탕! 탕! 탕! 총성과 함께 총구에서 화염이 번졌다.

"형님!"

수하 한 놈이 총을 든 한이상의 팔을 부여잡으며 진정시켰다. 허연 연기가 흩어지면서 눈이 어둠에 적응했다. 네일 건 두 개가 나란히 이 층 복도 중간에 빨간 전원 램프를 반짝이며 서 있었다. 네일 건은 두 개 다 가구 잔해로 조립해 만든 목제 스탠드에 고정되어 있었다.

"뜨시죠, 형님! 얼른."

수하가 얼빠진 한이상을 부축하며 말했다. 쓰러져 있던 놈들이 그 말을 듣고 더 소리쳤다.

형님, 살려 주십쇼, 형님!

그들은 고통으로 울부짖었다. 한이상은 그들을 외면하며 뒷걸음질 치기 시작했다.

"여, 여기… 잠깐… 있어… 내, 내가 금방 올게… 경찰들 데리고… 119랑 같이….”

　쓰러진 놈들을 향해 말하는 것인지 혼잣말을 하는 것인지 한이상은 넋이 나간 얼굴로 읊조리며 계단 쪽으로 향했다. 아직 멀쩡한 수하 두 놈이 한이상을 앞뒤로 호위하며 계단을 내려갔고 허벅지에 대못이 박힌 수하 놈 하나는 절뚝절뚝 불편한 걸음에도 불구하고 더 처절하고 절박하게 무리보다 앞서 계단을 내려갔다.

　쿵쾅, 쿵쾅. 절뚝거리는 수하 놈이 요란스럽게 일 층으로 내려간 순간, 정확히 말하면 일 층 지상에 그의 발이 닿는 바로 그 순간에 계단 아래 숨어 있던 혁아가 모습을 드러내며 등 뒤에서 네일 건을 발사했다. 푸슉ㅡ. 절뚝거리던 놈의 온전했던 다리에마저 대못이 박히며 그는 그대로 앞으로 고꾸라졌다. 허겁지겁 뒤따라오던 한이상과 두 명의 수하들도 뛰어내려가던 속도를 미처 줄이지 못하고는 넘어져 있던 수하 놈에게 발이 걸리면서 다 같이 바닥으로 뒹굴었다. 그 충격으로 한이상이 손에 들고 있던 M29가 이삼 미터 멀리 튕겨 나갔다. 혁아는 쓰러져 있는 수하들 쪽으로 다가가 양쪽 허벅다리에 각 한 방씩, 그리고 복부 쪽에 한 방씩, 한 사람당 총 세 개의 대못을 신속하게 박아 넣었다. 그사이 한이상은 바닥에 엎드린 채 스미스앤웨슨 쪽으로 허둥지둥 기어갔다. 막 총이 손에 잡히려는 찰나,

푸슉— 손을 뚫으며 대못이 박혔다.

"으아아아악!"

한이상의 비명이 채 끝나기도 전에 대못 두 개가 더 그의 양 무릎 뒤에 박혔다. 대못이 무릎 뒤 인대와 연골, 뼈를 관통하며 피부 밖으로 튀어나왔다. 창고 안이 비명과 신음, 그리고 공포의 절규로 가득찼다. 혁아는 느릿느릿 걸어가 M29를 집어 들었다.

"이 새끼… 비겁하게 뒤에서……."

한이상이 고통스럽게 몸부림을 치면서 혁아에게 말했다.

"아무 잘못도 없는 여자를 죽이고 차 안에서 불태운 너는 괜찮고?"

M29의 총구를 한이상의 얼굴 중앙에 겨누며 혁아가 말했다. 그러자 한이상은 공포와 고통이 뒤범벅된 얼굴로 소리쳤다.

"씨발! 내가 죽인 거 아니라고!"

"그럼?"

혁아가 덤덤하게 물었다.

"씨발…… 내 역할은 그냥 네놈을 산에다 묻는 게 다였다고….."

혁아는 다음 말을 기다렸고 한이상은 몇 번 더 씨발, 씨발거리고는 말을 이었다.

"이구한… 이구한 회장이 죽였어… 난 그냥 시키는 대로 뒤처리만 했을 뿐이라고… 진짜야, 씨발……."

역시, 이구한이었다. 혁아에게 새삼 놀라울 건 없었다. 좀 더 명확해졌을 뿐.

"야… 다 말했잖아… 나 그냥 돈 많은 새끼한테 잘 보이려고 졸라 애쓴 죄밖에 없어… 너두 안 죽고 살았잖아… 그러니까 한 번만, 한 번만 봐줘… 나 진짜 평생 착하게 살게… 진짜야……."

한이상은 눈물, 콧물을 줄줄 흘렸다. 혁아의 입가에 희미한 미소가 잠시 머물렀다가 사라졌다.

"그래. 기회를 줄게."

혁아가 M29의 실린더를 열고는 그 안을 살폈다. 육 연발 실린더에 세 개의 탄환이 장전되어 있었다.

"위에서 세 방을 쏘셨네."

말이 끝남과 동시에 실린더를 쳇바퀴처럼 차르르르 돌렸다. 그러고는 손목 스냅을 이용하여 다시 실린더를 철컥 소리와 함께 장착시켰다.

"방아쇠를 당겨서 총이 발사되면 죽는 거고, 불발이면 사는 거야."

눈물, 콧물 범벅이던 한이상이 일순 긴장하며 침을 꿀꺽 삼켰다. 혁아는 스미스앤웨슨의 매끈한 총신을 한이상의 얼굴

쪽으로 기울였다. 한이상은 차마 눈을 뜨지 못하고 질끈 감았다. 그의 이가 달그락달그락 부딪혔다. 혁아는 그 모습을 물끄러미 지켜보다가 방아쇠를 당겼다.

틱.

매그넘 44 탄환이 발사되지 않았다. 한이상은 질끈 감았던 눈을 뜨더니 헤벌쭉 웃기 시작했다.

"하아… 하, 하. 부, 불발이야, 불발이라구! 크하하핫!"

그의 웃음소리가 커지더니 창고 안에 크게 울렸다. 혁아는 M29의 실린더를 다시 열어서 차르르르 돌렸다.

"뭐, 뭐야…? 뭐 하는 거야?"

한이상이 어리둥절한 얼굴로 물었다.

"다시 기회를 주는 거야."

혁아가 실린더를 닫으며 말했다.

"방아쇠를 당겨서 총이 발사되면 죽는 거고 불발이면 사는 거고."

"야, 야, 야! 불발이면 살려 준다매! 살려 준다며, 이 씨발 새끼야!"

혁아가 총구를 한이상에게 겨눴다. 욕설을 질러 대던 한이상이 눈을 또 질끈 감았다. 혁아가 방아쇠를 당겼다.

틱.

또 불발이다.

"운이 좋으시네."

혁아가 말했다. 혁아는 다시 M29의 실린더를 열어 다시 차르르르 돌렸고 다시 실린더를 철컥 닫았다. 그러는 동안 한이상은 엎드린 채로 악착같이 기어갔다. 방향은 처음 들어왔던 녹슨 철문 쪽이었다. 열린 철문 틈으로 월광이 들어오고 있었다. 한이상은 마치 그 빛으로 들어갈 수만 있으면 살 수 있다고 생각하는 것 같았다. 혁아는 기어가는 한이상 뒤에서 천천히 따라갔다.

"또 기회를 줄게. 방아쇠를 당겨서 총이 발사되면 죽는 거고 불발이면 사는 거고."

"씨발 새끼… 개새끼… 좆같은 새끼… 양아치 새끼… 사기꾼 새끼…."

한이상은 울상인 채로 기어가면서 자신이 할 수 있는 욕은 모조리 다 했다.

탕.

창고 안에 총성이 크게 울렸다. 그와 동시에 계속 이어지던 한이상의 욕설이 멈췄다. 기어가던 한이상의 움직임도 멈췄다. 그 순간 창고 안에서 움직이는 것이라곤 한이상의 두상을 중심으로 방사형으로 퍼져 나오는 붉은색 핏물뿐이었다. 혁아는 겨누고 있던 총을 내렸다. 죽은 한이상의 얼굴을 물끄러미 바라보고 있던 혁아의 귀에 수하 놈들의 고통스러운 신음이 들리기 시작했다. 혁아는 몸을 숙여 한이상의 주머니에서 여분의 매그넘 44 탄환들을 챙겼다. 그때였다.

"동작 그만."

혁아가 소리 나는 방향으로 천천히 몸을 돌렸다. 완승이 총을 겨누고 서 있었다.

"에헤이. 움직이지 말라니까."

완승이 말했다. 혁아가 완승을 위아래로 훑어보고는 말했다.

"한패야?"

완승은 한 손으로 계속 총을 겨누고 다른 한 손으로 형사 신분증을 내밀었다.

"공무원이야. 형사."

혁아의 머릿속에 숙희가 했던 말이 순간 떠올랐다.

'얼마 전에 경찰이 왔다 갔어요. 무슨 살인 사건 때문에 물어볼 게 있다고요.'

"내가 당신 땜에 몇 날 며칠 잠을 못 잤어요. 오, 혁, 아 씨."

실로 오랜만이었다. 혁아가 누군가에게 오혁아 씨라는 호칭으로 불렸던 것이.

"오혁아. 서른다섯. 조실부모하여 이모 손에서 자람. 고삼 때까지 하던 권투를 때려치우고 돌연 해병대 입대. 탁월한 신체 능력으로 수색대 내 대테러특공대로 차출. 와우. 근데 거기서 탁월한 신체 능력으로 선임을 패 버리고는 영창행. 와우. 오혁아 씨 인생은 제대 이후가 더 흥미진진하더라고."

완승은 구연동화 선생님처럼 실감 나게 떠들었고 혁아는 재미없는 유치원생처럼 얘기를 들었다.

"없거든, 어떻게 살아왔는지가. 전혀. 죽은 사람처럼 어떻게 그럴 수가 있지? 아니, 어떻게 세금 한 푼 안 내고 월세 한 번 안 내고 자기 이름으로 된 스마트폰 하나 없이 살 수가 있냐고? 십 년도 넘게 말이야. 북한에서 내려온 간첩도 이렇겐 못 살지. 사람이면 어딘가엔 흔적을 남기는 법이거든."

완승은 정말 궁금한 표정으로 물었다.

"당신, 도대체 뭐야?"

혁아는 말이 없었다. 질문을 회피하려는 의도보단 자신을 소개할 마땅한 말이 떠오르지 않았다. 직장인? 사대 보험도 안 되긴 했지만. 정리해고까지 된 마당이니 이젠 무직자라고 해야 하나.

"됐고. 자세한 건 가서 얘기하자. 너 그거 들고 있는 거 천천히 내려놔. 내려놓고 발로 밀어, 이쪽으로."

완승이 혁아가 들고 있는 총을 가리키며 말했다. 혁아는 반응 없이 그 자세 그대로 우두커니 서 있었다.

"야. 내 말 안 들려? 총 일루 보내라고."

완승이 말했다.

"혼자…… 온 건가?"

이번엔 완승이 혁아의 질문에 답을 못 하고 머뭇거렸다.

"좀 이상한데. 혹시……."

혁아가 다시 물었다.

"왕따, 뭐 그런 건가?"

"왕따 아니야, 누가 왕따래! 이씨!"

완승이 발끈했다. 사건에서 손 떼라는 서장의 말은 오히려 완승의 흥미에 불을 질렀다. 완승은 달뜬 마음을 진정시키며 아무도 모르게 이 사건을 계속 파고 있었다. 숙희에게 몇 차례 걸려 왔던 대포폰 번호를 그 뒤로 쭉 위치 추적하고 있었고 계속 꺼져 있던 전화의 전원이 켜진 것을 확인하고는 즉시 이곳으로 왔던 것이었다. 하지만 자초지종을 떠들어 댈 이유는 없었다.

"네가… 너 혼자 다 죽인 거야? 여기 이 사람들?"

완승이 주위를 둘러보며 물었다.

"다 죽진 않았을 거야."

"왜? 도대체 왜?"

"내 여자를 죽였어."

"채서희?"

죽은 여자의 이름에 혁아가 흠칫 반응했다. 그것을 본 완승은 그제야 도무지 메꿀 수 없었던 퍼즐의 한 조각이 끼워 맞춰지는 기분이었다. 의문투성이의 교통사고, 사랑하던 사람의 억울한 죽음, 그로부터 시작된 복수라는 드라마틱한 추리의 마지막 퍼즐이.

"그래. 오혁아 씨, 뭔가 할 얘기가 많은 사람인 거 알아. 아니까 조용히 가자. 응? 내가 다 들어줄게. 합법적으로 다 할수 있어. 이 새끼들 다 벌받게 할 수 있다구."

완승이 계속 총을 겨눈 채로 다그치듯 말했다. 혁아는 완승을 물끄러미 보다가 말했다.

"아니… 어려울 거야."

"뭐…?"

"한 놈 남았어. 근데 그놈이 재벌이란 말이지. 그것도 어마어마한 재벌."

혁아는 쓴웃음을 지었다.

"게다가 당신네 김평중 청장도 우리 고객이거든. 그것도 아주 오랫동안. 무조건 덮으려고 할 거야. 그렇지 않으면 자기목도 날라가니까."

"지금… 무슨 소릴 하는 거야?"

완승은 저놈이 무슨 근거로 경찰청장님 이름을 꺼내는 건지 의아해하면서도 채서희 사건을 덮으라고 했던 서장의 의뭉했던 얼굴이 퍼뜩 떠올랐다. 이놈의 말이 사실이라면… 설마 청장으로부터 하달된 지시란 말인가?

"그냥 날 보내 주면 돼. 그게 빨라."

혁아가 천천히 완승을 향해 걸음을 뗐다.

"야. 거기 서… 가만히 있으라고, 이 새끼야."

완승이 당황했다.

"오늘밤에 모든 게 끝나. 약속할게. 하루만 기다려 줘."

혁아는 점점 더 가까이 다가갔고 완승이 들고 있는 총에 거의 이마가 닿을 지경이 되었다. 총을 든 완승의 손이 파르르 떨렸다.

"가만히 있으라고 했지, 이 새…."

완승의 말이 채 끝나기도 전에 혁아가 번개처럼 완승의 팔을 꺾으며 총기를 그의 손으로부터 분리시켰다. 그러고는 곧바로 완승의 옆구리에 주먹을 꽂았다. 완승은 몸 안에서 늑골이 부러지는 소리를 들으며 숨이 콱 막혔다. 곧이어 혁아가 얼굴에 훅을 날렸다. 완승은 피겨 스케이팅 선수처럼 몸을 360도 회전하면서 바닥으로 쓰러졌다. 그리고 그대로 의식을 잃었다. 혁아는 씁쓸한 표정으로 완승을 내려다봤다. 예정에 없던 등장인물이었기에 어쩔 수 없었다. 이대로 자리를 뜨기가 미안했지만, 이곳에서 오래 지체할 순 없다. 왜냐하면 이 복수극의 마지막 파티가 이미 시작됐기 때문이다.

지상 최고의 경기

"홍코우너어! 키 백팔십오 센티미터! 몸무게 팔십칠 킬로오 그람! 써티 세븐 이얼스 올드! 전 킹덤 에프시 슈퍼미들급 챔피언! 최애애애애애수우우우운버어어어어어어엄!"

MC슬로우팅이 황금빛 도는 아르망 드 브리냑 샴페인 병을 마이크처럼 입에 대고 소리쳤다. 홍코너 소개가 끝나자 최순범 선수는 오른팔을 들어 보였다. 잔뜩 긴장한 그의 표정과는 대조적으로 구한을 비롯한 갤러리들은 미친 듯이 환호성을 지르며 광분했다. MC슬로우팅은 특유의 건들거리는 걸음걸이로 최순범 앞으로 다가가 샴페인 병을 들어올렸다. 마치 약속이나 한 듯 최순범이 입을 크게 벌렸다. MC슬로우팅이 그의 입안으로 아르망을 쏟아부었다. 입 밖으로 넘친 샴페인이 거품과 함께 그의 탄탄한 상체 근육을 타고 아래로 흘러내렸다. 사이키 조명이 들어오자 그의 몸이 번들거렸고 구한과 그의 일행들은 또다시 환호성을 질러 댔다. 잔뜩 상기된 얼굴의 구한은 갈증이 나는지 들고 있던 샴페인 잔을 쭉 들이켰다. 다른 갤러리들 역시 샴페인 잔을 하나씩 손에 들고 있었다.

"청코우너어! 키 백팔십칠 센티미터! 몸무게 팔십육 킬로오 그람! 써티 나인 이얼스 올드! 전 워리어 에프시 라이트 헤비급 챔피언! 유우우우운기이이이이워어어어어언!"

청코너 윤기원 선수도 갤러리들의 환호에 화답하듯 양손을 들어올렸다. MC슬로우텅은 이번에도 그의 입에 샴페인을 벌컥벌컥 부어 댔고 홍코너 때보다 더 큰 환호성이 터졌다. 윤기원 선수는 최순범 선수보다 더 긴장한 기색이 역력했다. 어쩌면 자신의 인생에서 지금만큼 긴장됐던, 더 정확히 말하면 지금만큼 공포를 느꼈던 경기는 없었을 것이다. MC슬로우텅이 이번에는 자신의 입에다 아르망 샴페인 병 입구를 박아 넣고는 고개를 하늘로 쳐들었다. 병 안에 남아 있던 샴페인이 그의 입으로 들어갔다. 마무리로 병을 거꾸로 든 채 자신의 머리 위에서 흔들자, 남아 있던 샴페인이 그의 선홍색 비니와 선글라스 위로 주르르 쏟아져 내렸다. MC슬로우텅은 잔뜩 도취한 표정으로 마지막 멘트를 질러 댔다.

"롸이이잇 히얼! 롸이이잇 나우우우우! 렛츠 겟 레디 투 풔어어어어억!"

갤러리들의 환호성이 최고조에 달했다. 번쩍거리는 조명, 귀청 때리는 음악과 함께 라운드걸이 숫자 일이 쓰인 판을 들고 활보했다. 라운드걸은 코 위로 얼굴 반만 가린 베니스 가면을 착용하고 있었고 그 외에는 몸에 실오라기 하나 걸치

지상 최고의 경기

고 있지 않았다. 갤러리들은 라운드걸의 몸매를 훑으며 곧 시작할 경기에 대한 기대감으로 떠들썩했다. 선수 소개를 마친 MC슬로우텅이 구한 옆에 붙어 섰다.

"형님. 내 어나운스먼트 어땠어? 브루스 버퍼 같았어? 나도 '렛츠 겟 레디 투 럼블', 요거 상표 등록이나 할까? 브루스 버퍼가 '잇츠 타임.' 그 저작권 하나로 몇십억 버는 거 알어? 씨발, 요즘 음원 내 봤자 개뿔 얼마 들어오지도 않거든."

MC슬로우텅이 래퍼 특유의 건들거리는 동작으로 떠들었다.

"야. 너 얼마짜리 샴페인인데 그걸 머리에 부어?"

구한이 실실 웃으며 말했다. 돈이 아깝거나 하는 얼굴은 전혀 아니었다.

"아이, 형. 내가 오늘 크랙 가져온 게 얼마어친데. 아 진짜, 형님 사이즈 작네."

MC슬로우텅이 이죽거리며 말했고,

"이 개새끼 이거. 지 자지 크다고 사이즈 타령하네."

구한이 낄낄거렸다.

"어? 내 자지 큰 거 어떻게 알았어? 엄마한테 들었어?"

"이런 씨발 새끼가."

"농담이야, 농담!"

구한이 우악스럽게 MC슬로우텅의 목을 졸랐고 둘은 낄낄대며 좋아 죽었다. MC슬로우텅은 데뷔한 지 십이 년 차인 힙합 뮤지션이고 1위곡 음원도 여러 곡 가지고 있어 유명 서바이벌 음악 프로그램에 멘토로 몇 번 출연하기도 했다. 그는 구한에게 여자 아이돌 가수를 몇 차례 소개해 준 뒤 호형호제하는 사이가 되었다. 또한 MC슬로우텅이 공수한 대마와 코카인을 함께 즐기는 사이이기도 했다.

지상 팔십팔 층 위치에 마련된 특설 링. 지구상 가장 높은 곳에서 펼쳐지는 격투기 경기라고 할 수 있을까. 링이라고 표현했으나 실제 격투기 링처럼 모든 게 갖춰져 있는 정식 경기장은 아니다. 경기 구역을 구획하는 링 줄은 관전하는 갤러리들이 대신한다. 갤러리들이 경계선에 서 있다가 지쳐 기대는 선수들을 안으로 밀치는 식으로 링 줄의 역할을 하게 된다. 바닥은 그냥 하얀 대리석 바닥이다. 따라서 타격을 받아 넘어질 경우 머리가 바닥에 부딪히면서 뇌진탕 같은 더 큰 이차 충격을 입을 수 있다. 피와 땀이 떨어진 바닥은 미끄럽기까지 하여 경기의 주요 변수가 될 것이다.

김익호는 갤러리들과는 거리를 둔 채 펜트하우스 입구 쪽에 서서 격투를 앞둔 두 선수를 바라봤다. 두 선수 모두 한때는 길거리를 다니면 알아보는 사람들이 많을 정도로 최고의 시절을 보냈던 사람들이다. 하지만 세월에 장사 없다고 그들

은 더이상 최고의 타격가가 아니다. 여느 인생이 안 그러겠
냐마는 더 젊고 더 파워풀하고 더 스타성 있는 신예들이 치
고 올라오는 터에 백전노장의 전사들은 상처를 입은 채 경기
장 밖으로 밀려났다. 누구는 해설가로, 누구는 지도자로, 누
구는 체육관 관장 또는 사장으로 세컨드 라이프를 이어 갔으
나, 누구나 그 세컨드 라이프가 성공적이진 않았다. 성공까
지는 아니더라도, 현상 유지라도 되었다면 다행이었을 텐데
누구는 실패로 인해 빚더미에 오르고 빚쟁이들한테 쫓겨 눈
물을 머금고 이혼하고 가족들로부터 도망쳐야만 했다. 그때
그들에게 구원의 손을 내민 자가 있었으니 그가 바로 김익호
였다. 김익호는 그들과 안면이 있었다. 한때는 같은 체육관
에서 동료, 혹은 경쟁자로서 만났던 관계였다. 그들 모두 국
가대표 혹은 국가를 대표하는 프로 선수를 꿈꾸던 시절에 말
이다. 김익호는 그들에게 제안했다. 소수의 VIP만을 위한 특
별 경기를 해 줄 수 있냐고. 파이트머니는 삼억. 승자에겐 추
가로 삼억 더 지급이 될 것이라고. 궁지에 몰린 선수들은 좌
고우면할 것 없이 고개를 끄덕였다. 하지만 그 경기에는 특
별한 룰이 있었다. 심판 없음, 마우스피스 착용 금지, 글러브
대신 맨주먹으로 경기 진행. 경기 시간은 한 명이 완전히 의
식을 잃을 때까지. 퇴역 선수들은 이에 아랑곳하지 않았다.
이 제안이 구원의 손인지, 본인을 더 깊은 수렁 속으로 등 떠

미는 손인지 구분할 능력은 이미 상실한 지 오래였다.

김익호는 청코너와 홍코너에 서 있는 두 사람을 보며 복잡미묘한 감정을 느꼈다. 그들이 안됐다는 생각도 들었다. 그러면서도 그들의 인생이나 자신의 인생이나 장소만 다를 뿐이지 치고받는 적자생존의 삶이라는 점에서 크게 다를 바 없다는 생각이 들었다. 하지만 그래도 그들보다 자신의 인생이 조금은 더 나은 것 같기에 속으로 작은 안도를 하였다.

"상무님. 드릴 말씀이 있습니다."

김익호가 자신을 부르는 이를 돌아봤다. 규종이었다.

"뭡니까?"

김익호가 말했다.

"아가씨 하나가 아직 도착을 못 했습니다. 죄송합니다. 최대한 빨리 이곳으로 오는 중입니다."

김익호가 양미간을 찡그렸다.

"워낙에 촉박하게 아가씨들을 맞추다 보니… 죄송합니다."

규종이 깍듯하게 고개를 조아렸다.

"다행인 줄 아세요. 게스트 한 분이 아직 도착 안 하신 걸."

김익호가 시선을 다시 격투 링 쪽으로 돌렸다. 시끌벅적한 환호성과 함께 막 격투가 시작됐다.

"그래도 서두르는 게 좋을 거예요. 오늘 회장님께서 좀 하이텐션이라서."

규종도 시선을 돌려 격투 경기를 바라봤다. 하지만 규종에
겐 차마 눈 뜨고 보기 힘든 광경이었다. 경기는 초반부터 난
투극으로 진행됐다. 두 선수는 삼억의 파이트머니를 더 받기
위해 사력을 다해 맞붙었다. 펀치가 작렬할 때마다 선홍색
피가 하얀 대리석 위로, 그리고 환호하는 갤러리들의 얼굴
위로 흩뿌려졌다. 구한의 얼굴 위로도 피가 촥— 튀었는데,
구한은 그 순간 극한의 짜릿함을 느끼며 동물과 같은 괴성을
질러 댔다.

승부 나는 데까진 오래 걸리지 않았다. 청코너의 카운터펀
치가 홍코너의 턱에 적중하면서, 홍코너가 의식을 잃으며 고
목이 쓰러지듯 앞으로 그대로 쓰러졌다. 대리석 위로 쿵! 쓰
러질 때 그 충격으로 코뼈나 턱뼈가 산산조각이 난 것은 아
닐지 우려되었으나 그렇진 않았다. 홍코너는 의식을 잃었고
갤러리 중에 의사가 한 명 있어서, 그가 닥터 체크를 했다. 다
행히 홍코너는 의식을 금방 되찾았으나 구한은 기분이 좋지
않았다. 갤러리들과 거액의 베팅을 했는데 안타깝게도 구한
은 홍코너가 이기는 쪽에 돈을 걸었다. 십억의 돈을 날린 것
도 열받지만, 그 돈값을 충분히 즐길 만큼 경기가 오래 지속
되지 않았다는 것도 열받는 이유였다. 경기가 채 오 분도 지
속되지 않았으니 굳이 계산하면 분당 이억 넘는 돈을 잃은

것이다. 가장 열받았던 것은 의식을 잃었던 홍코너가 금방 정신을 되찾은 뒤 별 이상이 없어 보였다는 것이었다.

"괜찮아요?"

구한이 아직 바닥에 주저앉아 있는 홍코너 선수에게 물었다.

"네. 괜찮은 거 같습니다."

홍코너가 대답했다.

"나 참. 괜찮으면 안 되지. 이게 지금 얼마짜리 경긴데. 이렇게 일하고 돈 벌겠다고?"

구한의 말에 홍코너는 당혹스러움으로 얼굴이 굳었다. 자신이 대단히 큰 잘못이라도 한 것 같은 기분이었다.

"왜 그래, 형. 빨간 빤스 이 형도 최선을 다한 거야. 그죠?"

MC슬로우텅이 홍코너 선수에게 동의를 구하며 구한을 끌어당겼다.

"다 규정대로 된 거야. 완전 녹다운 돼서 뻗었잖아. 옛날 타이슨 경기처럼 살짝 스쳤는데 쓰러지고 그런 거 아니라고."

"그래, 규정. 규정대로 끝났지. 알았어. 이거 놔 봐."

구한의 말에 MC슬로우텅이 잡았던 팔을 놓자 구한이 다시 홍코너 쪽으로 다가가 그의 앞에 한쪽 무릎을 접으며 앉았다.

"내가 좀 아쉬워서 그런데… 나하고 한 경기만 더 할래요?"

구한의 느닷없는 제안에 홍코너 선수는 어리둥절해했다.

"아이, 형! 진짜. 미쳤어? 형 그러다 죽어. 이 형 졸라 황당하네."

MC슬로우텅이 주변에서 흐느적대며 끼어들었다.

"규정을 새롭게 해서. 일명 원사이드 게임 룰로."

구한이 말했다.

"그게 뭐냐면, 공격은 나만 하는 거예요. 당신은 맞기만 하는 거고. 오케이?"

홍코너가 굳은 얼굴을 한 채 아무런 반응이 없었다.

"아이씨, 알아들은 거야, 못 알아들은 거야?"

구한이 짜증난 얼굴로 말했다.

"내 주먹을 한 번 맞을 때마다 천만 원! 열 번 맞으면 일억! 백 번 맞으면 십억이라고! 어때요? 할 거야, 말 거야?"

홍코너가 생각 끝에 대답했다.

"하겠습니다."

"오케이."

구한이 씩 웃었다.

"와, 이 형 진짜 미쳤네. 진짜 내가 아는 또라이 중에 완전 개또라이."

MC슬로우텅은 계속 흐느적대며 자지러졌다. 홍코너가 무거운 몸을 일으켰고 구한은 홍코너를 중심에 두고 경쾌한 스텝으로 그의 주위를 돌면서 섀도복싱을 했다. 주먹을 뻗을 때마다 쉭, 쉭 바람 소리가 났다. MC슬로우텅이 어디선가 다시 아르망 드 브리냑 샴페인 병을 들고 와 선수를 소개했다.

"뉴 챌린저어어어어! 키 모르겠고오오오오, 몸무게 아이 돈 노우우우우! 페니스 사이즈 삼 센티이이이!"

MC슬로우텅의 소개에 갤러리들이 배꼽을 잡고 웃었다. 구한이 째려보자 MC슬로우텅은 못 본 척 소개를 이어 갔다.

"청담동 난봉꾸우우운! 개또라이이이이! 백저어어어언 백스으으으으응! 리이이이이구우우우우하아아아아안!"

갤러리들이 일제히 환호성을 질렀고, 구한은 무슨 챔피언이라도 된 것처럼 양 주먹을 허공에 찌른 자세로 제자리에서 폴짝폴짝 뛰었다. MC슬로우텅이 날뛰는 구한에게 다가가 입에 샴페인을 철철 넘치게 부었다. 구한이 꿀꺽꿀꺽 삼키더니 갤러리들에게 외쳤다.

"자! 베팅! 내가 펀치 몇 개로 저 인간을 쓰러뜨리나! 완전히 의식을 잃는 걸 말하는 거야!"

"열 번은 넘을 거 같은데. 그래도 프로 선수였는데 맷집이 있겠지!"

"아냐. 구한이가 운동 좀 해서 빠워가 있어!"

"좋아! 난 일곱 번에 걸게!"

"난 여덟 번!"

"열두 번!"

"열다섯 번!"

갤러리들이 와자지껄 떠들어 대면서 베팅했고, MC슬로우팅이 자신의 스마트폰에 베팅 내역을 적었다. 구한도 제일 마지막에 베팅했다. MC슬로우팅의 귀에다 자신의 베팅 숫자를 속삭였고 그걸 들은 MC슬로우팅은 의외라는 듯 낄낄댔다. 홍코너 선수를 제외한 모든 이들이 다 즐거워 보였다. 홍코너 선수는 빨리 끝나길 바라는 마음과 빨리 안 끝나야 돈을 더 많이 벌 수 있다는 생각이 머릿속에서 충돌하며 혼란스러웠다.

"자, 선수님. 준비됐어요?"

구한이 폴짝폴짝 뛰면서 홍코너에게 물었다. 홍코너는 침을 꿀꺽 삼키고는 천천히 고개를 끄덕였다.

"오케이! 자, 그럼 갑니다!"

구한이 홍코너에게서 거리를 벌렸다. 그 거리가 대략 오 미터 정도. 구한은 오 미터의 도움닫기를 하여 그 추진력을 주먹에 실어 날렸다. 홍코너는 아구창을 얻어맞고는 그대로 뒤로 횡— 날아가더니 나자빠졌다. 입에서 튀어나온 이빨 두 개가 바닥을 굴렀다. 눈이 풀리고 코와 입에서 피가 주르르 흘러내렸다. 한 방에 의식을 잃었다.

"봤지? 봤지? 씨발, 내가 챔피언 한 방에 보냈어! 한 방에!

다 죽었어! 씨발!"

구한이 길길이 날뛰며 환호했다. 구한은 펀치 한 방에 쓰러뜨리는 것에 베팅했었다. 순식간에 몇억의 돈을 벌었다는 것도 기뻤지만, 딱 한 방, 더도 덜도 아닌 딱 천만 원으로 경기를 끝냈다는 경제적 효율성에 스스로 뿌듯한 것도 있었다. 구한이 만면에 웃음을 머금고 소리쳤다.

"전반전은 여기까지! 하프타임 후엔 후반전 진행하겠습니다! 후반전은 모두가 기다리고 기다리던 섹스 올림픽!"

천국으로 가는 계단

LAS 타워에 도착했다. 혁아는 타워 지하에 오픈하게 될 LAS 몰의 물류 상하차 주차 구역에 차를 댔다. 혁아가 차에서 내렸다. 어느샌가 혁아는 옷을 갈아입고 있었다. 미리 준비해 두었던 검은색 슈트였다. 혁아가 조수석 쪽으로 걸어가 차 문을 열었다. 그러자 검은색 원피스 차림의 늘씬한 여성, 제나가 차에서 내렸다.

"땡큐."

제나가 말했다.

"고마운 건 나지. 같이 와 줘서."

혁아가 말했다.

"무슨 소리. 오빠가 날 위해 해 준 게 얼만데."

제나가 윙크했다. 몇 달 만에 보는 것이었지만 두 사람은 한결같았다. 명절 같은 특별한 때만 만나게 되어도 늘 이심전심 서로를 생각하고 서로의 든든한 편이 되어 주는 오래된 오누이처럼. 지난번 기내 세트장 사건처럼 진상 고객으로 인해 제나가 위험에 처했던 상황들이 몇 번 있었는데 그 모든 상황을 혁아가 나타나 정리했다. 한 번은 만취한 고객으로부터 제나를 보호하다가 혁아가 대신 칼을 맞은 적도 있었다. 제나는 혁아가 해준 모든 것을 잊지 않고 있었다.

혁아와 제나가 직원 동선의 입구를 통해 빌딩 안으로 들어갔다. 건물 내부는 인테리어 마감이 미처 끝나지 않았는지 군데군데 내벽 자재와 은색 환풍 덕트 등이 노출되어 있었다. 무채색 톤의 직원 동선 복도가 끝나는 곳에서 양방향 문을 밀치고 나가자 마치 SF 영화에서 공간 이동이라도 한 것처럼 번지르르한 고급 대리석으로 꾸며진 타워 내부 공간이 펼쳐졌다. 로비처럼 보였으나 건물 규모에 비하면 작았다. 이곳은 일반인들이 이용하는 공용 로비가 아니라 최고층 펜트하우스까지 논스톱으로 올라갈 수 있는, VIP 고객만을 위한 로비였다. 여기서부터는 입출입이 철저하게 관리된다. 터질 듯 꽉 끼게 검은 양복을 입은 시큐리티 서너 명이 혁아와 제나 앞을 막았다. 로비와 프런트 데스크 주변엔 혁아와 제나 앞을 가로막은 시큐리티 말고도 오늘 초대받은 VIP들의 경호원으로 보이는 이들 이삼십여 명이 삼삼오오 모여 있었다.

"어떻게 오셨습니까?"

시큐리티 하나가 말했다.

"헤븐에 왔습니다."

혁아가 말했다. 헤븐은 파티 초대자들에게만 은밀하게 전달된 오늘의 패스워드였다. 시큐리티는 고개를 끄덕이고는 와이어리스로 상층과 교신을 나눴다. 아가씨 한 명이 따로 올 것이라는 내용은 이미 전달받은 바 있다. 교신을 끝내고는 다른 가드 한 명에게 고개를 까딱거렸다. 그러자 그 가드가 혁아 앞으로 와서 섰다.

"팔."

가드가 혁아에게 말하며 두 팔을 벌렸다. 혁아가 가드를 따라 팔을 벌렸다. 가드가 종아리부터 목덜미까지 기분 나쁘게 혁아의 몸을 더듬으며 올라갔다. 가드가 제나 쪽으로 옮겨 섰다. 그러고는 제나를 보며 느끼하게 웃었다.

"어이."

혁아가 가드에게 말했다.

"그분, 회장님 게스트야."

가드가 제나의 몸을 더듬으려다가 멈칫했다. 회장님 게스트란 말에 담긴 의미를 곱씹어 보는 듯했다. 자고로 왕의 여자는 함부로 건드릴 수 없는 법. 옛날 같으면 모가지가 날아갈 수도 있는 일이니 당연히 부담스러울 수밖에. 그는 대신 눈으로 제나의 몸을 위아래로 훑었다. 원피스가 타이트했던지라 눈으로만 봐도 몸에 다른 무언가를 소지하지 않았다는 것이 확연히 드러났다. 마지막으로 시선을 옮긴 곳은 제나가 들고 있던 길쭉한 모양의 종이봉투였다.

"그건 뭡니까?"

가드가 물었다.

"회장님이 부탁한 술."

제나가 종이봉투에서 술병을 들어올리며 말했다. 술병에는 'RONDIAZ 151 RUM'이라고 쓰여 있었다. 가드는 잘 모르는 고급 양주이겠거니 하고 대수롭지 않게 지나쳤다. 가드가 몸을 비켜 길을 열어 주었고 또 다른 가드 하나가 손을 뻗어 엘리베이터 쪽을 가리켰다.

엘리베이터 문이 닫히자마자 제나가 검은 원피스 밑단을 들어올렸다. 하얀 안쪽 허벅지가 드러났고 거기엔 스미스앤 웨슨 M29가 테이핑되어 숨겨져 있었다. 그녀는 테이프를 뜯어냈다. 그리고 007처럼 폼나게 M29를 얼굴 옆에 세워 들었다. 혁아가 피식 웃었다.

"미안. 불편했지?"

"아냐. 다리 사이에 묵직한 게 있으니까 좋던데."

혁아가 입꼬리를 올렸고 제나는 M29를 혁아에게 건넸다.

"오빠. 사실이야?"

"뭐가?"

"여자 친구… 때문에 이런다는 거."

제나가 조심스럽게 물었다. 혁아는 말이 없었다.

"소문이 사실이구나. 와, 오빠 진짜 개멋있다."

혁아는 시선을 들어 층수 계기판을 향했다. 46, 47, 48··· 빠르게 숫자가 올라가고 있었다. 고막에 가해지는 압박을 덜기 위해 침을 꿀꺽 삼켰다. 혁아가 지나온 긴 여정의 마지막 층이 이제 열리기 직전이다.

"섹스 올림픽의 룰을 말씀드리겠습니다."

구한의 콧구멍 밑에는 흰 가루가 묻어 있었다. 하프타임 때 웨이터들이 장내 정리를 하는 동안 구한과 MC슬로우텅을 비롯한 갤러리들은 룸에 들어가서 코카인을 흡입했다. 파티의 후반전이 시작될 무렵 그들의 기분은 이미 최고조에 달해 있었다. 그들은 이성의 줄이 완전히 풀린 채 동물이나 다름없는, 아니, (그렇게 비교하면 동물을 비하하는 것이 될 테니) 동물만도 못한 존재로 탈바꿈해 있었다.

"한 사람씩 여기 빨간 러그 위에서 자신의 파트너와 섹스합니다. 그리고 우리 갤러리들은 이 섹스를 자유롭게 관전하면서 점수를 매기는 거죠. 기술 점수와 예술 점수로 분류하여 평가할 것입니다. 기술 점수는 얼마나 아크로바틱한 체위가 시도되었는가, 그리고 얼마나 오래 섹스를 하였는가 등을 중점적으로 보시면 되고, 예술 점수는 바로 우리를 얼마나 꼴리게 하였는가, 바로 이 지점에 포커스를 맞춰서 평가해 주시면 되겠습니다."

구한의 말이 끝나자 갤러리들은 손에 든 술잔을 들어올리며 환호성을 질렀다. 갤러리들은 한 손으로 술잔을 들고 다른 한 손은 각자 옆에 서 있던 자신들의 파트너 어깨 위나 허리 위에 올려 두었다. 갤러리들은 내가 먼저 할까? 네가 먼저 해, 새끼야, 킬킬거리며 떠들어 대는 반면, 아가씨들은 당황한 빛이 역력했다. 규종으로부터 사전에 들은 바 없던, 계약서에 명시되어 있지 않은 내용이었기 때문이다. 다 함께 만찬을 한다, 만찬이 끝나면 각각의 스위트룸에서 지정된 파트너와 관계를 갖는다. 이것이 이번 앱솔루트 계약서에 적힌 내용의 전부였다. 그녀들의 표정을 캐치한 구한이 다시 입을 열었다.

"왜 갑자기 분위기가 싸해? 뭐가 문젠데, 세이 섬띵."

구한이 말을 멈췄다가 꿀렁꿀렁 춤동작을 취하며 다시 말을 이었다.

"맞어! 비슷한 노래 있지 않았나? 춤 이거 맞지?"

구한의 말이 끝나자 갤러리들은 박장대소를 했다. 누구는 그 노래를 아는지 뒷부분을 이어 부르기도 했다. 그들은 지금 뭐만 해도 자지러지게 재밌는 상태였다.

"아이 형, 진짜! 내 노래는 안 부르고 또 다른 힙합 부르네!"

MC슬로우텅이 톱라이트 조명이 떨어지는 빨간색 러그 위로 올라갔다. 그러고는 옷을 하나씩 벗으며 말했다.

"아씨, 그 노래랑 같이 음원 냈다가 죽 쒔는데 여기서 또 든

네. 안 되겠다, 열 받은 건 빨리 풀어야 해. 형님들, 나 일빠로 한다? 내가 야코 확 죽여 줄 테니까 확 쪼그라들지나 마세요들."

말이 끝났을 때 MC슬로우텅은 이미 금목걸이에 흰색 드로어즈 하나만 입고 있었다. 탄력 있는 몸매에 태닝을 짙게 하여 마치 빌보드 차트를 주무르는 흑인 래퍼 같았다. MC슬로우텅의 한 마디 한 마디에 구한을 비롯한 갤러리들 모두 낄낄대며 까무러쳤다.

"야. 나와."

MC슬로우텅이 자신의 파트너에게 손가락을 까딱거리며 말했다. 그녀는 얼어붙은 채로 그대로 서 있었다. 겁에 질린 얼굴이었다.

"야, 뭐 해? 나오라니까?"

MC슬로우텅의 목소리가 커졌고 이를 보는 구한의 얼굴에선 웃음기가 사라지고 있었다. 그때였다.

"죄송합니다, 회장님."

헤븐 밖에서 대기하던 규종이 분주하게 뛰어들어왔다. 아가씨 중 한 명이 착용 중이던 반지의 마이크로 버튼을 몰래 눌렀던 것이었다. 혹시나 비상 상황을 대비해 규종이 사전에 건넸던 물건이다. 규종이 아가씨 하나로부터 상황을 빠르게 전달받고는 다시 구한 쪽으로 서둘러 다가갔다. 갤러리들의 이목을 고려해 규종이 구한의 귓가에 속삭였다.

"회장님. 계약서에 없던……."

말이 끝나기도 전에, 구한이 글록 19를 재킷 안에서 꺼내 휘두르며 탄창 하단으로 규종의 관자놀이를 가격했다. 규종은 대리석 바닥 위로 철퍼덕 쓰러졌고 구한은 그 위에 올라탄 자세로 규종의 이마 정중앙에 글록 19를 겨눴다.

"야, 이 새끼야. 누가 여기 들어오래? 엉! 여기가 개나 소나 막 들어오는 덴 줄 알아!"

구한이 흥분한 얼굴로 소리쳤다.

"계약서? 건방진 새끼가 누구 앞에서 계약서 운운하고 있어. 내 앞에서 그까짓 종이 한 장이 무슨 의미나 있을 거 같냐고. 다 필요 없어. 난 내가 하고 싶은 대로 할 거니까. 알겠어?"

규종은 눈을 질끈 감은 채 공포에 떨었다. 얼굴의 반이 이미 피로 잔뜩 젖어 있었다.

"슬로우팅. 저스트 두 잇."

구한이 MC슬로우팅에게 말했다.

"오케이."

MC슬로우팅이 드로어즈를 벗어 던졌다. 그의 성기가 잔뜩 성나 있었다. 갤러리들은 와우, 씨발 등등의 탄성을 질렀다. MC슬로우팅은 탄성에 화답하듯 보디빌더 선수처럼 각종 포즈를 취하며 근육에 힘을 줬다. 그러고는 당당하게 서서 자신의 파트너를 지목하며 말했다.

"야. 좋은 말로 할 때 일루 와라. 내가 가면 그땐 진짜 스너프 찍는 거야."

파트너인 아가씨가 울상이 되어 뒷걸음질 치는데 갤러리들이 양옆에서 도망 못 가게 그녀를 붙잡았다. 격렬하게 저항하던 그녀를 러그 위로 쓰러뜨렸고 MC슬로우텅이 자신의 발기한 성기를 흔들며 그녀의 몸 위에 섰다. 그러고는 내려보며 씩 웃는데,

탕!

귀청을 찢는 총성이 울린 동시에 MC슬로우텅의 성기가 어디론가 날아가 버렸다.

마치 헤븐 안의 시간이 잠시 정지한 듯했다. MC슬로우텅은 자신의 허전한 아랫도리를 내려다보면서 어리둥절한 표정을 지었고 그를 제외한 모든 이들은 총성이 울린 헤븐의 입구 쪽을 돌아보았다. 그 시선들이 모이는 곳에 혁아가 총을 들고 서 있었다. 총구 끝에선 연기가 피어오르고 있었다. 모든이들이 작금의 상황에 아연실색한 얼굴을 하고 있었는데 특히 구한의 얼굴이 볼만했다. 그야말로 지옥에서 온 저승사자를 마주한 듯한 충격의 표정이었다. 총성을 듣고 뒤늦게 내실에서 튀어나온 김익호 역시 놀라 벌어진 턱이 그 이상으로

선홍빛 핏물을 뿜어내는 스프링클러

내려갈 데가 없어 보였다.

"으아아아악!"

MC슬로우팅이 소리치며 벌렁 뒤로 자빠졌다. 삼 센티미터, 아니 이제 삼 밀리미터도 되지 않을 MC슬로우팅의 성기에서 스프링클러처럼 피가 뿜어져 나왔다. 저 멀리 닿지 않는 잔디가 없을 정도로 사방팔방 선홍빛 핏물을 뿜어내는 초강력 스프링클러를 보는 듯했다.

혁아는 시선과 총구 모두 구한을 향한 채 말했다.

"총 내려놔."

구한은 혁아의 서슬 퍼런 눈빛을 보며 술과 마약으로 풀렸던 정신줄이 신속하게 매듭지어지고 있었다. 손엔 글록 19가 있었지만 그걸 들어올리는 순간 놈의 스미스앤웨슨이 먼저 발사될 것이라는 생각은 할 수 있을 정도로 정신줄이 돌아온 상태였다. 그리고 저 원거리에서 MC슬로우팅의 성기를 정확히 맞혀서 날려 버리는 것을 눈앞에서 본 터. 몸이 굳으며 움츠러들었다. 젠장! 김 상무가 시큐리티 몇 명을 헤븐에 배치하자고 했을 때, 그때 그 말을 들었어야 했어. 뒤늦게 후회해 봤자 아무 소용 없었다. 구한은 글록 19를 바닥에 내려놓았다.

"죽기 싫은 놈들은 지금 나가."

혁아가 말했다. 얼어붙어 있던 인간들이 그 말에 눈치를 보

며 주춤주춤 움직이기 시작했다. 쓰러져 있던 규종의 움직임
이 신속했다. 그는 어느샌가 일어나 재빠르게 아가씨들을 인
솔하여 헤븐의 출구 쪽으로 이동했다. 사실, 오늘 만찬에 참
석한 아가씨들은 모두 제나처럼 혁아와 막역한 사이였기에
혁아의 복수극 피날레를 위해 기꺼이 위험을 무릅쓴 것이었
다. 아가씨들 한 명 한 명 혁아와 지나치며 눈빛을 교환했다.
응원과 고마움의 눈빛이 교차했다. 마지막으로 규종이 나가
다가 혁아 옆에 멈춰 섰다. 혁아는 구한을 겨눈 자세에서 조
금의 흔들림도 없었다.

"미안하다."

한때 너를 배신했던 못난 형이라서. 내가 해 줄 수 있는 게
더이상 없어서.

"고마워요."

형이 아니었으면 불가능했을 거야, 지금 이 자리에 서 있는
것조차도.

한이상 패거리를 폐가구 소각장으로 몰아 준 것도, 이구한
을 헤븐이라는 외나무다리에서 만날 수 있게 해 준 것도 모
두 규종이었기에 가능했다. 그들은 함께 은밀하게 오늘을 준
비했다. 혁아를 통해 규종 역시 지금의 삶을 바꾸기로 맘먹
었다. 혁아와 마찬가지로 자신의 목숨을 걸고서 말이다.

꼭 살아라. 규종은 뜨거운 눈빛과 함께 응원하듯 혁아의 어

선홍빛 핏물을 뿜어내는 스프링클러

깨에 지그시 손을 올렸다. 이것을 마지막으로 규종이 헤븐을 빠져나갔다. 이어서 갤러리들과 웨이터를 비롯한 헤븐의 관계자들이 혁아를 지나쳤고 갤러리 둘이 실신 직전의 MC슬로우텅을 부축하며 나갔다. 갤러리 하나가 자신의 재킷으로 MC슬로우텅의 중요 부위를 가리면서 지혈도 했다.

"형…… 내 페니스는…?"

MC슬로우텅은 최후의 순간까지 남자의 자존심을 찾았고,

"챙겼어."

의사 출신 갤러리가 답했다. 하지만 그의 손안에 있던, 씹다 뱉은 비엔나소시지 같은 그 물건을 챙기는 것이 과연 무슨 의미가 있을까 싶었다. 갤러리들은 뭔가 찔리는 게 있는지 다들 구한의 시선을 피하며 그곳을 빠져나갔다. 출입문이 철컹철컹 잠기는 소리가 들렸다. 약속한 대로 규종이 헤븐 바깥쪽에서 출입구를 봉쇄한 것이다. 이제 천국에 남은 건 혁아와 구한, 그리고 김익호. 삼각형을 이루고 서 있는 세 당사자뿐이었다.

혁아가 지포 라이터를 주머니에서 꺼내 불을 붙였다. 그리고는 라이터를 바닥으로 툭 떨어뜨렸다. 떨어진 그 위치에는 'RONDIAZ 151 RUM' 빈 병이 놓여 있었다. 바닥에 불길이 확 일었고 그 불길은 바닥 위에 럼이 흘러간 모양대로 긴 선을 만들며 출입구 쪽으로 빠르게 이동했다. 순식간에 출입구

문과 벽면 전체가 화염으로 뒤덮였다. 불길을 등지고 서 있는 혁아는 진정 지옥에서 온 저승사자 같았다.

"이제… 네가 죽을 차례다."

혁아가 말했다.

"미친 새끼야! 여기서 다 같이 죽자는 얘기야?"

김익호가 소리치자,

"넌 조용히 해!"

구한이 김익호를 다그쳤다.

"김 상무야. 좀 배워라. 남자가 이런 맛이 있어야지. 모 아니면 도! 호쾌하고 좋잖아!"

구한은 미소 띤 얼굴로 천천히 혁아 쪽으로 다가가며 양팔을 벌려서 우호적인 제스처를 취했다.

"어이. 죽기 전에 딱 하나만 제안해 볼게. 들어나 보고서 날 죽이든가 해."

수없이 읽었던 삼국지를 통해 얻은, 적장 관우를 흠모하여 적토마까지 바치며 그를 회유하려고 했던 조조의 호방함. 그리고 역시 수없이 반복 시청했던 영화 〈대부〉에서 배운, '친구보다 적을 더 가까이 둬라.'고 했던 비토 콜레오네의 냉철함. 이들로부터 터득한 구한 특유의 능수능란한 처세의 기술이 바로 지금, 목숨이 왔다갔다하는 이 극적인 순간에도 본능적으로 튀어나오고 있었다.

선홍빛 핏물을 뿜어내는 스프링클러

"우리, 까짓거 같은 편 됩시다! 원하는 게 뭔데? 말해 봐요! 내가 진짜 다 들어줄게! 뭐든지 다!"

구한은 적토마든 뭐든 다 바칠 것 같은 표정이었다. 구한이 지금까지 내뱉은 그 어떤 말보다도 진정성 있게 느껴졌다. 하지만 안타깝게도 혁아가 원하는 것은 단 하나, 바로 구한의 목숨뿐이었다. 짧은 순간이었지만 구한 역시 혁아의 눈빛에서 그것을 느꼈다.

그때였다. 쏴아아 — 화염을 인식한 천장의 스프링클러가 작동을 시작했다. 쏟아지는 물줄기가 잠시 혁아의 시야를 가린 그 틈을 놓치지 않고 구한은 잽싸게 몸을 옆으로 날렸다. 탕! 탕! 탕! 혁아가 총을 연사했다. 구한은 절박하고 처절하게 바닥을 뒹굴며 홀 안에 세팅되어 있던 뷔페 테이블 뒤로 몸을 숨겼다. 탕! 탕! 이어진 총격은 음식이 담긴 접시와 테이블 따위를 맞히며 파편을 튀겼고 구한은 잔뜩 몸을 수그린 채 몸서리를 쳤다. 으……. 옆구리가 화끈거리는 것을 느꼈다. 한 발 맞은 것이다. 젠장…! 혁아가 숨어 있던 구한 앞에 나타났다. 구한은 그대로 얼어붙었다. 혁아가 구한의 얼굴을 향해 총을 들어올렸고 구한은 자포자기하듯 두 눈을 질끈 감았다.

탕!

구한이 퍼뜩 눈을 떴다. 총에 맞지 않았다. 방아쇠를 당기는 찰나, 김익호가 혁아의 총 겨눈 팔을 들어올리며 엉겨 붙은 것이었다.

"회장님! 가세요, 빨리!"

김익호는 그 와중에도 구한의 신변을 챙겼다. 구한은 한 손으로 구멍 난 옆구리를 틀어막은 채, 지난번 사전 답사 때 설명 들은 바 있는 뒤편 비상구 쪽으로 허겁지겁 도망쳤다. 그 와중에 아까 내려놓았던 글록 19가 눈에 들어왔다. 구한이 글록 19를 집어 들었다. 그러고는 곧장 혁아를 향해 겨눴다. 혁아와 김익호는 스미스앤웨슨을 자신들의 얼굴 사이에 둔 채 소싸움 하듯 힘겨루기를 하고 있었다. 구한은 어떻게든 혁아를 쏴 버리고 싶었으나, 김익호의 몸이 혁아를 다 가리고 있어 그럴 수 없었다.

"씨팔!"

구한은 짜증을 버럭 내며 비상문 쪽으로 달아났다. 천장에서 쏟아지는 물을 맞으며 혁아와 김익호 모두 사력을 다해 붙었다. 둘의 얼굴은 똑같이 일그러졌지만 총구는 혁아의 미간을 향해 천천히 기울어졌다. 김익호가 방아쇠 위에 놓인 혁아의 집게손가락을 자신의 손가락으로 눌렀다.

틱. 물이 들어간 탓인지 총알이 다한 것인지 불발이었다. 고조됐던 긴장이 일시에 풀리며 두 사람은 숨을 몰아쉬었다. 그리고 거리를 두고 마주 섰다.

선홍빛 핏물을 뿜어내는 스프링클러

"리턴 매치를 하란 뜻인가. 이십 년 만에."

김익호가 복싱 포즈를 취하며 말했다. 이를 보는 혁아의 입꼬리가 귀 끝까지 찢어졌다. 미소가 기괴하긴 했으나 진심으로 기뻐서 웃는 것이었다. 혁아야말로 기다려 왔던 순간이기 때문이다. 이십 년 전 권투를 때려치우게 한, 그 편파적이고 부당했던 경기 결과를 바로잡을 수 있는 기회가 마침내 온 것이다.

루프탑

　복도에도 스프링클러 비가 쏟아지고 있었다. 구한은 쫄딱 젖은 모양새로 엘리베이터를 찾았다. 화재 경보로 인해 방호벽이 이미 몇 겹으로 내려와 있던 터라 엘리베이터로 접근하기가 불가능했다.

　"아유, 씨발!"

　구한은 비가 흩날리는 허공에 대고 욕을 싸질렀다. 구한은 안절부절못하며 지난번 사전 답사 왔을 때의 기억을 더듬었다. 비상시 동선에 대해 스치듯 들은 기억이 분명 있다. 화재 시에도 정상 작동하는 엘리베이터를 이용하여 지상으로 대피할 것. 그러려면 헤븐으로 돌아가 불길에 휩싸여 있는 출입구를 뚫고 나가야 하는데 그건 아둔한 생각 같았다. 옆구리를 부여잡은 채 씨발, 씨발거리던 구한의 시야에 무언가 들어왔다. 스프링클러 빗줄기 너머로, 복도 끝에 자리한, 옥상으로 향하는 비상문. 희미한 기억 하나가 더 떠올랐다. 지상으로의 대피가 여의치 않을 땐 루프탑으로 이동하라. 화재 비상시에는 루프탑 진입을 위한 모든 문은 자동으로 잠금 해제된다. 그래, 이거야! 구한은 비상문으로 빠르게 이동하며 스마트폰을 꺼내 비서실장에게 전화를 걸었다. 신호가 몇 번 가지도 않았는데 비서실장의 목소리가 흘러나왔다.

"난데, LAS 타워 옥상으로 헬리콥터 당장 보내! …헬리콥터 빨리 보내라고! …에이, 씨발, 진짜! 그게 왜 지방에 가 있어? …그럼, 우리 병원 헬리콥터라도 보내! …야, 이 새끼야! 내가 지금 응급 상황이라고! 닥치고 빨리 보내!"

팔십팔 층 바로 위 루프탑에 도달한 구한은 숨을 몰아쉬며 헬기 착륙 장소로 향했다. 바람이 세차게 불었다. 행여나 날아갈까 싶어 몸을 잔뜩 웅크리고 이동했다. 물에 흠뻑 젖은 온몸이 우들우들 떨렸다. 아름답게 반짝거리는 한강의 야경을 감상할 겨를이 없었다. 감상은커녕 남의 사정은 모른 채 저 혼자서만 고즈넉하게 평화로움을 뽐내는 야경을 향해 구한은 욕지거리가 튀어나올 지경이었다. 구한은 새까만 하늘 이곳저곳을 연신 두리번대면서 헬리콥터가 빨리 오기만을 바랐다.

팔십팔 층에서 벌어지는 메인 이벤트. 굳이 오프닝 경기 때의 룰과 다른 점을 들자면 시끄러운 갤러리들 대신 이번엔 거센 불에 둘러싸인 채 싸워야 한다는 것. 그리고 한 명이 의식을 잃어야 경기가 끝나는 것이 아니라 죽어야 끝이 난다는 것 정도일 것이다.

혁아와 김익호는 각각 오서독스와 사우스포로 자세를 잡고 위빙과 더킹을 섞으며 원형으로 돌았다. 두 사람 모두 각자의 이유로 마음이 급했다. 혁아는 시야에서 사라진 구한 때문에, 그리고 김익호는 불지옥 같은 이 헤븐에서 살아 나가기 위해. 고로 탐색전 따위는 없었다.

김익호가 먼저 주먹을 날렸다. 잽, 잽, 어퍼컷 두 번, 레프트 훅, 라이트 훅, 원투 스트레이트. 몇 개는 혁아의 가드에 걸렸으나, 그걸 뺀 나머지는 혁아의 안면과 복부에 그대로 꽂혔다. 혁아는 한바탕 태풍처럼 몰아친 콤보 공격에 정신이 혼미했다. 김익호는 만족스러운 미소를 살포시 지었다.

권투는 기선 싸움이다. 누가 공격의 주도권을 쥐느냐. 한번 넘어간 흐름을 되찾기는 쉽지가 않다. 어설프게 반격의 주먹을 뻗다가 카운터를 허용하면 그땐 더 큰 대미지를 입기 마련이다. 능숙한 선수들은 한번 차지한 주도권을 경기가 끝날 때까지 절대 뺏기지 않는다.

그래, 김익호 저놈이 그런 면으론 정말 얄미울 정도로 탁월했지. 혁아는 익호의 주먹을 맞으면 맞을수록 신기하게도 과거의 기억이 점점 더 구체적으로 떠올랐다. 20년 전의 바로 그 경기 말이다. 링에 올라섰을 때 느꼈던 긴장감, 심판으로부터 경기 규칙을 들으며 바라보았던 김익호의 눈빛, 공이 울리자마자 시작된 리드미컬하면서도 묵직했던 연타 공격, 경쾌하고 날렵한 김익호의 발놀림.

마치 김익호는 황소를 잡는 마타도어(Matador) 같았다. 작살을 하나씩, 하나씩 꽂으면서 천천히 소를 잡는 투우사. 혁아는 자신의 몸 이곳저곳에 작살이 사정없이 박히는 고통을 느꼈다. 어떤 것은 얕게, 어떤 것은 깊게, 어떤 것은 숨이 턱 막힐 정도로.

20년이 지난 지금에서야 혁아는 자신이 비겁했다는 것을 깨닫는다. 판정에 불복하며 심판석을 향해 의자를 던졌다. 편파 판정이라고. 학연, 지연 때문에 진 것이라고. 수치스러웠다. 도저히 인정할 수 없었던 것은 심판들의 채점표가 아니라 무너져 내린 알량한 자존심이었다. 물론 카운터펀치가 운 좋게 얻어걸리면서 김익호를 다운시키긴 했다. 잠시 전세

를 역전시켰던 것도 사실이다. 하지만 거기까지였다. 김익호
는 빠르게 호흡을 가다듬고 원래의 흐름을 되찾았다. 그리고
경기는 그렇게 끝났다. 그때의 패배는 트라우마가 되었고,
혁아가 형체 없는 인간으로서, 삶의 도망자로서 살게 된 이
유가 되었다.

혁아는 이제 알고 있다. 상황을 뒤집기 위해선 카운터펀치
가 필요하다는 것을. 그것도 적당히 얻어걸리는 수준이 아
닌, 상대를 완전히 실신시키는 녹다운 펀치여야 한다는 것
을. 혁아와 같은 하류 인생한테는 특히나. 논란도 없고 이견
도 있을 수 없는, 그런 완벽한 펀치. 하지만 과연 그것이 있을
까. 한 번은 찾아올까. 하늘이 나에게 그 한 번의 기회를 줄
까.

도대체 왜일까. 폭풍처럼 몰아치는 주먹들 사이에서 잠깐,
아주 잠깐 서희 얼굴과 열음의 미소가 스쳤다가 사라졌다.
그러곤……

혁아의 카운터 라이트 훅이 김익호의 왼쪽 턱에 제대로 걸
렸다. 김익호는 눈이 풀리는 동시에 무릎을 꿇으며 풀썩 주
저앉았다. 혁아는 지친 숨을 몰아쉬었다.

"내가 말했잖아. 훅을 조심하라고."

혁아의 말에 김익호는 아무런 반응이 없었다. 구한이 사라

진 쪽으로 혁아가 몸을 돌리는데, 왼쪽 허벅지에 무언가가 꽂혔다. 크헉, 혁아가 휘청대면서 돌아봤다. 김익호가 비틀 대면서 일어나고 있었다. 그의 왼손엔 작은 잭나이프가 들려 있었다.

"아직, 안 끝났어. 이 새끼야……."

김익호가 다시 경기 의사를 밝혔다. 20년 전처럼 한 번 다운 당한 것을 가지고는 경기가 뒤집혔다고 생각하지 않는 것이다. 혁아 역시 급한 맘에 깜박했다. 이 경기는 둘 중 하나가 죽어야 끝나는 경기라는 것을.

쉭, 쉭. 김익호는 잭나이프를 횡으로, 종으로 휘둘렀다. 혁아는 노련한 움직임으로 이를 다 피했다. 김익호는 아직 라이트 훅의 충격이 남아 있었기에 무릎이 고정되지 않아서 칼의 궤적은 컸고 속도 또한 그다지 빠르지 않았다. 김익호의 실수가 그것이다. 주도권이 넘어갔을 땐 조심스럽게 재정비를 했어야 하는데 맘이 급했다. 분명한 목적성이 결여된, 맘만 앞섰던 칼날과 칼날 사이엔 허점이 너무나 명확했다. 이제 혁아의 차례다. 원투 스트레이트, 레프트 어퍼컷 그리고 라이트 훅. 이번에도 피니시는 라이트 훅이었다. 연타를 얻어맞은 김익호는 그로기 상태가 되어 허우적댔다. 넘어지지 않으려고 중심을 잡다가 마치 자석에 이끌린 금속처럼 옆걸음질을 쳤다. 그가 악착같이 비틀대며 걸어가 부딪힌 곳이 하필이면 고급 양주들이 진열되어 있던 바였다. 차라리 빨리 넘어졌으면 좋았으련만. 쿵, 바에 부딪히자 술병들이 바닥으로 와장창 쏟아졌고 근처에 있던 화염들은 얼씨구나 그쪽으로 달라붙었다. 순식간에 김익호의 다리에서부터 머리끝까지 불이 옮겨붙었다. 김익호는 고통으로 비명을 질러 대면서도 보이지 않는 혁아를 향해 사방팔방으로 잭나이프를 휘둘렀다. 그 역시 두 번째 다운은 결코 당하지 않기 위해 처절하게 버티고 또 버텼다.

어차피 죽을 놈은 죽고 살 놈은 산다

"여기야, 여기!"

헬리콥터 착륙 지점인 영문자 H의 한가운데서 구한은 양팔을 흔들어 대며 팔짝팔짝 뛰었다. 까만 하늘 위에서 점처럼 보이던 헬리콥터는 어마어마한 굉음을 동반하며 가까워졌다. 점점 가까워질수록 프로펠러로 인한 바람으로 루프탑에는 거의 토네이도가 몰아치는 것 같았다. 구한은 양쪽 귀를 틀어막으며 H자 외곽으로 안전하게 비켜섰다. 워낙 강풍이 심했기에 헬기는 한 번씩 기우뚱거리면서 조심스럽게 내려왔고 구한은 연신 뒤쪽을 살피며 발을 동동 굴렀다. 마침내 헬기의 랜딩 스키드가 지면에 닿자 구한은 허리를 숙이며 바람의 중심으로 뛰어들어갔다. 'AIR AMBULANCE'라고 적힌 헬리콥터의 옆문을 열어젖히며 구한이 재빨리 올라탔다.

"출발해! 빨리!"

구한이 조종사를 향해 소리쳤다. 소음을 이기기 위해 목이 터져라 소리쳐야 했다.

"더 탈 사람은 없습니까?"

조종사가 소리쳤다.

"없어! 빨리 출발이나 해!"

메인 로터 블레이드가 가속도를 올리자 기체가 떠오르기 시작했다. 구한은 기내 의자에 앉아서도 좌불안석 창밖을 살폈다. 루프탑은 아래층에서 올라온 화재 연기로 희뿌옇게 차오를 뿐 성가시고 귀찮게 하던 놈은 꽁무니도 보이지 않았다. 헬기는 더 상승했고 더 전진했다. 그러고는 마침내 광활한 창공으로 진입하고 있었다. 그제야 구한은 창문에서 떨어져 의자에 몸을 뉘었다.

"됐어. 된 거야."

구한이 안도의 한숨을 내쉬었다. 그러고는 자기도 모르게 헛웃음이 터져 나왔다. 실없이 키득키득 웃는데, 그때 기체가 한쪽 측면으로 충격을 받으며 기우뚱하는 느낌이 들었다. 구한은 웃음을 멈췄다. 몸을 세우고는 창가로 붙어 아래를 살폈다. 멀어지는 LAS 타워 꼭대기 층에서 연기가 새어 나오고 있었다. 그 아래로는 지상의 불빛들이 반딧불처럼 영롱하게 반짝이고 있었다. 구한이 새가슴을 쓸어내리는데, 바로 그때 스키드에 매달린 채 가려져 있던 혁아가 몸을 들어올리며 모습을 드러냈다. 헬기가 LAS 타워에서 벗어나는 그 순간 혁아가 뛰어와 루프탑 난간을 딛고서 몸을 날려 랜딩 스키드에 가까스로 매달린 것이었다.

"저 미친 새끼가."

어차피 죽을 놈은 죽고 살 놈은 산다

구한이 헬리콥터 옆문을 열어젖혔다. 바람이 빠르게 흡입되면서 기체가 흔들렸다. 조종사가 놀란 얼굴로 돌아보며 다급하게 뭐라고 소리쳤으나 그게 구한의 귀에 들릴 리 없었다. 구한은 주머니에서 글록 19를 꺼냈다. 그러고는 씩 웃었다. 그 급한 와중에도 총을 챙겨 온 자기 자신을 기특해하면서,

탕! 탕! 탕!

"죽어, 이 새끼야!"

구한은 스키드 위에 올라타 있던 혁아를 향해 총을 갈겼다. 두 발의 총알은 빗나가면서 까마득한 밤하늘 속으로 사라졌으나 한 발은 혁아의 어깨를 스쳤다. 그 충격으로 혁아는 몸의 중심이 무너지면서 아래로 미끄러졌다. 하지만 간신히 랜딩 스키드를 양손으로 붙잡으며 버텼다. 날아가는 속도가 있었던지라 0.01초만 늦게 손을 뻗었다면 낙하산 없이 스카이다이빙을 하는 꼴이 되었을 것이다. 혁아는 이를 악물고 스키드를 꽉 부여잡았다. 바람 때문에 눈조차 제대로 뜨기 어려운 상황이었다. 시속 삼백 킬로미터를 상회하는 군용 헬기가 아니라 그나마 다행이었지만, 악력과 팔심만으로 대롱대롱 매달린 채로 과연 얼마나 버틸 수 있을까 싶었다.

탕! 탕! 탕!

구한은 또다시 총을 갈겼다. 하지만 흔들리는 기체에서, 더

군다나 흔들리는 목표물을 제대로 명중시키는 것은 쉬운 일이 아니었다. 구한은 총알이 번번이 빗나가자 짜증이 치밀었다. 때마침 헬기가 난기류와 부딪히며 거친 비포장도로를 달리는 트럭처럼 빠르게 위아래로 덜커덩거렸다. 가까스로 매달려 있는 혁아에게 그 거센 진동을 버티는 것은 꽤나 벅찬 일이었으나, 열린 헬기 옆문에 붙어 서서 한 손으로만 버티고 있던 구한에게도 똑같이 위험천만한 일이었다. 구한은 그 갑작스러운 난기류에 휘청대다가 기체 밖으로 몸의 삼 분의 이가 튕겨 나갔다. 다급하게 발을 랜딩 스키드에 디디고는 바람에 날아가지 않게끔 안전벨트를 손목에 휘휘 돌려 감아 잡았다. 그러고는 글록 19를 기체 안으로 던지고 두 팔로 힘을 써 기어오르려 애를 썼다. 상반신이 기체 안으로 간신히 걸쳐졌을 때 혁아가 구한의 바지 허리춤을 꽉 움켜잡았다. 난기류로 인해 헬기 속도가 잠시 줄던 그 틈을 이용해 혁아가 다시 스키드 위로 올라섰던 것이었다. 구한은 구둣발로 사정없이 혁아를 걷어찼다. 혁아는 온몸으로 그 발길질을 받아 내더니 결국엔 구한의 왼발을 자신의 팔과 옆구리 사이에 끼워 넣는 데 성공했다. 혁아는 자신의 팔뚝을 지렛대 삼아 구한의 다리를 비틀었다. 그러자 구한의 몸속 어딘가에서 틱, 하고 고무줄 끊어지는 소리가 났다.

"으아아아악!"

어차피 죽을 놈은 죽고 살 놈은 산다

구한이 비명을 질렀다. 무릎 인대가 끊어진 것이다. 구한은 허겁지겁 헬기 안으로 기어올라가 잽싸게 도어 프레임 중간 높이에 위치한 버튼을 눌러서 열린 채로 고정되어 있던 도어 록을 해제했다. 그러곤 곧바로 문에 부착된 도어 핸들을 당겨서 드르륵 닫으려고 하는 찰나, 혁아의 오른손이 끼어들었다. 콰직! 철문과 도어 프레임 사이에 낀 혁아의 손가락에서도 골절이 생긴 듯했다. 구한은 두 손으로 있는 힘껏 문을 밀어서 닫으려고 했고 혁아는 반대로 문을 열기 위해 악착같이 힘을 썼다. 한 손은 도어에 찍힌 채로 스키드를 디디고 서서 강풍에 휘청거리는 모습이 그야말로 아찔해 보였다. 구한이 오만상을 쓰며 안간힘을 썼지만 슬라이딩 도어는 조금씩 열리기 시작했다. 도어가 반 이상 열리면서 구한은 혁아의 면상을 코앞에서 마주하게 된다. 정신없이 머리칼이 휘날리고 있는 혁아의 얼굴은 흡사 오랜 기다린 끝에 마침내 먹잇감을 찾아낸 야수의 그것과 같았다. 곧바로 혁아의 주먹이 날아와 구한의 눈두덩에 그대로 박혔다. 이번에도 얼굴 안에서 무언가 바스러지는 소리가 난 것을 보면 안와 골절이 생긴 게 틀림없었다. 혁아가 마침내 힘겹게 헬기 안으로 들어섰다. 구급 베드 위에 널브러져 있는 구한을 보았다. 구한의 눈가가 순식간에 부풀어올라 눈의 절반이 가려졌다.

"야… 알았어, 인마. 그래, 내가 잘못했다, 잘못했어!"

구한은 친한 친구에게 하듯 웃으며 말했다. 그러면서도 등 뒤로 뻗은 손은 구급 베드 밑을 분주하게 뒤적거렸다. 혁아의 시야를 피해 아까 바닥에 던져두었던 글록 19를 찾고 있던 것이다.

"미안하다고. 내가 지인짜, 지인심으로 사과할……."

말이 끝나기도 전에 구한의 코에 주먹이 꽂혔다. 구한의 머리가 뒤로 홱 꺾였다가 다시 제자리로 돌아왔을 때, 양 콧구멍에서 코피가 수도꼭지를 튼 것처럼 주르르 쏟아져 나왔다.

혁아가 말했다.

"방금은 네가 죽인 여자 대신."

혁아가 한번 더 주먹을 뻗었다. 이번엔 구한의 하관에 정통으로 꽂혔다. 이빨 세 개가 도어 창문으로 튕겨 나갔다. 앞니두 개와 송곳니 하나가 피의 점성으로 인해 창문에 라인을 그리며 천천히 아래쪽으로 미끄러져 갔다.

"이번은 내 것."

구한이 완전히 베드 위로 늘어졌다. 유화 물감으로 칠한 것처럼 그의 하관은 온통 피범벅이었다.

"아, 씨발… 미안하다고 했잖아."

구한이 누운 채로 말했다.

"뭘 더 어쩌라고!"

탕!

어차피 죽을 놈은 죽고 살 놈은 산다

구한이 든 글록 19의 총구가 화염으로 번쩍였다. 외마디 비명과 함께 혁아가 복부에 총을 맞고 쓰러졌다. 구한이 총구를 지팡이처럼 짚으면서 힘겹게 몸을 세웠다. 비틀대며 총을 혁아의 얼굴에 겨눴다. 다시 방아쇠를 당기는 찰나에 혁아가 총을 든 구한의 손을 두 손으로 부여잡고 위로 들어올렸다.

탕! 탕! 탕!

세 발의 총알은 각각 혁아의 귓바퀴 위쪽, 혁아의 정수리 바로 위, 조종석 시트 중앙에 꽂혔다. 혁아와 구한 두 사람은 누가 먼저랄 거 없이 동시에 조종사 쪽을 빠르게 돌아보았다. 미동 없이 앉아 있던 조종사가 힘없이 앞으로 픽 쓰러지면서 조종간을 자신의 가슴팍으로 밀어냈다. 그러자 헬리콥터가 급강하하기 시작했다. 혁아와 구한은 관성으로 인해 엉켜 있던 그 자세 그대로 기체 중간에 붕 떴다가 조종석 방향으로 우당탕 떨어졌다. 헬기 안 구급 베드를 비롯한 각종 의료 장비들이 혁아와 구한을 향해 쏟아져 내렸다. 구한은 그 정신없는 와중에도 총을 겨눠 혁아를 쏘려고 했는데, 이번엔 헬기가 오른쪽으로 급격하게 기울어졌다. 조종간 위에서 의식을 잃은 조종사의 몸이 오른쪽으로 쏠린 것이었다. 그리고 열린 옆문 쪽으로 심장 제세동기, 초음파 기기 등의 묵직한 의료 장비들이 쏟아지면서 헬리콥터 밖으로 튕겨 나갔다. 열려 있는 헬기의 옆문은 블랙홀 같이 닥치는 대로 모든 것을 다 빨아들이고 있었다. 혁아와 구한도 예외는 아니었다. 두 사람 다 헬기 밖으로 빨려 나가다가 각각 앞좌석과 뒷좌석의 안전벨트를 하나씩 붙잡으면서 간신히 버텼다. 위에서 내려다볼 때는 반딧불처럼 아득하게 보이던 불빛들이 헬리콥터의 고도가 낮아지면서 점점 더 생생하고도 명확하게 발아래서 번쩍거리고 있었다. 고층 빌딩의 불 켜진 사무실, 건물 옥상의 LED 광고판 등이 부딪힐 듯 위태위태하게 스쳐 지나갔다. 헬기는 빌딩숲 사이를 술 취한 사람처럼 비틀거리며 날아갔다. 기체가 이리 비틀, 저리 비틀거릴 때마다 혁아와 구한은 헬기의 이쪽저쪽으로 쿵, 쿵 부딪히며 정신을 못 차릴 지경이었다. 헬기는 재개발 공사가 진행 중인 아파트 단지 위를 닿을 듯 아슬아슬하게 통과한 뒤, 올림픽대로를 가로질러 한강으로 접어들었다. 구한은 안전벨트를 자신의 생명줄처럼 꽉 부여잡은 채 넋이 나가 있었고 혁아는 가까스로 몸을 움직여 조종석으로 진입했다. 그러자 곧바로 조종석 창문으로 검푸른 한강 수면이 급격한 속도로 가까워지고 있는 것이 보였다. 혁아는 조종사의 몸을 옆으로 밀어내고 본능적으로 조종간을 들어올렸다. 헬리콥터가 수면에 닿기 직전에 머리를 쳐들며 마치 수상스키처럼 미끄러지듯 물 위를 날았다. 안도하기는 일렀다. 이번에는 어둠 속에서 콘크리트 덩어리가 빠르게 다가오고 있었다. 거인의 다리처럼도 보였던 그것

어차피 죽을 놈은 죽고 살 놈은 산다

은 바로 동작대교의 기둥이었다. 한강을 사선으로 가로지르
며 날고 있어 이대로 가게 되면 십중팔구 기둥에 처박게 되
는 상황이었다. 방법이 없었다. 이번에도 혁아는 본능적으로
조종간을 왼쪽으로 틀었다. 헬리콥터가 수면 위에 나이키 로
고를 그리듯 빠르게 방향을 틀었다. 간신히 헬기가 대교의
기둥과 기둥 사이를 통과하는 듯했지만 꼬리 쪽 테일 로터와
스태빌라이저가 콘크리트에 부딪히면서 헬리콥터의 동체는
두 동강이 났고 헬기 본체가 팽이처럼 회전하면서 한강 물속
으로 처박혔다. 그리고 혁아는 정신을 잃었다.

　심장이 얼어붙는 느낌에 혁아가 퍼뜩 눈을 떴다. 물속이었
다. 깜깜했고 수온은 말 그대로 살인적이었다. 얼마 동안 의
식을 잃었던 것인지 알 수 없으나 몸안에 있던 산소는 다 바
닥났다. 맘이 급해졌다. 수중에서 방향을 파악하기가 어려웠
는데 고맙게도 희미하게나마 반짝거리는 수면을 길잡이 삼
아 발버둥을 치며 올라갔다. 푸하! 거친 호흡과 함께 혁아의
머리가 물 위로 튀어나왔다. 숨을 헐떡이며 주위를 둘러보았
다. 좀 떨어진 곳에서 헬기의 잔해가 불타고 있었다. 수중에
서 본 반짝이는 불빛이 바로 저것이었다. 혁아는 빠르게 주
변을 살폈다. 저 멀리 어디선가 사이렌 소리가 들려 고개를
돌려 보니 그쪽에서도 알록달록한 불빛이 조그맣게 보였다.

구명보트가 다가오고 있었다.

"살려주세요! 여기예요, 여기!"

어둠 속에서 익숙한 목소리가 들렸다. 구한이었다. 구한은 고래고래 소리를 지르며, 다가오는 구명보트를 향해 첨벙첨벙 개헤엄을 쳐서 가고 있었다. 바퀴벌레를 능가하는 구한의 놀라운 생존력에 혁아는 감탄할 수밖에 없었다. 구한은 가까워지는 희망의 불빛을 보며 잠시나마 기뻐했다. 거봐, 죽을 놈은 어차피 죽고 살 놈은 어차피 다 산다니까. 그게 다 운명이고 세상의 이치라고 구한은 생각했다. 잠시 후 혁아가 그의 목을 조르기 전까지 말이다.

혁아가 잠영을 하여 구한에게 가까이 다가간 뒤 기습적으로 등 뒤에서 올라타며 덮쳤다. 구한은 소리치느라 입을 크게 벌리고 있던 터라 비릿한 한강 물을 벌컥벌컥 삼킬 수밖에 없었다. 둘은 뒤엉킨 자세로 물속으로 잠겨 들어갔다. 구한은 양손을 뒤로 뻗어 혁아의 얼굴을 할퀴고 총알 박힌 복부를 움켜잡고 눈알을 찌르는 등 거세게 저항했다. 혁아는 얼굴 피부가 뜯겨 나가도 총상에서 피가 뿜어져 나와도 눈알이 찔려도 절대 리어 네이키드 초크 자세를 풀지 않았다. 구한은 콧구멍과 입에서 부글부글 기포를 뿜어내면서 다급하게 수면 쪽을 올려다봤다. 빛이 아른거렸다. 구명보트가 바로 그들의 머리 위쪽으로 막 도착한 모양이었다. 나 여기 있어! 여기 있다니까, 병신들아! 구한의 절박한 외침은 그의 마지막 기포가 되어 찬 물속에서 바스러졌다. 혁아는 물귀신처럼 꽉 달라붙어서 더 견고하게 구한의 숨길을 틀어막았다. 두 사람은 차갑고 캄캄한 물속으로 더 깊게, 깊게 가라앉았다.

구한의 몸이 축 늘어졌다. 혁아는 자세를 풀어 구한을 놓아주었다. 눈 감고 있는 구한의 얼굴은 깊은 잠에 빠진 사람 같았다. 욕망도 번민도 없는 편안한 얼굴처럼도 보였다. 그렇게 구한은 검은 물살에 떠내려갔다.

모든 게 끝났다. 끝은 고요했다. 수중 공간이 마치 양수라도 되는 것처럼 혁아는 편안했다. 저 멀리 보이는 수면의 불빛이 점점 희미해지더니 마침내 사라졌다. 완벽한 어둠을 맞이하자 졸음이 밀려왔다. 하지만 여기서 눈을 감으면 다시는 열음이를 볼 수 없으니 여기서 반드시 살아 나가야 한다고 혁아는 마음을 다잡고 다잡았다. 하지만 그러면서도 무겁게 감기는 눈꺼풀을 도저히 어찌할 도리가 없었다.

악인 몇 명 죽는다고 세상이 달라지진 않는다

LAS 타워는 예정대로 3월 1일에 개관하였다. 타워 지하에 자리한 영화관은 마침 톰 크루즈의 신작이 개봉하면서 북적북적했고 쇼핑 복합 시설은 개장 기념 초특가 세일 행사로 첫날부터 오픈런이 시작됐다. 호텔은 가장 비싼 스위트룸부터 석 달 치 부킹이 진작에 끝났다. 타워의 중간 층수를 채우는 아파트들은 한강뷰 쪽부터 빠르게 프리미엄이 붙었고 그중 몇 호는 월드 스타급 K팝 아이돌이 구입했다는 소문이 돌았다. 화재가 발생했던 꼭대기 층의 클럽 헤븐 역시 셀럽들의 방문이 이어지면서 서울의 가장 힙한 술집이 되었다. 살벌한 격투가 벌어졌던 홀 중앙엔 DJ석이 마련되었고 최고급 스피커가 놓였다. 피비린내가 감돌던 그곳이 이제 페로몬과 달큰한 향수 냄새로 가득찼다.

개관 직전 헤븐에서 화재가 발생하면서 잠시 입방아에 오르긴 했다. 도대체 왜 화재가 발생한 것이냐부터 건물 자체에 결함이 있는 것은 아닌가 하는 의심의 시선도 있었다. 하지만 LAS 그룹에서는 오히려 화재에도 끄떡없는 안전한 건물임을 강조하는 언론플레이를 통해 위기를 기회로 활용했다. 유력 언론들은 우호적인 기사를 쏟아 냈고 개관 무렵엔 LAS 타워의 광고를 연달아 송출했다. 몇몇 유튜버는 자극적인 제목의 영상물을 올리기도 했다. '과연 그날 밤 LAS 타워에 있었던 사람은?', '초고층에서 벌어지는 환락의 파티.' 등등. 모자이크된 사람들의 몇몇 증언까지 곁들여지면서 묘한 설득력이 있었다. 하지만 얼마 지나지 않아 그 게시물들은 약속이나 한 듯 일시에 내려갔다. 어떠한 해명도 없어 합의인지 협박인지 그 연유를 알 수는 없었다. 대중들은 금방 또다른 자극적인 소재로 눈을 돌렸다.

구한의 시체는 김포의 모 명품 아웃렛 매장 인근 선착장에서 발견되었다. 떠내려가다가 요트에 걸려서 발견된 것인데 사체의 부패 상태가 심해 그가 LAS 그룹의 후계자였다는 사실은 시간이 더 지난 뒤에 밝혀졌다. LAS 그룹 쪽에서는 '자식을 잃은 아비의 슬픔' 등등의 상투적인 표현이 담긴 짧은 공식 성명서 하나만을 냈을 뿐 쉬쉬하는 분위기였다. 대중들은 구한의 죽음, LAS 타워의 화재, 헬리콥터의 폭발 사고, 이것들을 연관 지어서 생각하지 못했다. 위에 언급했던 몇몇 유튜버들을 제외하곤 말이다. 누구는 구한이 전부터 우울증약을 먹고 있었다고 했다. 누구는 구한이 서자 출신이라 LAS

그룹 명예 회장인 아버지로부터 사랑을 못 받아서 그런 것이라고, 애정 결핍이 이다지도 무서운 것이라며 씁쓸해했다. 자식이 일주일 넘게 연락 두절 상태였는데도 적극적으로 찾지 않은 '회장님'이 무섭다는 사람도 많았다. 몇몇 CCTV 카메라에 찍힌 헬리콥터의 폭발 영상도 조회 수는 높았으나 그 이미지가 마이클 베이의 블록버스터 영화처럼 소비되었을 뿐 (정확히 말하면 마이클 베이의 연출 화면에 비해 임팩트가 많이 떨어진다는 것이 중론이었다.) 그 헬기 안엔 누가 있었는지, 그들이 죽었는지 살았는지는 크게 관심이 없었다.

악인 몇 명이 죽는 것으로 세상이 달라질 일은 없었다.
언제나 늘 그랬듯이.

아예 변화가 없었던 것은 아니었다.

세상이 전혀 모르던 세상, 앱솔루트에 변화가 생겼다.

구한의 사망 관련 뉴스가 미디어를 도배하면서 앱솔루트 회원들은 불안감을 느꼈다. 익명성이라는 앱솔루트 최고의 가치에 금이 가기 시작했기 때문이었다. 서둘러 진화는 되었으나 삼류 유튜버들의 저급한 콘텐츠 소재로까지 다뤄졌다는 사실에 불쾌감을 느끼는 회원들도 꽤 있었다. 혁아와 구한 사이의 흥미진진한 스토리를 아는 소수의 특별 회원들은 이 사태의 결말을 알기 위해 예의 주시했다.

오혁아는 죽었는가. 그날 이후 자취를 감춘 주규종은 지금 어디에 있는가. 이러다 혹시 앱솔루트 회원들의 신상 정보가 유출되는 일이 발생하는 것은 아닌가. 극비 보안을 제1의 가치로 두던 앱솔루트를 더는 신뢰할 수 없지 않은가. 그들은 노심초사했다. CCO의 번호를 아는 사람들은 최영이에게 전화를 걸어 확인하고 캐물었다. 원래 잃을 게 많은 사람일수록 걱정도 많고 불안한 법. 최영이는 한 성격 하는 그들을 일

일이 응대하느라 노이로제에 걸릴 지경이었다.

결국 앱솔루트의 수뇌부인 CEO, CFO, CCO는 서비스 잠정 중단을 결정했다. 이 판국에 서비스를 이용하려는 회원이 전무하기도 했거니와, 무엇보다도 추락한 앱솔루트의 위상을 신속히 재건하지 못할 경우 조직이 존폐의 위기에 놓일 수 있다고 판단했기 때문이었다. 그리하여 창립 이후 최대의 리뉴얼 작업에 들어갔다. 비즈니스에 쓰였던 기존의 모든 숫자가 폐기되고 숫자를 새롭게 만들어서 문제의 소지가 없는 특별 회원들에게만 새 숫자를 제공하였다. 그들은 이제 새로운 입금 주소를 이용하게 될 것이고 그곳을 통해 거래된 자금은 새로운 법인 계좌를 통해 세탁이 이뤄질 것이다.

영이는 리뉴얼 기간을 이용해 필리핀으로 나가 모처럼 재충전의 시간을 갖고자 플랜을 짰다. 필리핀은 규종의 가족이 있는 곳이기도 하다. 규종의 와이프와 아이들이 필리핀에 간 순간부터 현지인을 고용하여 감시한 영이는 정기적으로 보고를 받았다. 종적을 감춘 규종이 현재 필리핀에 있는 것 같지는 않다. 하지만 가족을 통해 규종의 행적을 파악할 수도 있고 최후의 방법으론 그들을 인질로 활용해 규종을 끌어낼 수도 있을 것이다. 물론 영이도 상황을 그렇게까지 만들고 싶은 생각은 없었다. 그저 자신의 직속 라인에서 벌어진 사달에 대하여 스스로 책임지고자 하는 프로페셔널리즘이 강했을 뿐이었다.

화류계 인생에서 이런 위기를 한두 번 경험한 그녀가 아니다. 사회는 필요에 따라 섹스를 권장했다가 억압했다가를 반복했다. 지난날의 위기에 비하면 작금의 것은 사실 미미하다 할 수준이다. 쉬이 잠잠해졌다가 언제 그랬냐는 듯 고객들은 영이를 찾을 것이다. 피라미드 꼭대기에 있는 한국의 VVIP들은 평범한 인간들이 향유할 수 없는, 자기들만의 특별한 놀잇거리를 언제나, 늘, 원해 왔기 때문이다. 그리고 그것은 영이가 대한민국에서 그 누구보다 잘할 수 있는 일이었다.

김평중 청장의 전화를 받은 때는 그녀의 출국 당일이었다. 리모와 캐리어를 끌고 공항을 활보하고 있을 때였다. 경찰청장의 전화니까 받았지 아마 다른 회원이었다면 무시했을 것이다. 청장과는 지속적으로 혁아에 대한 정보를 주고받고 있었다. 혁아가 헬리콥터에 올라탄 것까지는 루프탑의 CCTV를 통해 확인되었다. (당연히 LAS 타워의 CCTV 자료는 모두 비공개이다.) 하지만 한강에 있어야 할 혁아의 시체는 아직도 발견되지 않고 있다. 찜찜했다. 이러다 자신에게까지 해코지하러 오는 것은 아닐지 영이는 불안했다. 역시 잠깐 나가 있는 게 여러모로 좋겠어. 청장과 다시 통화하기로 하고 전화를 끊었다. 앱솔루트를 잠정 폐쇄하고 잠시 떠나겠다는 얘기를 군이 하지는 않았다.

열심히 짠 여행 계획이 무색하게도 영이는 비행기에 탑승하지 못했고 공항 화장실 칸막이 내에서 교살 당한 채로 발견되었다. 발견 당시 그녀는 스마트폰을 소지하고 있지 않았다.

영이는 목이 졸리는 순간이 되어서야 깨달았다. 별다른 특이 사항도 없이 청장이 자신에게 전화를 걸었던 이유가 바로 자신의 스마트폰 위치 추적 때문이었다는 것을. 그리고 처음 보는 이에 의해 숨이 끊기는 마지막 순간까지 영이는 궁금했다. 과연 자신을 해하려 한 사람이 누구인지를. 혁아는 아닐 것이다. 그놈은 직접 죽이러 올 놈이니까. 그렇다면 규종? 규종이 아니라면 CFO? CEO? 혹시 자신도 리뉴얼의 대상이었단 말인가?
안타깝게도 영이의 목을 졸랐던 이는 가르쳐 주지 않았다.

영이의 죽음 또한 잠시 세간의 화제를 끌긴 했다. 누군가는 어떻게 대낮에 공항에서 이런 일이 벌어질 수 있냐고 몸서리를 쳤다. 어떤 이는 죽을 당시 그녀가 착용하고 있다가 도난

당한 까르띠에 네크리스와 신형 리모와 캐리어에 더 관심을
보였다. 그녀의 사건은 금품을 노린 우발적 살인 사건으로
처리되었고 구한 사건과 연관 지어 생각하는 사람은 아무도
없었다. 그리고 그녀의 사건은 더 흉측한 살인 사건 뉴스들
에 묻히면서 잊혀졌는데……

    그러던 어느 날 앱솔루트 회원들 전체에게 텔레그램 문자
가 발송되었다.

〈심려를 끼쳐 죄송합니다. 회원 여러분들의 신상 정보는 따
로 저장하고 있지 않으므로 외부에 유출될 가능성이 전혀 없
다는 사실을 알립니다.〉

    적지 않은 수의 회원들은 이 문자를 받고서 안도하기보단
오히려 더 불안해하기 시작했다.

어느 화창한 휴일에도 프리랜서는 불안하다

총천연색의 튤립들로 가득찬 정원이 무척 아름다웠다. 햇살까지 더할 나위 없이 따사로워서 튤립 봉오리들은 마음껏 자신들의 색깔을 뽐냈다. 눈이 시리도록 아름다운 나머지 오히려 비현실적으로 느껴졌다. 어쩌면 그런 비현실적 아름다움을 통해 잠시나마 현실을 잊고 싶기에 이 많은 행락객이 여기 튤립 축제를 찾은 것이리라.

각기 다른 색의 튤립이 피어 있는 정원 사잇길마다 열음이 숙희의 손을 잡아끌며 분주하게 돌아다녔다. 태어나서 처음 보는 꽃들의 향연에 열음은 연신 입을 벌린 채 감탄하고 신기해했다.

"꼬마야. 아저씨가 엄마랑 같이 사진 찍어 줄까?"

사진 알바생이 미소 띤 얼굴로 열음에게 물었다. 알바생은 피터팬을 연상케 하는 녹색 모자에 녹색 상·하의를 입고 있었다.

"엄마 아닌데."

열음이 말했다.

"이모예요, 이모."

숙희가 말했다. 열음과 같이 살면서 이런 오해가 익숙해진 숙희였다.

"아… 그래? 그럼 이모랑 사진 찍어 줄까?"

피터팬이 다시 물었다.

"잠깐만요."

자리를 뜬 열음이는 인파 속으로 사라졌다가 잠시 후 손에 혁아의 손을 꼭 쥔 채 뛰어왔다.

"열음아, 천천히….'"

복부의 상처가 완전히 아물지 않은 상태라 뛰는 건 좀 힘에 부쳤다. 걸을 때도 욱신거리는 통증이 있지만, 그런데도 나들이를 함께 나선 것은 봄의 튤립이 떨어지기 전에 열음에게 보여 주고 싶어서였다.

"아버님, 이쪽으로 오세요."

피터팬이 손으로 포토존을 가리키며 말했다.

"아빠 아닌데. 아저씬데."

열음이 말했다.

"아…? 그, 그래…?"

이모와 아저씨, 그리고 꼬마. 피터팬은 이 세 사람의 연관 관계를 따지느라 머리가 복잡해졌다.

"세 분 모두 이쪽으로 서세요."

혁아와 열음 그리고 숙희가 튤립으로 장식된 아치 아래로 섰다. 뒤로는 정원의 튤립이 무지갯빛으로 흐드러지게 피어 있었다. 그렇게 세워 놓으니 그들도 그곳에 놀러 온 여느 가족처럼 보였다.

"아저씨."

"응?"

"아빠라고 불러도 돼요? 다른 사람들 있을 때만이라도."

아빠. 그 말을 듣는 순간 왜 가슴이 쿵쾅거리는 것인지 혁아는 알 수 없었다.

"……그래."

열음이 히죽 웃었다.

찍겠습니다. 하나, 둘, 셋. 찰칵하는 순간에 열음과 숙희의 환한 미소, 그리고 혁아의 얼떨떨한 표정이 함께 담겼다. 숙희가 무료 촬영이냐고 문자 피터팬은 겸연쩍어하며 정원 중앙에 위치한 숍에서 십 분 후부터 인화된 사진을 구매할 수 있다고 했다.

"난 또 그냥 준다고."

숙희는 대단한 손해라도 본 사람처럼 말했다.

"어! 피에로다!"

열음은 보라색 튤립 화단 앞에서 풍선 아트를 하는 피에로 쪽으로 뛰어갔다. 피에로가 열음에게 무엇이 갖고 싶냐고 물었다.

"햇빛이 너무 세니까, 우산이요."

피에로는 애니메이션 주인공처럼 과장되게 고개를 끄덕이
더니 길쭉한 풍선을 능숙하게 돌리고 접고 묶기 시작했다.
금방 만들어진 우산살을 보며 와! 열음은 신기한 얼굴로 탄
성을 질렀다. 혁아와 숙희는 몇 미터 떨어진 곳에서 그런 열
음을 지켜봤다.

"형부. 뭐 하나 물어 봐도 돼요?"

숙희가 물었다. 언젠가부터 숙희는 혁아에게 형부라는 말
을 아무렇지도 않게 했다. 혁아가 끄덕이기도 전에 숙희가
물었다.

"사실 언니한테 들었어요. 언니랑 형부, 언제 처음 만났는
지. 혹시……."

숙희가 조심스럽게 말을 이었다.

"DNA 검사 해 볼 생각 없어요? 저랑 열음이는 채씨 피가
흐르니까 빼박 가족인 건데 형부는… 확인해 보는 게 어때
요? 궁금하지 않아요?"

혁아는 열음을 하염없이 바라보다 말했다.

"굳이."

숙희가 싱긋 웃으며 말했다.

"이런 면을 좋아한 거구나, 언니가."

그때, 혁아의 스마트폰이 울렸다.

"잠시만."

혁아가 통화를 위해 걸음을 옮겼다. 발신자가 누구인지 확인할 필요는 없었다. 열음과 숙희를 제외하고 그의 전화번호를 아는 사람은 단 한 사람밖에 없으므로.

"접니다."

혁아가 말했다.

"밖인가 보네. 통화 가능?"

규종이 물었다. 정적이 흘렀다. 정적 속에서 어색함과 반가움이 교차했다. 두 사람 사이엔 아직 완전히 해소되지 않은 감정의 부스러기가 존재했다.

세 달여 만의 통화였다. 혁아가 한강에서 기적적으로 생존한 이후 딱 한 번 서로의 목소리를 확인한 것이 전부였다. 규종은 혁아가 죽지 않았다는 사실에 가슴을 쓸어내렸고, 혁아는 규종과 그의 가족들이 무사히 잘 있다는 얘기에 안도의 한숨을 내쉬었다. 무사해라. 통화의 마지막 말이었다.

"말씀하세요."

혁아가 말했다.

"혹시……."

조심스럽게 입을 연 규종이 뜸을 들였다.

"다시 일해 볼 생각 없어?"

일? 설마, 앱솔루트…? 그럴 리가. 규종 역시 '그날' 이후 앱솔루트의 타깃이 되었다는 것을 혁아도 잘 알고 있다. 이런 혁아의 반응을 예상했다는 듯 규종이 서둘러 말을 이었다.

"오해하진 마. 지긋지긋한 그 일을 또 하자는 거 절대 아니니까. 엄연히 다른 일을 말하는 거야, 지금."

엄연히 다른 일…? 혁아는 묻기보단 기다렸다. 그게 그의 화법이다.

"세 달 전 그 일로 인해 네 이름이 회원들 사이에서 꽤나 회자가 된 모양이야. 일종의 유명 인사가 된 거지. 하여간 우연히 예전 고객 한 분으로부터 급한 연락을 받게 됐어. 굳이 말하면 의뢰라고 해야겠지. 혁아 너를 꼭 집어서 말했어. 너에게 일을 맡기고 싶다고. 너 아니면 이 일을 해결할 사람이 없다고 하면서."

"죄송합니다. 전화 끊겠습니다."

혁아는 단호했다. 앱솔루트와 관련된 인간들과는 앞으로 더이상 죽을 때까지 얽히고 싶지 않았다. 유명 인사는 니미.

"클라이언트127이야. 연락한 사람이."

전화를 끊으려던 혁아가 움찔했다. 클라이언트127? 그 짜증 많던 영감이 갑자기 왜?

"정확히 말하면 의뢰라기 보단 부탁, 아니… 호소나 간청에 더 가까웠어. 죽은 와이프에 관련된 일이라고 했고. 자세

한 것은 너한테만 얘기할 수 있다고 했어."

클라이언트127의 와이프. 결혼식 피로연. 무라카미 하루키. 『빵가게 습격』과 『빵가게 재습격』. 그리고 클라이언트 127이 그녀에 대해 말할 때의 그 행복했던 표정. 혁아는 정확히 기억하고 있었다.

아저씨! 혁아를 부르는 열음의 목소리가 들렸다. 혁아가 돌아봤다. 열음은 숙희 옆에 서서 풍선으로 만들어진 우산을 들고 폴짝폴짝 뛰었다. 그러면서 빨리 자기 쪽으로 오라고 크게 손짓을 했다. 혁아는 짐짓 미소를 지어보이며 스마트폰을 들지 않은 손을 흔들었다. 그러면서도 자기도 모르게 수화기 너머 규종의 목소리에 집중하고 있었다.

혁아는 직감했다. 클라이언트127에게 분명 심상치 않은 일이 벌어졌다는 것을. 그리고 그것을 알게 되는 순간, 자신 또한 걷잡을 수 없는 소용돌이 속으로 휘말리게 될 것임을.

작가의 말

　드라마 〈배드 앤 크레이지〉 작업을 2022년 1월에 마친 뒤, 차기작으로 예정된 드라마 〈경이로운 소문〉 시즌2의 촬영 준비를 그해 하반기에 시작하는 걸로 정해졌다. 대략 육 개월의 휴식기가 주어지는 상황. 그때 내 머릿속에서 제일 먼저 떠오른 생각은 이것이었다. '뭔가를 써야겠다.' 그리고 육 개월이 지난 후 『프리◆랜서』 초고가 나왔다. 그때의 제목은 『앱솔루트』였다.

　종종 이런 질문을 듣곤 했다. 감독하기도 바쁠 텐데 왜 글을 쓰냐고. (그런 질문을 받을 때면 '하나라도 제대로 잘하지 왜 이것저것 다 하려 드냐'고 묻는 것만 같다.) 그럴 때마다 이렇게 대답하곤 했다. 글을 쓰는 것이 내 인생에서 오랜 시간 동안 '밥벌이의 수단'이었기 때문이라고. 감독으로서 어렵던 시절에 기회가 닿는 대로 영화 시나리오를 썼고 웹툰 스토리를 썼고 소설도 썼고 돈 되는 글은 다 썼다. 그러다 보니 뭔가를 쓰는 것에 인이 박인 것 같다고 말하곤 했다. 하지만 내 스스로가 너무도 잘 안다. 나의 글은 그다지 좋은 글이 아니라는 사실을. 그런데도 글쓰기를 지속한 이유는 앞서 밝힌 대로 '밥벌이의 수단'이었기 때문이다.

그러다가 이번에 『프리◆랜서』를 작성하면서 새삼스럽게 깨달은 바가 있다. 나에게 생계 이상의 집필 동기가 있었다는 사실. 최근 오 년간은 연출자로서 그 어느 때보다 바쁘게 일했던 시기였기에 금전적으로 다급한 상황은 아니었다. '밥벌이' 때문에 글을 쓴다는 것이 적어도 이번엔 해당하지 않는 얘기였다. 몸도 많이 상했던지라 절대적으로 휴식이 필요한 시점이었음에도 굳이 '소설'을 쓰겠다는 생각을 한 이유가 뭘까. 한동안 생각해 본 후 답을 찾았다. 그건 바로 본능. 낯 간지러운 표현이지만 아무리 곱씹어 봐도 이 이상의 표현을 찾진 못하겠다. 글을 쓰는 것이 먹고 싸는 행위처럼 나에겐 어쩔 수 없는 본능적 행위였다는 것을 깨달았다. 그리고 이제 나 자신이 본능에 충실한 인간이라는 사실을 담담히 받아들이려 한다.

먹는 행위를 사십 년 넘게 해 오다 보니 지금은 한 입 먹으면 뭐가 몸에 좋고 나쁜지를 어느 정도 가늠할 수 있게 된 것처럼 부디 글 쓰는 행위 역시 앞으로의 경험을 통해 어떤 문장이 몸에 좋고 나쁜지를 더 잘 가늠할 수 있게 되기를 간곡히 바랄 뿐이다.

작가의 말

바쁜 와중에도 꼼꼼하게 『프리◆랜서』의 초고를 읽고 의견을 주신 안혁 님, 표승민 님, 손지훈 님께, 그리고 소설의 시작부터 끝까지 함께 해 주신 재담의 황남용 대표님, 천강원 이사님, 김도운 피디님께 깊은 감사의 말씀을 전한다. 그리고 늘 그렇듯 이번에도 가장 큰 힘이 되어 준 이윤화 님께 깊은 애정을 담아 앞으로도 나의 첫 번째 독자이자 마지막 독자로 영원히 남아 주기를 부탁드린다.